Werner Gerl

Champagner für den Mörder

Kommissarin Tischlers dritter Fall

Werner Gerl

Champagner für den Mörder

Kommissarin Tischlers dritter Fall

Alle Rechte liegen beim Autor Werner Gerl. Jede Verwertung ist nur mit seiner Zustimmung zulässig. Das gilt insbesondere für Vervielfältigungen, Übersetzungen. Und die Einspeicherung und Verarbeitung in elektronischen Systemen. Veröffentlichung als Book on demand: Juni 2022

Coverdesign: Lena Stoll https://lenastoll.com/

Impressum:
Werner Gerl
Autor und Kabarettist
Agnes-Bernauer-Straße 157f
80687 München
Über meine Website www.wernergerl.de können Sie sich über meine anderen Bücher und Projekte informieren.

Der Tod kam zu schnell. Viel zu schnell. Als Stefan Maar am frühen Nachmittag von seiner Arbeit oder besser gesagt von dem, was er Arbeit nannte, nach Hause kam, war er unruhig, regelrecht nervös. Und das in seinen eigenen vier Wänden. Er wünschte, seine Freundin Adriana wäre hier und könnte ihn beruhigen, ihn ein wenig streicheln und liebkosen.

Doch eine andere Person erwartete ihn im Wohnzimmer. Sie war ganz in Schwarz gehüllt, auch ihr Gesicht war von einer dünnen Strumpfmaske bedeckt. Nur die Augen waren durch einen breiten Schlitz zu sehen. Sie waren kalt und bedrohlich, wie die seltsame, leicht gebogene Klinge, die der Eindringling in seinen Händen hielt. Die Scheide, sie war mit asiatischen Zeichen verziert, lehnte an dem Ledersessel. Ein Samuraischwert, durchzuckte es Maar. Es löste in ihm eine unheilvolle Erinnerung aus. Aber das war unmöglich. Ein Zufall, es musste sich um einen makabren Zufall handeln. Auch wenn er nur die Augen sehen konnte, war er sich doch sicher, wer diese schwarze Gestalt war, und diese konnte kein Geist aus der Vergangenheit sein.

Stefan Maar, eigentlich ein kühler, berechnender Mensch, der selten den Überblick verlor, befand sich in einer Schockstarre. Die Chance zur Flucht hatte er so vertan. Blitzschnell trat die Gestalt nämlich zwischen ihn und die Wohnungstür, packte ihn kurz an der Schulter und drückte ihn zu Boden. Maar begann zu winseln und um Gnade zu flehen und wurde dabei immer lauter. Es befand sich zwar angeblich kein Nachbar im Haus, alle gingen brav ihrer Arbeit nach, doch darauf wollte sich der Eindringling nicht verlassen. Also hielt er Maar den Mund zu, indem er ihm seine ganze Hand ins Gesicht krallte.

Stefan Maar wurde daraufhin leiser, winselte jedoch weiter. Wie erbärmlich, dachte sich der Eindringling. Ein kleines Mädchen, das vor Angst in die Hose machte. Nur weil der große böse Wolf vor ihm stand und es fressen wollte. Die Person, selbst ernannter Richter und Henker zugleich, genoss diese Macht über den jämmerlichen Wurm, der meinte, ein Drache zu sein. Und sie hätte sie gern länger ausgekostet, sich an der Todesangst geweidet, sich an der Erniedrigung gelabt, doch Maar war wieder lauter geworden und flehte um Gnade. Ihm war klar geworden, was der Maskierte mit ihm vorhatte.

Maar bot in seiner Verzweiflung Geld, viel Geld. Wie lächerlich! Als hätte der ungebetene Gast einen Cent von dieser Schmeißfliege nötig. Schließlich appellierte er sogar noch an dessen Gewissen. Als hätte es das jemals gegeben. Die Figur in Schwarz konnte sich ein sarkastisches Lachen nicht verkneifen.

»Du weißt, warum ich hier bin?«

»Ja«, stammelte Maar, den Tränen nahe. Er hatte natürlich erkannt, wer sich hinter der Maskerade verbarg. »Es tut mir so leid. Niemand wird etwas erfahren, ich schwöre es.« Verzweifelt flehte Maar die schwarze Figur an. Obwohl nicht christlich, faltete er die Hände und betete um Gnade.

»Und du hast noch niemandem von deiner Entdeckung erzählt?«

»Nein, nein«, beschwor Maar. »Bei allem, was mir heilig ist. Ich hab alles für mich behalten.« Er keuchte, als wäre er gerade einen Marathon gelaufen. Und er konnte seinen Urin nicht mehr halten. Seine Jeans färbten sich dunkel und bald darauf auch der Teppich.

»Du lügst.«

»Nein«, winselte Maar. Sein Gesicht nässte sich von salzigen Angsttränen wie seine Hose. »Nur Andeutungen, ich habe nur Andeutungen gemacht.«

»Ich weiß. Sonst hätte ich nichts von deiner Schweinerei erfahren. Du bist ein dummer Junge, ein kleiner Fisch, der sich mit einem Hai angelegt hat.« Die Figur setzte sich auf den Mahagonitisch vor ihn und nahm Maars Uhr in die Hand. Es war ein Genfer Fabrikat, ein teures Stück, das nicht an jeden verkauft wurde. Patek Philippe, massives Weißgold mit einem Kranz aus über hundert Diamanten.

»Du hast Geschmack. Ein schönes Stück, typisch für Angeber wie dich.« Die Figur legte die Uhr an und hielt sie gegen das Licht. Das unbarmherzige Voranschreiten des Sekundenzeigers war kaum zu hören. Doch eines war beiden klar: Stefan Maars Sanduhr war bald abgelaufen.

»Du … du kannst sie haben«, flehte Maar.

»Danke.« Der Eindringling befestigte die Uhr an seinem Handgelenk und schaute sie ein weiteres Mal bewundernd an. »Du brauchst sie auch nicht mehr.« Die Figur lächelte sardonisch, wusste aber im selben Moment noch, dass dieser Spruch ein Fehler war, da er Maar seiner letzten Illusionen beraubte.

Zu gern hätte er Maar noch länger leiden sehen, doch dieser begann zu schreien, in der Hoffnung, dass einer der fleißigen Hausbewohner früher von der Arbeit kommen und ihn hören würde. Also hob die Figur in Schwarz blitzschnell das Schwert, stieß Maar die Klinge in den Hals und durchbohrte dessen Adamsapfel. Wie ein Fisch an der Angel zappelte er an der kostbaren Waffe, um seine letzten Zuckungen zu vollführen. Maar röchelte noch ein wenig, doch als die blutverschmierte Klinge mit einem schnellen Ruck herauszogen wurde, fiel er seitlich zu Boden und verstummte für immer. Eine Ratte mehr in der Ewigkeit.

Doch der Eindringling war noch nicht fertig mit seinem Opfer. Als Leiche hatte Maar noch weniger Recht auf Gnade. Der Mörder packte den Toten am Schopf, schleifte ihn in die Mitte des Raumes und legte ihn auf den Rücken. Aus dem Hals sickerte Blut, das eine dünne Spur über dem edlen Teppich von Designers Guild hinterließ, der an der gegenüberliegenden Seite schon mit Urin beschmutzt worden war.

Dann stand die schwarze Figur da, meditativ in sich versunken, und schlug plötzlich zweimal los, um Maar die Hände abzuhacken. Diese Schändung musste sein. Und nun folgte noch die Krönung. Die Warnung für die anderen. Damit sie wussten, was ihnen bevorstand. Das Schwert der Nemesis würde auch sie treffen.

02

Kommissarin Barbara Tischler saß an ihrem Schreibtisch und warf das letzte zusammengeknüllte Blatt Recyclingpapier in den Korb am anderen Ende des Raumes. Treffer und versenkt. Sie hatte in diesen Tagen ihre Basketballquote deutlich gesteigert. Missgelaunt wie schon den ganzen Tag stand sie auf, ging zum Papierkorb und holte sich die improvisierten Bälle wieder heraus, um mit dem Spielchen von vorne zu beginnen.

Seit sie mit ihrem Freund, dem LKA-Kommissar Walter Bechthold, zweimal den Basketballern des FC Bayern im Audi-Dome zugejubelt hatte, war es ihr neuester Spleen, sich die Arbeitszeit mit Würfen zu verkürzen. Anfangs hatte sie den Korb nur zwei Meter neben sich, dann wanderte er immer weiter weg, bis er mittlerweile an dem am weitesten von ihrem Schreibtisch entfernten Platz stand. Und dennoch erhöhte sich ihre Trefferquote stetig.

Es war ihre Art, mit der unbefriedigenden Situation umzugehen. Denn ihr letzter Fall war zwar nicht abgeschlossen, sie war jedoch zum Abwarten gezwungen. Und das hasste sie abgrundtief und wurde deshalb bisweilen ungenießbar. Zum Leidwesen ihres treuen Gehilfen, des Kommissars Ralf Mangel, der die Ruhe und Ausgeglichenheit in Person war und oft nicht wusste, wie er mit den Launen und Temperamentsschwankungen seiner Vorgesetzten umgehen sollte. Am liebsten ging er ihr in solchen Situationen komplett aus dem Weg. So auch an diesem Tag.

Nachdem Barbara Tischler wieder einen Treffer gelandet und einen Papierball versenkt hatte, schaute sie kurz auf die Uhr. Es war drei Minuten vor sechs. In 180 Sekunden würde sie ihrem unwürdigen Arbeitstag, der diesen Namen nicht verdiente, ein Ende machen und das Kommissariat verlassen, um zu ihrem Liebsten zu fahren und mit ihm zwei Runden durch den Westpark zu laufen. Da könnte sie sich abreagieren und Dampf ablassen. Später würden sie etwas Schönes für sich und Walters Tochter kochen. Sarah war sechzehn und ein strebsames Mädchen, das in die zehnte Klasse des städtischen Adolf-Weber-Gymnasiums ging.

Ihre Mutter, eine erfolgreiche Anwältin, hatte ihre Familie Knall auf Fall verlassen und war einem Animateur mit Rastalocken nach Indien, genauer gesagt ins Hippieparadies nach Goa, gefolgt. Jahrelang hatte Sarah, die stark unter der Trennung litt, ihren Vater für sich allein. Und dann kam plötzlich Barbara. Doch die Kommissarin, obwohl ausgehungert nach langen Single-Jahren, ging die Beziehung behutsam an und ließ den beiden viel Zeit für sich. So hatte Sarah nicht das Gefühl, Barbara Tischler würde ihr den Vater wegnehmen. Dazu kam, dass sich Sarah fast zeitgleich mit dem Papa verliebte und seit ein paar Wochen ihren ersten Freund hatte. Das entspannte die Situation ungemein und ließ den beiden Polizisten mehr Zeit für sich. Und das hatten beide dringend nötig.

An diesem Abend aber war Sarah zu Hause, um sich auf die letzte Schulaufgabe des Jahres vorzubereiten. Walter hatte versprochen, Pizza zu machen und dazu einen bunten knackfrischen Salat. Barbara freute sich auf das Essen, auf das Laufen und auf ein Glas Rioja, als sie gerade zum letzten Wurf ausholte. Da ging die Tür auf und Mangel platzte herein.

»Ralf, erschreck mich nicht so. Du versaust meine Trefferquote!«

»Der Nowitzki macht auch Fehler«, entgegnete Mangel, der den ganzen Tag schon die Wurfkünste seiner schlecht gelaunten Chefin bewunderte.

»Yepp. Und weißt du, was ich jetzt mache? Feierabend.« Barbara Tischler stand auf, nahm ihre beige Sommerjacke und warf sie sich lässig über die Schulter.

»Aber wir haben einen Fall.«

»Ich habe schon einen«, antwortete Tischler lakonisch und ging an Mangel vorbei. »Ein zweiter überfordert mich.«

»Barbara, du weißt, dass der Mord an Tarik Shahal aufgeklärt ist, wir aber den Mörder nie schnappen werden.«

»Ist er das wirklich? Wenn ja, will ich das Schwein erwischen, vorher gebe ich keine Ruhe!«

»Vergiss es. Die Syrer liefern diesen Al-Massad am Sankt-Nimmerleins-Tag aus.«

»Dann weiß ich, wann ich wieder einen neuen Fall annehme. Am Sankt-Nimmerleins-Tag. Sag mir Bescheid, wann der in diesem Jahr ist.« Tischler drängte sich an Mangel vorbei, winkte ihm noch kurz zu und schloss dann die Tür von außen.

Kopfschüttelnd und ratlos stand der Kommissar im Büro seiner Chefin und überlegte sich, was er tun sollte. Allein zu dem Tatort fahren und vorschützen, er habe Tischler nicht mehr erreicht, bevor sie gegangen sei? Das wäre für alle die beste Lösung. Da öffnete sich die Tür wieder und Tischler schaute ihn schief an.

»Ich kann dich doch nicht allein mit den Toten lassen.« Dann lächelte sie gequält, wohl wissend, dass sich ihre Abendplanung erübrigt hatte.

Vor der Wohnung im Villenviertel Bogenhausen hatte sich bereits eine hübsche Traube an Autos gebildet. Der Notarzt, die Spurensicherung und ein Einsatzwagen. Zwei Streifenpolizisten hatten den Tatort im obersten Stock großräumig abgesperrt und gesichert, damit keine Unbefugten den Tatort betraten. Mangel und Tischler ließ man passieren, nachdem sie ihren Dienstausweis gezeigt hatten. Doch weit kamen sie nicht.

»Schön, dich zu sehen, Barbara«, meinte Paul Siewert, der Leiter der Spurensicherung. »Wenngleich der Anlass jedes Mal ein trauriger ist.«

»Dann lass uns bei Gelegenheit ins Kabarett gehen, das ist weniger traurig.«

»Vielleicht wird ja mal einer im Schlachthof umgebracht«, wandte Mangel in Anspielung auf eine der größten Kleinkunstbühnen Münchens ein. »Dann könnt ihr das Private mit dem Beruflichen verbinden.«

»Sorg lieber dafür, dass im Nationaltheater einer umgebracht wird. Da wollte ich schon lange mal wieder hin«, entgegnete Tischler.

»Ich kann dich leider noch nicht an den Tatort lassen«, sagte Siewert. »Nicht dass du mir die Spuren versaust.«

»Dabei habe ich heute meinen keimfreien Tag.«

»Für das Wohnzimmer brauchen wir eine Weile, aber den Rest kannst du dir anschauen. Ist auch nicht ohne, rein von der Innenarchitektur her. Ach ja, und im Schlafzimmer ist die Freundin des Opfers. Sie hat den Toten gefunden und einen Nervenzusammenbruch erlitten. Sie wird von deinem Liebling betreut.«

»Doktor Bertram?« Tischler grinste. Bertram war ihr Lieblingsarzt, ein humorfreier Mediziner, den sie mit spitzen Bemerkungen gern ein wenig provozierte.

»Lass die Buschtrommeln erklingen, wenn ihr fertig seid«, sagte Tischler und wandte sich von Siewert ab.

Ein schmaler Gang verband alle Zimmer miteinander. Er war mit großformatigen Fotografien ausstaffiert, zumeist Klassiker der Moderne wie Man Ray oder Irving Penn. Zwei farbige Aufnahmen aber schienen selbst gemacht zu sein. Sie zeigten irgendwelche Inselparadiese mit türkisfarbenem Meer und Urlaubsprospektstränden. Technisch brillante Bilder, aber letztlich belanglos.

Tischler ließ die beiden verschlossenen Zimmer links liegen, da sie Dr. Bertram und die traumatisierte Freundin nicht stören wollte. So kam sie in die Küche. Schnell war ihr klar, was Siewert damit meinte, die Wohnung habe innerarchitektonisch einiges zu bieten. Inmitten des Raumes befand sich eine Kücheninsel als Arbeitsfläche mit einem integrierten Induktionsherd. Die komplette Küche war mit hochwertigen Geräten ausgestattet, darunter auch ein Kaffeevollautomat und eine Mikrowelle.

»Ich weiß ja bisher wenig über den Toten, aber er hatte Geld.«

»Mein lieber Herr Gesangsverein«, stimmte Mangel ein. »Die Einrichtung kostet mein halbes Jahresgehalt. Anna hat sich immer so eine Designküche gewünscht.«

»Dann hätte sie keinen Bullen heiraten sollen.«

»Aber auch keinen Informatiker. Das sind doch Nerds, die den ganzen Tag vor dem Bildschirm sitzen und die Maus tanzen lassen.«

»Na, bei diesem Maar hat es sich aber offensichtlich gelohnt. Wo hat er gearbeitet?«

»Weiß ich noch nicht. Es hieß nur, er sei Informatiker.«

Die Küche war nicht nur luxuriös eingerichtet, sondern auch groß. Sie hatte drei Türen, eine zum Gang, eine zum Ess- und Wohnzimmer und eine führte auf die Dachterrasse. Als Tischler hinausging, verschlug es ihr fast die Sprache, so atemberaubend war der Ausblick auf Bogenhausen und München. Die gut 20 Quadratmeter große Dachterrasse war geschmackvoll begrünt mit exotischen und einheimischen Pflanzen. Eine Kletterhortensie an der Wand, Passionsblumen, diverse Gräser, eine Clematis und ein Rosenbäumchen verwandelten die Terrasse in eine grüne Oase. Das war die Arbeit von Profis, nicht die eines Hobbygärtners.

Umrahmt von üppigem Grün stand eine Tischgarnitur. Barbara Tischler setzte sich auf einen der vier Stühle, schloss die Augen und ließ sich von der Abendsonne bescheinen. Sie musste sich erst sammeln, mental auf einen neuen Fall vorbereiten, der einen neuen Toten bedeutete. Der Ärger über die geplatzte Abendgestaltung hielt sich in Grenzen, schließlich war das ihr Job. Aber der Ärger, den sie den ganzen Tag über verspürt hatte, musste erst noch verdaut werden.

»Ralf, schau dir die Wohnung weiter an, ich meditiere noch ein wenig und öffne meine Chakren, um mich mit kosmischer Energie aufzutanken.«

Bereitwillig kam Mangel dieser Aufforderung nach und verschwand wieder in der Küche, die ihn faszinierte. Die Kommissarin hatte im Prinzip genug gesehen. Der Tote hatte offensichtlich Geld. Allein die Miete der Wohnung dürfte den durchschnittlichen Monatsverdienst einer Verkäuferin übersteigen. Die Einrichtung war modern und edel und zeugte von Geschmack. Über die Persönlichkeit des Opfers sagte sie allerdings wenig aus. Da versprach sich die Kommissarin mehr vom Schlafraum, vor allem aber vom Wohnzimmer, das der Repräsentation der Persönlichkeit diente.

Barbara Tischler genoss die wärmende Flut der Abendsonne und döste mit verschlossenen Augen vor sich hin. Sie versuchte, sich geistig für einen neuen Fall frei zu machen. Vor rund sechs Wochen war der erst achtzehnjährige Tarik Shahal in seiner Einzimmerwohnung in Giesing erstochen worden. Besser gesagt, man hatte ihm den Hals aufgeschlitzt. Sein Vater, ein verdienter Oberst, hatte die Seiten gewechselt und war von einer Todesschwadron unter Führung des gefürchteten Elitesoldaten Al-Massad getötet worden. Aus Angst vor Racheakten des Assad-Regimes war Tarik nach Deutschland geflohen und nach einem Jahr als Asylbewerber anerkannt worden.

Kaum war er der Enge des Asylantenheims entkommen, da wurde er schon ermordet. Der Täter kam in der Nacht zwischen drei und fünf Uhr. Er muss die Wohnung mit einem Picking-Werkzeug geöffnet haben, denn es gab keinerlei Einbruchsspuren, auch keine Fingerabdrücke oder andere Hinterlassenschaften, nichts. Es war die Arbeit eines Profis. Tarik Shahal wurde im Schlaf mit einem langen Messer ermordet. Schnell und lautlos. Dann war der Täter wieder in der Dunkelheit verschwunden. Keiner hatte etwas gesehen oder gehört.

Anfangs ermittelten die Polizisten noch in alle Richtungen, doch bereits nach kurzer Zeit bestätigte sich der Verdacht, dass die Häscher Assads Tarik aus Rache für den Verrat seines Vaters ermordet hatten. Denn niemand anderer als Al-Massad, der Rebellenkiller, war drei Tage vor dem Mord mit falschem Pass nach Deutschland eingereist. Gleich in seiner ersten Nacht brachte er einen ehemaligen Diplomaten um, der ebenfalls zu Beginn des Bürgerkriegs die Seiten gewechselt hatte. Auf dieselbe Weise, zumindest auf eine sehr ähnliche. Auch ihm wurde im Schlaf die Kehle aufgeschlitzt.

Da sich dieser Mord in Stuttgart ereignet hatte, wurde getrennt ermittelt und ein Zusammenhang erst später klar. Es war Ralf Mangel, der früh einen politischen Hintergrund vermutete und seine Chefin überzeugen konnte. Sie studierten tagelang Bildmaterial von Bahnhöfen und Flughäfen und wurden schließlich fündig. Al-Massad war mit dem Nachtzug aus Amsterdam nach Stuttgart gekommen. Das hatten Überwachungskameras eindeutig ergeben. Ansonsten fand sich keine Spur. Was der Killer im Dienste Assads in den folgenden Tagen getan hatte, blieb unklar. Zwei Tage nach dem Mord an Tarik tauchte er in Damaskus wieder auf.

Daraufhin wurde ein offizieller Haftbefehl erlassen sowie ein Auslieferungsantrag an Syrien gestellt, auch wenn alle Beteiligten wussten, dass er nichts bringen würde. Erwartungsgemäß lehnten ihn die Syrer ab und behaupteten, der verdiente Offizier könne die Verbrechen nicht verübt haben, da er sich permanent im Lande aufgehalten habe. Tischler wollte sich damit nicht zufriedengeben. Der Anblick des toten Jungen hatte sie schwer getroffen, und sie hatte sich geschworen, seinen Mörder zu fangen.

Allerdings war sie nicht hundertprozentig davon überzeugt, dass Al-Massad tatsächlich den jungen Syrer umgebracht hatte. Es sprach eine Menge für ihn, einige Details aber gegen ihn. So war die Mordwaffe nicht zweimal dieselbe und auch der Stich selbst war weder so fachmännisch noch mit derselben Kraft ausgeführt wie bei dem eiskalten Mord in Stuttgart. Das musste nichts heißen, ein Mord ist kein mechanischer Vorgang, der jedes Mal gleich abläuft. Dennoch waren die Unterschiede in der Klingenführung und im Kraftaufwand erheblich und ließen zumindest Zweifel zu, ob es sich bei dem Mörder wirklich um ein und dieselbe Person handelte.

Außerdem hatte Tischler einen anderen Ansatz verfolgt als ihr Kollege Mangel. Und sie gab nur ungern zu, sich geirrt zu haben. Tischler war stutzig geworden, als die Laboruntersuchung ergeben hatte, Tarik Shahal sei HIV-positiv gewesen. Es gab ferner Hinweise auf homosexuellen Geschlechtsverkehr. War der Syrer in der Schwulenszene aktiv oder verdingte er sich gar auf dem Straßenstrich? Freier, auch zahlungskräftige, gab es für so durchtrainierte Jünglinge wie Tarik Shahal genügend. Tischler hatte in diese Richtung ermittelt, war aber auf eine Mauer des Schweigens gestoßen. Die Freunde von Tarik sagten kein Wort. Und erste Recherchen in der Szene hatten wenig Handfestes zutage gefördert. Bei den Kollegen vom Sittendezernat war Tarik nicht aktenkundig, deren Informanten in der Szene nicht bekannt. Allerdings besaß Tarik einen neuen 55-Zoll-LED-Fernseher und diverse andere Gegenstände, die für einen jungen Mann, dessen Asylantrag eben bewilligt worden war, ungewöhnlich waren. Zudem fanden die Polizisten Kokain und Amphetamine. Sicher, Tarik konnte am deutschen Staat vorbeigeschmuggeltes Geld aus Syrien bekommen haben. Genauso wahrscheinlich war es jedoch auch, dass sich Tarik mit legalen oder halblegalen Arbeiten seinen Luxus verdiente.

Als Mangel den Schlächter von Damaskus identifizierte, hatte Tischler ihren eigenen Ansatz auf Eis gelegt. Nach dem Auslieferungsantrag war der Fall von oben als abgeschlossen eingestuft worden, obwohl Tischler noch gern in andere Richtungen ermitteln wollte. Doch sie war zurückgepfiffen worden. Und deshalb nur schwer auszuhalten. Für sie war der Fall Tarik Shahal nicht abgeschlossen, für ihre Vorgesetzten schon.

Barbara Tischler sah Al-Massad, wie er mit einem riesigen, bluttriefenden Schlachtermesser auf sie zuschritt. An seinem Gürtel hingen die abgeschnittenen Köpfe von Tarik Shahal und dem Diplomaten von Stuttgart. Der Killer spuckte laut aus und stieß wilde Drohungen aus. Er wollte die Kommissarin abschlachten, weil sie an ihm zweifelte, an ihm, der Mordmaschine. Der Schlächter von Damaskus wollte sich seine dritte Trophäe holen und sprang mit einem Satz auf Tischler zu, doch die Kommissarin hatte nicht umsonst einen schwarzen Gürtel in Karate und parierte den Angriff mit einem gezielten Tritt. Blitzschnell drehte sie sich um und ging in Kampfstellung, da wurde sie an der Schulter gepackt. Sofort reagierte sie mit einem gezielten Schlag.

»Barbara, was machst du?«, schrie plötzlich jemand, der sich eindeutig nicht nach einem syrischen Killer anhörte.

Tischler riss die Augen auf und blickte in das entsetzte Gesicht ihres Kollegen Mangel, der sich den Hals rieb. Sie war tatsächlich in der Abendsonne sitzend eingeschlafen und hatte einen blutigen Traum.

»Entschuldige, ich dachte, du wärest Al-Massad.«

»Ich schaue ja unheimlich arabisch aus, oder?«, röchelte Mangel. »Du hast vielleicht eine harte Handkante.«

»Weißt du das jetzt erst? Ich habe schon Hühner geköpft mit einem bloßen Schlag.«

Mangel schaute seine Chefin kurz fragend an und verzog dann die Augen. »Die Freundin des Opfers ist ansprechbar«, sagte er immer noch mit etwas heiserer Stimme. Tischler hatte ihn im Schlaf direkt am Adamsapfel getroffen.

»Gut. Aber das Reden übernehme erst mal ich. Du klingst ja wie ein röhrender Hirsch mit akuter Bronchitis.«

Tischler stand auf und streckte sich. Sie war selbst noch etwas schläfrig von ihrem kleinen Nickerchen.

03

Adriana Bellinghaus war eine attraktive junge Frau, die auf Männer betörend wirken konnte, in ihrem Zustand aber wie eine ausgeschlüpfte Larve aussah. Aus ihrem Gesicht, dessen Teint trotz des Hochsommers recht blässlich wirkte, war der Rest von Farbe entwichen. Um ihre Augen hatten sich dunkle Schatten breitgemacht. Sie stierte vor sich auf den Boden, völlig apathisch, gekennzeichnet von dem enormen Schock.

Ihre äußere Erscheinung dagegen war makellos, gepflegt. Ihr blondes Haar hatte sie schwungvoll, nicht völlig streng und glatt, nach hinten zu einem tief angesetzten Zopf gebunden und sich dazu passend mit einem roten Lippenstift geschminkt. Sie hatte ein ebenmäßiges Gesicht mit großen meerblauen Augen, die allerdings an diesem Tag allen Glanz verloren hatten und nur matt wässrig schimmerten. Ihre Kleidung war dezent und geschmackvoll. Sie trug ein beiges Kostüm mit einem knielangen, eng anliegenden Rock, der ihre sportliche Figur betonte, dazu ein apricotfarbenes zartes Leinen-T-Shirt.

»Persönlich halte ich eine Vernehmung zu diesem Zeitpunkt nicht für sinnvoll«, sagte Doktor Bertram zu den Polizisten. »Sie ist schwer traumatisiert und steht unter Schock. Ich habe ihr eine Beruhigungsspritze gegeben, aber sie will nicht schlafen, sondern verspürt den seltsamen Drang, ausgerechnet mit Ihnen zu sprechen.«

»Danke, Doktor, ich bin ebenso höchst erfreut, Sie zu sehen«, entgegnete Tischler, die ihre Animositäten angesichts der ernsten Umstände nicht weiter pflegen wollte. Dann wandte sie sich Adriana Bellinghaus zu. »Wollen Sie wirklich jetzt mit uns reden und nicht besser zu einem späteren Zeitpunkt?«

Die Freundin des Opfers schüttelte kaum merklich den Kopf. »Bringen wir es hinter uns«, flüsterte sie, auf dem Bett sitzend.

»Gut. In welcher Beziehung standen Sie zu dem Toten?« Tischler vermied es bewusst, sofort auf den Mord zu sprechen zu kommen, um erst einmal eine Beziehung aufzubauen.

»Wir sind zusammen ... besser gesagt, wir waren zusammen seit etwa knapp einem halben Jahr. Wir haben uns am Faschingsdienstag kennengelernt.« Über Adrianas Gesicht huschte ein Lächeln, das sofort wieder erlosch. »Er war als Computermaus verkleidet und hat mich gefragt, ob er auf meiner Tastatur spielen könnte.«

»Das Bild ist aber schief«, wandte Mangel ein. »Mit der Maus kann ich den Cursor bewegen und …« Der strenge Blick von seiner Chefin ließ ihn verstummen.

»Es hat auf jeden Fall schnell gefunkt bei uns, und wir wussten, dass es etwas Ernstes werden würde. In unserem Alter braucht man keine zwei Jahre Aufwärmphase mehr.«

»Wie alt sind Sie denn, wenn ich fragen darf?«

»27. Und Stefan war 31.« Dieser Satz kam ihr nur zögernd über die Lippen. Man merkte, wie sie mit den Tränen kämpfte, so zitterte ihr Mund.

»Haben Sie zusammengewohnt?«, fragte Mangel nach, der seinen Fauxpas von vorhin rückgängig machen und sich in das Gespräch einbringen wollte.

»Nein. Ich habe noch meine alte Studentenbude in Schwabing in der Nähe des Josephsplatzes. Aber jeder hatte den Wohnungsschlüssel des anderen. Seit sechs Wochen, als Vertrauensbeweis.«

»Was machte Stefan Maar beruflich? Er muss sehr gut verdient haben, wenn er sich so eine große und luxuriös eingerichtete Wohnung leisten konnte.«

»Er war Informatiker bei Microsoft. Programmierer. Was er da genau gemacht hat, weiß ich nicht. Ich kenne mich nicht so genau aus mit EDV. Er arbeitete bei Office mit, glaube ich.« Adriana Bellinghaus wurde zusehends müder. Offensichtlich zeitigte die Beruhigungsspritze langsam ihre Wirkung.

»Können Sie mir schildern, was heute passiert ist?«, fragte Tischler vorsichtig. »Wir können aber jederzeit die Befragung abbrechen.«

»Nein, ich …« Die junge Frau stammelte ein wenig, fing sich jedoch wieder. »Ich kann eh nicht viel sagen. Ich bin hereingekommen, habe nach Stefan gerufen und ihn dann gesehen, wie er am Boden lag. Überall war Blut und …« Nun kamen die ersten Tränen wie Sturzbäche aus den Augen geschossen. »Und seine Hände waren abgeschlagen.« Adriana legte sich rücklings auf das Bett, nahm das Kissen und zog es über den Kopf.

»Sie müssen jetzt gehen«, sagte Doktor Bertram scharf. »Die Patientin braucht Ruhe.«

Nickend stand Tischler auf und verabschiedete sich von der Freundin des Opfers. Dann ging sie mit Mangel hinaus.

Der Anblick war grausig, wenngleich Barbara Tischler schon schrecklichere Leichen gesehen hatte. Stefan Maar lag auf dem Rücken, die Augen und Mund offen, als wäre er debil. Sogar die Zunge streckte er ein wenig heraus. Auf Höhe des Adamsapfels hatte er einen sauberen Schnitt, in den man einen USB-Stick der Breite nach hätte einpassen können. Das Hemd war zerfetzt, sodass die ganze Brust entblößt war. Darauf waren zwei Zeichen eingeritzt, die durch einen Diagonalstrich wie ein Slash getrennt waren. Links davon war ein horizontaler Strich mit einer Art Halbkreis, rechts davon ein Quadrat mit zwei Bögen von oben nach unten in die Ecken, es sah aus wie ein von Kinderhand gezeichnetes Fenster mit Vorhängen, sowie wieder dieser offene Halbkreis.

Die Armstümpfe lagen annähernd parallel zueinander, die abgeschlagenen Hände gefaltet auf dem Bauch, als würde der Tote beten. Tischler kniete sich nieder und ließ den bizarren Anblick auf sich wirken.

»Was will uns der Mörder damit sagen?«, murmelte sie mehr vor sich hin.

»Das war ein Mafiamord. Ein klassischer Mafiamord«, sagte Mangel mit dem Ton der unerschütterlichen Überzeugung. »Die Mafia hat früher auf Sizilien ihre Opfer auf eine ganz bestimmte Weise hergerichtet, die das Motiv für den Mord ausdrückten. Hatte er zum Beispiel die Schuhe auf dem Bauch, dann wollte er abhauen. Die abgeschlagenen Hände müssten darauf hindeuten, dass er etwas gestohlen hat. Es symbolisiert, dass er seine Hände besser in seinen Taschen gelassen hätte.«

Tischler wiegte den Kopf hin und her. »Soweit ich weiß, macht das die aktuelle Mafia auch nicht mehr auf Sizilien. Und dass die einen gut verdienenden deutschen Informatiker auf archaische Weise hinrichten, kann ich mir schwerlich vorstellen. Ansonsten finde ich die Idee mit Diebstahl einleuchtend.«

»Dia Mafia hat überall ihre Finger im Spiel. Die besitzen nicht nur Pizzerien bei uns. Deutschland ist für die ein Paradies zum Geldwaschen.«

»Ich weiß. Und da könnte ein Informatiker schon seine Finger im Spiel haben. Du hast recht, Ralf«, besänftigte Tischler ihren Mitarbeiter. »Wir müssen dieser Fährte nachgehen.«

Die Kommissarin versuchte seit geraumer Zeit, ihren Mitarbeiter nicht mehr zu hänseln, wenn er eine spinnige Idee hatte. Diese waren sowieso im Laufe der Zeit weniger geworden. Noch vor zwei Jahren war er als Verschwörungstheoretiker von der Hallertau, seiner Heimatregion, im Kommissariat verschrien. Das hatte sich jedoch etwas gelegt.

Nach eingehender Betrachtung der Leiche stand Tischler auf und wandte sich Paul Siewert zu.

»Was hast du für mich? Ein paar sizilianische Reiskugeln vielleicht?«

»Du meinst Arancini«, lächelte Siewert. »Diese frittierten Reisbällchen. Ich liebe sie. Auf den Liparischen Inseln haben wir die auch gegessen. Phänomenal. Woher kennst du die?«

»Hab ich schon ein paar Mal bei Camilleri gelesen.«

»Ich dachte, du liest keine Kriminalromane?«, fragte Mangel erstaunt, der den Seitenhieb mit den Reiskugeln offensichtlich nicht ernst genommen, vielleicht auch nicht verstanden hatte.

»Camilleri geht immer. Manchmal muss ich auch schauen, wie man sich uns so vorstellt. Also Paul, was haben wir?«

»Wenig. Sehr wenig. Wir haben keine frischen Spuren gefunden, die mit Sicherheit auf den Täter hinweisen würden. Der Mörder muss sehr vorsichtig gewesen sein. Es gibt auch keinerlei Einbruchspuren. Entweder kam er mit einem Schlüssel oder einem ausgezeichneten Picking-Werkzeug, oder das Opfer muss ihm geöffnet haben. Das halte ich allerdings für unwahrscheinlich.«

»Wieso?«, fragte Tischler nach und hob eine Augenbraue.

»Wegen der Mordwaffe. Ich muss die Wunde noch genau untersuchen, aber es deutet alles auf eine einschneidige, sehr scharfe Waffe mit einer größeren Klinge hin.«

»So etwas wie ein Säbel?«

»Oder ein Schwert?«, ergänzte Mangel, der in heller Aufruhr war. Ein Mord mit einer mittelalterlichen Waffe wäre ganz nach seinem Geschmack gewesen.

»Na ja, ein Ritterschwert war es nicht, aber auch kein Messer. Vermutlich war die Mordwaffe zu groß, um sie leicht zu verstecken.«

»Und man würde keinen hereinlassen, der mit einem gezückten Krummsäbel vor der Wohnungstür steht«, führte Tischler den Gedankengang weiter.

»Genau«, nickte Siewert.

»Und diese beiden Zeichen auf der Brust? Habt ihr da schon eine Idee?«, fragte die Kommissarin.

»Ja«, antwortete Siewert. »Das sind japanische Zahlen. Eins Strich Vier.«

»Ein Viertel?« Tischler blickte etwas amüsiert. »Will uns da einer verarschen.«

»Dann handelt es sich nicht um die sizilianische Mafia, sondern um Yakuza«, rief Mangel aus. »Und die Zahlen bedeuten eins von vier. Das ist das erste Opfer von vieren.«

Tischler strich sich übers Kinn und dachte nach. »Die Yakuza lassen wir mal außen vor, aber das mit den Zahlen überzeugt mich. Nur würde mich diese Lesart überhaupt nicht freuen.«

»Wieso? Weil die Erkenntnis von mir stammt?« Ralf Mangel war dünnhäutig geworden, wenn es um seine Theorien ging.

»Nein, weil dann eine Mordserie mit drei weiteren Opfern auf uns wartet.«

Die Hitze hatte sich in München eingenistet und das Häusermeer aufgeheizt, sodass man problemlos bis tief in die Nacht mit Sommerkleidung im Freien sitzen konnte. Die Biergärten und Straßencafés quollen über und an öffentlichen Hotspots wie dem Königsplatz oder dem Hofgarten versammelten sich junge Menschen aus aller Welt, um ein bisschen Party mit Bier und Alkopops zu feiern.

Barbara Tischler mochte diese heißen Tage. Sie liebte das intensive Körpergefühl, die flirrende Hitze, sogar das Schwitzen. Und das war an diesem Tag nicht zu kurz gekommen. Die Polizistin fühlte sich klebrig und wünschte sich nichts sehnlicher, als unter der lauwarmen Dusche zu stehen.

Sie hatte die Wohnung in Bogenhausen gegen halb zehn verlassen, nachdem alles besprochen und inspiziert war. Ihrem Walter hatte sie kurz Bescheid gegeben, dass es leider nichts mit der geplanten Abendgestaltung würde, was dieser natürlich verstand, schließlich war er auch Polizist. Während der Arbeit am Tatort hatte sie das Handy ausgeschaltet. In dieser sensiblen Zeit wollte sie nicht gestört werden, auch aus Rücksicht auf traumatisierte Zeugen wie Adriana Bellinghaus. Auf dem Weg nach Neuhausen, wo Walter Bechthold wohnte, schaltete sie ihr Handy wieder ein und stellte fest, dass sie eine Nachricht von ihm auf der Mailbox hatte, verzichtete aber darauf, diese abzuhören, denn sie war in zehn Minuten bei ihm.

Letztlich wurden es zwanzig Minuten, weil sie zweimal um den Block fahren musste, um einen Parkplatz zu finden. Im Gegensatz zu Adriana Bellinghaus hatte sie keinen Schlüssel für die Wohnung ihres Freundes. Es hatte ihr ein wenig zu denken gegeben, mit welcher Überzeugung die junge Frau davon gesprochen hatte, ihr Stefan Maar sei der Mr Right und in diesem Alter wisse man so etwas schnell.

Die Kommissarin war sich auch sicher, dass Walter Bechthold ein passender Deckel für ihren Topf war. Dem romantischen Irrtum, es würde nur den einen Wahren geben, war sie nie unterlegen. Wäre aber nach gut einem Jahr nicht langsam der nächste Schritt in ihrer Beziehung fällig? Die Wohnungsschlüssel dem Partner zu geben, wäre eine Geste des Vertrauens gewesen, die zeigte, wie ernst man die Beziehung nahm.

Barbara Tischler sinnierte weiter, als sie an das große Mietshaus im Münchner Westen kam. Da gerade andere Bewohner herauskamen, erübrigte es sich zu läuten. Die Polizistin ließ den Fahrstuhl links liegen und spurtete die Treppen in den dritten Stock. Sie wollte nur noch duschen und ihren Walter küssen.

Endlich war sie vor der Wohnung angekommen und drückte ungeduldig die Klingel. Sie erwartete natürlich, dass ihr Walter die Tür öffnete. Doch da hatte sie sich geschnitten. Es war auch nicht Sarah, sondern eine von der Sonne nachgerade imprägnierte Frau mittleren Alters, die eine wilde Mähne mit zahlreichen Löckchen hatte, die aussahen, als wären sie mit einem Korkenzieher gedreht worden. Mehr schlecht als recht gebändigt wurden sie von zwei bunten Batiktüchern. Dass die Frau nicht im Solarium eingeschlafen war, sondern von der Natur ihre tiefe Bräune bekommen hatte, bewiesen auch die zahlreichen Sonnenflecken in ihrem Gesicht. Ihrem strahlenden Gesicht.

»Du musst Barbara sein«, sagte die fremde Frau und breitete die Arme aus. Sie trug ein weites blaues Kleid mit stilisierten Elefanten und einem verspielten Muster. Und wenn sich Tischler nicht täuschte, darunter keinen BH.

»Ja«, antwortete die Kommissarin perplex. Bevor sie sich versah, umarmte die fremde Frau sie und drückte sie an sich. Tischler fühlte sich stocksteif und außerstande, die Herzlichkeit zu erwidern, zumal sie auch nicht unbedingt geruchsneutral war und sich ein wenig schämte.

Während sie noch gedrückt wurde, kam Walter herangetrabt. Seine Miene verriet nichts Gutes. Er sah aus, als hätte es zum Abendessen ein Ragout aus

Stinkmorcheln und Rattenspeck gegeben. Dementsprechend verzog er das Gesicht und deutete etwas mit den Händen an, was die Kommissarin nicht verstand.

»Du bist ja ganz steif. Barbara, du musst lockerer werden«, sagte die fremde Frau und löste die Umarmung. Dann legte sie ihre flache Hand auf das Brustbein der Kommissarin. »Kein Wunder. Dein Anahata ist völlig verstopft. Wir müssen unbedingt deine Verspannungen lösen und zusammen Yoga machen.«

Nun war es Barbara klar, um wen es sich bei der fremden Frau handelte. Lucie, Walters Ehefrau, die vor über vier Jahren das Dirndl gegen den Sari eingetauscht und mit einem rastalockigen Animateur nach Goa durchgebrannt war, war zurück.

»Das Angebot mit dem Yoga klingt verlockend, aber mir wäre ausnahmsweise eine Dusche lieber. Ich glaube, ich muss nämlich erst die Schweißschicht abwaschen, die sich auf meiner Haut gebildet hat«, entgegnete die Kommissarin. »Danach bin ich automatisch locker. Noch lockerer kann nicht einmal ein wackelnder Milchzahn sein.«

Lucie lachte laut auf. Sie klang schon fast ein wenig hysterisch. »Ja, sie ist wirklich lustig. Walli, du hast recht gehabt.«

Walli? Die Kommissarin traute ihren Ohren nicht. Hatte diese teutonische Shiva-Imitation ihren Freund gerade Walli genannt? Mit diesem Spitznamen bedachte man in ihrer Kindheit alte Frauen, die zur Zeit des letzten Kaisers das Licht der Welt erblickt hatten.

»Auf jeden Fall bin ich verschwitzt und muss nach Hause. Ich wollte Walli«, es gelang der Kommissarin nicht, diese Kurzform ohne spöttischen Unterton auszusprechen, »nur noch kurz etwas sagen.«

»Aber du kannst doch auch hier duschen«, bot Lucie an.

»Danke, aber mein Fußpilz ist das heimische Bad gewöhnt. Da ist nichts zu machen.«

»Dann bis zum nächsten Mal.« Lucie nahm Barbara bei den Schultern und küsste sie auf die Wangen. »Om Namah Shivaya«, sagte sie überschwänglich zum Abschied und ging dann zurück in die Wohnung.

»Hast du meine Nachricht nicht erhalten?«, raunte Bechthold halblaut.

»Nein, die ist in meinem digitalen Briefkasten stecken geblieben. Sag, was ist das?« Barbara war völlig von den Socken. Etwas Schlimmeres hätte ihr nicht passieren können, als dass jetzt, gerade jetzt, da sie endlich einmal eine glückliche Beziehung hatte, die durchgeknallte Ex des Partners hereinschneite.

Der LKA-Kommissar fuhr sich mit der Hand über das ernste Gesicht. »Vor zwei Stunden klingelt es an der Tür, und Lucie steht mit zwei riesigen Koffern da und sagte nur, sie sei wieder zurück.«

»Mit der Erleuchtung eines Flutlichtmasten.«

»Das kannst du laut sagen«, seufzte Walter.

»Aber sag mal, will sie hier wieder wohnen?« Barbara zog eine Augenbraue hoch und sah ihren Freund durchdringend an.

Bechthold zuckte mit den Achseln. »Nur vorübergehend. Aber was soll ich machen?«

»Ihr ein Taxi rufen, das sie zum nächstbesten Hotel bringt. Muss ja nicht der Bayerische Hof sein.«

»Das kann ich Sarah nicht antun. Sie war erst sehr ablehnend und reserviert, ist dann aber aufgetaut und freut sich mittlerweile riesig, dass ihre Mutter wieder zu Hause ist.«

»Zu Hause?« Die Kommissarin schreckte zusammen, als sie diese Vokabel hörte. »Diese erleuchtete Vogelscheuche, die euch vor vier Jahren einfach hat sitzen lassen und auf spirituelle Tauchstation gegangen ist, platzt hier herein und ist sofort wieder zu Hause?«

Wort- und grußlos drehte sich Barbara Tischler um und ging. Walter rief ihr noch etwas hinterher, aber es war zu spät. Alles war zu spät.

04

Der Mord beherrschte die Titelseiten der Münchner Presse. Wahlweise wurde der Täter als »Schlächter von Bogenhausen« oder »Schwert-Killer« tituliert und der Fall blutig aufgebauscht. Vor allem an den japanischen Zeichen hängten sich die Journalisten auf und setzten wüste Theorien in die Welt, die letztlich aber auf die Befürchtung der Polizisten hinauslief, dass nämlich der gewaltsame Tod von Stefan Maar der Auftakt zu einer Mordserie mit vier Opfern war.

Auch in den Lokalnachrichten von Tischlers bevorzugtem Münchner Radiosender spielte der Fall eine große Rolle. Ihm folgten ein kurzer Bericht über einen nächtlichen Brand in einem Bürogebäude, bei dem es sich vermutlich um Brandstiftung handelte, sowie ein Feature über den bevorstehenden Trainingsauftakt der Münchner Löwen. Die Kommissarin hörte die Nachrichten gleich zweimal, weil sich der Verkehr einmal mehr frühzeitig staute, was ihre sowieso miese Laune nicht hob.

Als Barbara Tischler schließlich ins Kommissariat kam, waren die Gespenster der letzten Nacht noch nicht vertrieben. Sie fühlte sich verraten und weggeworfen wie ein altes Handtuch. Ihr Walter hatte noch versucht, sie auf dem Handy und dem Festnetz anzurufen, aber sie wollte nicht mit ihm sprechen. Der Schmerz saß zu tief, aber auch der Ärger. Sie wandte all ihre Selbstbeherrschung auf, dass man ihr den Gemütszustand nicht sofort an der Nasenspitze anmerkte.

Eine ganz andere Emotion spiegelte sich dagegen auf Ralf Mangels Gesicht. Freudig grinsend erwartete er seine Chefin.

»Ralf, was gibt's? Du hast die Ich-habe-eine-Hammernachricht-Miene auf und siehst aus, als würde es dich zerreißen, wenn du auch nur noch eine Nanosekunde länger damit hinterm Berg halten müsstest.«

Mangel wusste nicht recht, ob er sich darüber freuen oder ärgern sollte, dass ihn seine Vorgesetzte wie ein offenes Buch lesen konnte. Es zeugte zumindest davon, wie gut sie sich mittlerweile kannten.

»Halt dich fest.«

»Bin verwurzelt wie eine tausendjährige Eiche.«

»Täusch dich nicht, alte Bäume haben oft ein morsches Wurzelwerk und …« Das laute Seufzen seiner Chefin ließ den Kommissar mitten im Satz innehalten. »Also. Unser Toter, Stefan Maar, hat nie bei Microsoft gearbeitet.«

»Na ja, dann war er halt bei Apple oder Linux.«

»Barbara«, sagte Mangel, als hätte die Kommissarin gerade die Erde zur Scheibe erklärt, »Linux ist doch ein freies Betriebssystem, das ist eine Non-Profit-Organisation, bei denen kann man nicht arbeiten.«

»Ich bin schon wirklich bescheuert. Wie konnte ich das nur vergessen. Am besten gebe ich gleich mein Abi wegen nachträglicher Dummheit zurück.«

»Du hast mal wieder eine Laune«, beschwerte sich Mangel, fuhr aber dann fort, seine Nachforschungen zu berichten. »Tja, wo hat er gearbeitet, der Herr Maar. Laut seinen Kontoauszügen hat er monatlich 7063 Euro und 57 Cent verdient.«

»Da kann man sich dann mehr als eine möblierte Tiefgarage leisten«, seufzte Tischler.

»Genau. Und überwiesen wurde das Geld zum Monatsersten von der Firma MICROSOF-TAG. Das liest sich auf die Schnelle wie Microsoft AG, ist aber eine kleine Software-Firma mit Hauptsitz in Liechtenstein.«

»Klingt nach Briefkastenfirma.«

»Ist es wohl auch, vielleicht sogar ein Scheinunternehmen. Aber das Beste kommt noch.« Mangel grinste über das ganze Gesicht. Tischler hasste es, von ihm auf die Folter gespannt zu werden, aber sie riss sich am Riemen und wurde nicht patzig, nicht einmal ungeduldig. Sie hatte ihm einmal, da hatte er es aber wirklich mit seinen Spielchen übertrieben, die Dienstwaffe auf die Brust gesetzt und gedroht, sie würde schießen, wenn er nicht endlich losschießen würde.

»Ich habe nichts über die Firma MICROSOF-TAG in Erfahrung gebracht, nur den Namen des Inhabers.« Wieder grinste Mangel breit.

»Sag bloß, das war dieser Maar selbst.«

»Yepp. Und? Was sagst du jetzt?« In Erwartung eines Lobs schaute Mangel seine Chefin an und erhielt tatsächlich seine Streicheleinheit.

»Ralf, das hast du fantastisch gemacht. Wir knöpfen uns noch mal diese Bellinghaus vor. Mal schauen, ob die wirklich von den Aktivitäten ihres Lovers nichts gewusst hatte.«

»Was reden Sie da? Stefan hat sich selbst bezahlt und war sein eigener Angestellter?« Ungläubig blickte die Freundin des Toten die beiden Kommissare an. Sie hatte sich aus verständlichen Gründen krankschreiben lassen und die Nacht in ihrer eigenen, deutlich kleineren wie bescheideneren Wohnung verbracht. Sie wirkte gefasster, hatte den Schock offensichtlich bereits etwas verdaut, als sie den Polizisten die Tür öffnete. Doch auf die unerwarteten Neuigkeiten reagierte sie erst einmal ungläubig, fast schon aggressiv. Erst als ihr Mangel ein paar handfeste Beweise vorlegte, ließ sie langsam die unschöne Wahrheit an sich ran.

»Da glaubt man, einen Menschen zu kennen und dann das.« Sie stieß ein höhnisches Lachen aus und schüttelte den Kopf. »Wissen Sie, ich bin kein Glückskind. Ich habe schon viele hässliche Dinge erleben müssen. Die letzten Jahre waren für mich nicht leicht. Dann aber habe ich Stefan kennengelernt und wieder erfahren, was Liebe bedeutet. Und jetzt teilen Sie mir mit, dass er mich belogen und mir etwas vorgemacht hat. Kann man sich wirklich so in einem Menschen täuschen?«

»Kann man«, stimmte Tischler zu. Sie musste sich auf die Lippen beißen, um keine allzu persönliche Antwort zu geben. Ihre Enttäuschung über Walters Verhalten war grenzenlos. Das »zu Hause« hallte in ihrem Kopf nach wie eine gigantische Explosion. »Sie waren also immer der Meinung, dass Maar bei Microsoft in Unterschleißheim arbeitete?«

»Ja. Er erzählte nicht viel von seinem Job, aber hin und wieder eine kleine Anekdote. Kollegen habe ich nie kennengelernt, er hat mir lediglich ein paar Mal Fotos der Firma gezeigt. Außenaufnahmen ohne Leute.«

»Wahrscheinlich hatte er die aus dem Internet, oder er war zur Tarnung dort und hat fotografiert«, warf Mangel nüchtern ein.

»Wahrscheinlich«, pflichtete Bellinghaus bei. Die Schatten unter den Augen wurden wieder dunkler. Dennoch wirkte sie weiterhin frischer als am Vortag. Und legerer. Ihr Haar trug sie offen, und sie hatte einen grauen Jogginganzug an.

»Wie sah sein Arbeitstag aus? Wann ging er aus dem Haus? Wann kam er zurück?«

»Unregelmäßig. Er machte auch öfters Homeoffice. Das ist in der IT-Branche nichts Ungewöhnliches. Ich kann eigentlich über seine Arbeitszeiten nichts sagen, weil ich selbst um spätestens halb neun im Büro sein muss. Und da war Stefan meist noch zu Hause.«

»Haben Sie eine Ahnung, was er gemacht haben könnte?«

Adriana Bellinghaus zuckte mit den Schultern. »Nein, aber bald würde mich gar nichts mehr wundern.«

»Hatte er etwas mit Japanern zu tun?«, fragte Mangel unvermutet.

»Nein, nicht dass ich wüsste«, antwortete Bellinghaus überrascht. »Wie kommen Sie darauf?«

»Nur eine Spur unter vielen, denen wir nachgehen«, antwortete Tischler blitzschnell für ihren Kollegen. Dieses Thema wollte sie nicht vertiefen. »Was machen Sie beruflich?«

»Ich? Ach, etwas furchtbar Langweiliges. Versicherungen. Industrieversicherungen, um genau zu sein. Ein Bürojob, der nicht so prickelnd ist. Aber es macht trotzdem Spaß. Und unser Team ist gut. Wir halten zusammen und unternehmen viel gemeinsam.«

»Hatte Stefan Maar Feinde?«, fragte Tischler direkt.

Die junge Frau lachte kurz auf. »Bis vor einigen Minuten hätte ich gesagt: Nein, auf keinen Fall. Aber jetzt …« Bellinghaus kämpfte sichtlich mit den Tränen. »Jetzt weiß ich nicht mehr, mit wem ich eigentlich die letzten Monate zusammen war.«

»Ihnen ist aber nicht bekannt, dass er mit jemandem Streit oder irgendwelche Probleme hatte?«

»Nein«, hauchte Adriana.

»Was hat er in seiner Freizeit gemacht?« Wenn sie schon nichts über die Feinde erfuhr, dann wollte sie wenigstens etwas über die Freunde wissen. In manchen Fällen waren das sowieso dieselben Leute.

»Nichts Besonderes.« Adriana Bellinghaus dachte kurz nach. »Er spielte Golf.«

Das verstand man also heute unter nichts Besonderes, dachte sich Tischler.

»In einem Club in Eschenried, glaube ich. Da war ich nie dabei und kenne deshalb niemanden. Golf ist nicht so mein Ding. Außerdem gingen wir gern Salsa tanzen. Da waren wir meist zu zweit, kannten aber einige Paare, mit denen wir losen Kontakt hatten. Ansonsten hatte er einige enge Freunde, mit denen er immer wieder um die Häuser zog. Manchmal war ich auch dabei. Ich kann Ihnen die Namen aufschreiben, wenn Sie wollen.«

Die Kommissarin nahm das Angebot dankend an.

»Wenn es Ihnen nichts ausmacht, wäre ich jetzt gern ein wenig allein«, sagte Adriana Bellinghaus schließlich. »Ich stehe Ihnen jederzeit zur Verfügung, aber diese Nachrichten muss ich erst verdauen.«

»Eine Frage hätte ich noch, auch wenn mir klar ist, dass Sie sie kaum beantworten können«, hakte Mangel nach. »Ist Ihnen aufgefallen, ob etwas gefehlt hat in Stefan Maars Wohnung.«

Bellinghaus schüttelte fahrig den Kopf. »Ich habe Stefan da liegen sehen und …« Die junge Frau schlug die Hände vors Gesicht und begann wieder zu weinen.

»Er hatte doch einen Laptop?«

»Sicher, aber lassen Sie mich jetzt bitte allein.«

Die Polizisten verabschiedeten sich und verließen die Wohnung in der Nähe des Olympiaparks. Auf dem Weg zum Auto zog Tischler ihre dünne Sommerjacke aus und hängte sie sich lässig über die Schulter. Es würde wieder ein heißer Tag werden, so kraftvoll stach die Sonne schon am frühen Vormittag.

»Na, du bist aber forsch gewesen«, sagte Tischler. »Ich dachte, du willst gar nicht mehr gehen und noch ein Kaffeekränzchen abhalten.«

»Ich bin doch ein Teetrinker«, entgegnete Mangel lächelnd. »Komische Wohnung irgendwie.«

»Wieso? Da ist mir jetzt gar nichts aufgefallen«, gab die Kommissarin zu. »Oder haben dir die Yakuzas gefehlt.«

Mangel ignorierte den Seitenhieb. »Mir hat das Alte gefehlt. Die Einrichtung war komplett neu, ich garantiere dir, dass kein Möbelstück älter als, sagen wir, drei Jahre war. Und ich habe nichts Persönliches gesehen. Kein Foto von der Familie, keine Erinnerungsstücke an die Kindheit oder Jugend.«

»Vielleicht hat sie das alles im Schlafzimmer.«

»Kann schon sein. Aber das ist recht klein in diesen Mietshäusern hier. Das hat bestenfalls zehn oder zwölf Quadratmeter. Da bringst du als Frau nicht recht viel mehr als deine Klamotten und das Bett unter.«

»Und als Mann bringt man noch die Porno- und die Waffensammlung unter, oder wie?«, sagte Tischler spitz.

»Die habe ich im Keller«, entgegnete Mangel lächelnd mit einem seltenen Anflug von Ironie.

»Du hast recht, Ralf. Der Bude von dieser Bellinghaus fehlt die persönliche Note. Aber das macht sie nicht verdächtig. Wir sollten uns besser die Wohnung des Opfers noch mal anschauen. Die gefällt mir auch wesentlich besser.«

Barbara Tischler konnte nun nach Herzenslust herumstöbern. Die ganze Wohnung war von der Spurensicherung bereits gründlich untersucht worden, und es befand sich auch keine traumatisierte Freundin mehr im Schlafzimmer, auf die man hätte Rücksicht nehmen müssen. Die Kommissarin wollte sich ein Bild von der Persönlichkeit des Opfers machen.

Sie begann in der Küche. Deren Einrichtung hatte sie am Vortag zwar eingehend studiert, nicht aber den Inhalt der Schränke. Rund zwei Dutzend Flaschen Rotwein befanden sich in einem strahlend weißen, nahezu würfelförmigen Weinregal, das perfekt zur modernen Kühle der kompletten Einrichtung passte, klare, einfache Formen in Schwarz und Weiß. Die Weine stammten bevorzugt aus Frankreich, aber auch aus Chile und Südafrika. Mittels Smartphone fragte die Kommissarin die Preise von einigen Flaschen ab. Sie befanden sich in einem Segment zwischen 8 und 20 Euro.

Töpfe und Geschirr waren erwartungsgemäß auch von gehobener Klasse, Teller und Tassen ohne Blümchenmuster. Der Vorratsschrank war penibel eingerichtet. Reis und Nudeln in einem Fach, Gläser und Konservendosen in einem anderen, alles systematisch und akkurat, fast schon geometrisch angeordnet. Die Lebensmittel selbst waren allerdings etwas bessere Supermarktware, nichts Besonderes. Der Kühlschrank war relativ leer. In exakt aufeinandergeschichteten Tupperdosen befanden sich Wurst und Käse, im Gemüsefach eine angeschnittene Zucchini, ein halb verwelkter Kopfsalat und eine Handvoll Tomaten, ansonsten noch ein paar Döschen und Gläser wie Senf oder eine indische Currymischung.

Auch das Schlafzimmer stammte nicht von einem bekannten schwedischen Möbelhaus, sondern von einer Münchner Firma. Das Bett schwebte auf den ersten Blick, es hatte keine Füße, sondern einen runden Aufsatz, den man nicht sehen konnte. Gestern war Tischler dieses extravagante Möbelstück nicht ins Auge gestochen, vermutlich weil eine weinende Frau darauflag.

Die Kommissarin hätte am liebsten den Möbelwagen gerufen und sich das ganze Schlafzimmer einpacken lassen, so gut gefiel ihr das moderne Design, das bei Weitem nicht so minimalistisch wie das der Küche war. Der Kleiderschrank war mit Milchglastüren versehen und innen warm ausgeleuchtet, sodass man die Stapel mit Pullovern, Hemden und Hosen von außen gut sehen konnte. Stefan Maar bevorzugte Casual Look. Business-Hemden und Anzüge besaß er in überschaubarer Zahl, Jeans und T-Shirts, Pullover und Sweatjacken machten dagegen den Großteil der Klamotten aus.

Zuletzt sah sich die Kommissarin am Tatort um. Die Einrichtung, die keinen Stilbruch zu Schlafzimmer und Küche darstellte, interessierte sie weniger. Sie schaute sich die Sammlung an CDs und DVDs sowie das kleine Bücherregal an. Das sagte mehr über eine Person aus als der Wert der Möbel.

Stefan Maar stand auf Actionfilme. Matrix, die gesammelten Werke von Bruce Willis, alle Staffeln von »24«. Komplettiert wurde die Sammlung noch von einigen Komödien, vor allem aus Hollywood, ein paar Filme mit Til Schweiger und »Fack ju Göhte« befanden sich jedoch auch darunter. Der 3D-Fernseher hatte einen Durchmesser von 65 Zoll, wäre früher also auch als kleines Kino durchgegangen.

Als Tischler gerade die überschaubare CD-Sammlung studierte, die vorrangig aus Techno- und Elektropop-Bands bestand, deren Namen der Polizistin nichts sagten, kam Mangel in das Wohnzimmer. Er wollte das Büro durchforsten.

»Kein Laptop«, sagte er lapidar. »Nirgends.«

»Ich bin fast fertig mit der Durchsuchung und habe auch nichts gefunden. Vielleicht hat er ihn im Auto?«, wandte Tischler ein.

Mangel schüttelte den Kopf. »Das ist schon untersucht worden. Übrigens ein schwarzer Audi A7, geiles Geschoss. Wir müssen davon ausgehen, dass der Mörder den Laptop mitgenommen hat. Und nicht nur das.« Der Kommissar hielt inne, um die Spannung zu erhöhen.

»Dann spuck's aus!«, sagte Tischler leicht unwirsch.

»Der Computer, den Maar hier in seinem Bürozimmer hatte, wurde von den Kollegen gestern mitgenommen und untersucht. Da hat jemand die Festplatte und sicherheitshalber auch noch den Arbeitsspeicher entfernt.«

»Scheiße«, entfuhr es Tischler. »Dann haben wir überhaupt keine Hinweise, was Maar gearbeitet hat.«

»Vielleicht. Vielleicht auch nicht.«

»Ralf, überlass das Orakeln dieser Nymphe in Delphi und rede Klartext mit mir.«

»Pythia.«

»Was Pythia?« Tischler runzelte die Stirn.

»Auf dem Dreifuß vom Orakel in Delphi saß keine Nymphe, sondern die Pythia. Die hat Dämpfe aus der Erde eingeatmet und …«

»Bitte keine griechische Mythologie, sondern bundesdeutsche Realität, Ralf«, unterbrach die Kommissarin ihren Kollegen. »Welchen möglichen Hinweis hast du ausgegraben?«

»Ich bin die Kontoauszüge von Maar durchgegangen. Keine aktuellen, der hat sich alle wohl nur auf dem Computer gespeichert, aber alte, die mit den Steuererklärungen abgeheftet waren, und da findet sich ein kleines Büro, das Maar angemietet hatte.«

»Dann nichts wie hin. Du hast die Adresse, oder?«

»Ja schon, aber …«

»Kein Aber, auf geht's.« Tischler deutete ihm mit der Hand an, ihm zu folgen. Mangel trottete hinterher.

»Hör dir doch noch schnell mein Aber an. Ich wollte dir nur sagen, dass der Schrank mit den Steuererklärungen definitiv durchsucht worden ist.«

»Mist«, schimpfte die Kommissarin. »Dann hat der Mörder alles durchwühlt und weiß von dem Büro.«

05

Jesus kam als Letzter. Er genoss seinen großen Auftritt, wenn schon alle versammelt waren. Leonardo, der Berber und Rose DeWitt Bukater. Sie nannte sich nach der Rolle von Kate Winslet in James Camerons »Titanic«, nicht weil sie unbedingt große Ähnlichkeit mit der britischen Schauspielerin gehabt hätte. Diese erschöpften sich darin, dass beide längere blonde Haare hatten. Rose wollte mit dem Pseudonym ausdrücken, dass sie eine schöne Blume ist, die jedoch untergegangen ist wie der berühmte unsinkbare Dampfer. Wie der Eisberg hieß, auf den sie aufgelaufen war, verriet sie nicht, sie nannte ihn nur das Schwein. Außer wenn sie alkoholisiert war, was genau genommen täglich der Fall war, dann fielen die Namen weniger schmeichelhaft aus.

Rose hatte das Schwein abgöttisch geliebt und in Gedanken bereits geheiratet. Als sie ihren 25. Geburtstag feierte, sollte das ihr letzter als ledige Frau sein, doch dann überraschte sie ihren Freund, wie er nach Kaffee und Kuchen aus ihrer minderjährigen Schwester eine Kamasutra-Expertin machte. Statt sich zu entschuldigen, lud er sie zu einem flotten Dreier ein und verprügelte sie schließlich nach Strich und Faden, als sie einen hysterischen Anfall bekam. Diesen Schock konnte sie nicht verwinden. Völlig aus der Bahn geworfen, suchte sie Trost in allem, was ihren Schmerz betäubte. Ihre Karriere förderten die häufigen Rauschzustände nicht, und sie verlor ihre Stellung als

Verkäuferin in einer Bäckerei und bald darauf ihre Zweizimmerwohnung. Ziellos irrte sie durch die reiche Millionenstadt, doch nicht lange. Nach einigen Wochen des verzweifelten Streunens und Haderns mit dem Schicksal lernte sie Jesus kennen.

Dichtung und Wahrheit mischten sich bei ihm zwar zu einem untrennbaren Geflecht an Geschichten und Überzeugungen, doch Jesus war von so positiver, gewinnender Art, dass sich Rose seinem Charme nicht entziehen konnte. Er machte aus einer akut suizidgefährdeten Obdachlosen eine junge Frau, die zwar weiter systematisch ihren Verstand versoff, aber wieder Spaß am Leben hatte. Allein der häufige, hemmungslose Sex mit Jesus weckte ihre Lebensgeister, zumal er meist im Freien oder an unkonventionellen Orten stattfand. Einmal ließen sie sich in einem Supermarkt einsperren und vögelten in der Gemüseabteilung zwischen Auberginen und Feldsalat, einmal in einem Krankenwagen. Sie beobachteten, wie zwei Sanitäter einen Patienten auf einer Trage in eine Praxis brachten, und nutzten die Gunst der Stunde zu einem Quickie. Als die verdutzten Jungs vom Roten Kreuz die Hecktüren öffneten, zog sich Rose gerade ihre fleckige Hose an, während Jesus seine ganze Männerpracht herzeigte.

So zeichneten die beiden eine erotische Landkarte von München, die ihresgleichen sucht. Sex an Orten zu haben, die dafür nicht vorgesehen waren, zählte zu ihren Lieblingsvergnügen. Auf diese Weise konnte man es der spießbürgerlichen Gesellschaft zeigen und auf ihre verlogene Moral einen feuchten Haufen setzen. Natürlich waren sie auch schon verhaftet worden. Mehrmals. Aber zu Geldbußen konnte man sie nicht verdonnern, und ein paar Tage im Gefängnis waren vor allem im Winter eine willkommene Abwechslung. Drei Mahlzeiten am Tag, eine warme Zelle, das war nicht zu verachten.

Zu vorübergehender medialer Berühmtheit waren sie gelangt, als sie es auf dem Altar der Michaelikirche im Münchner Osten getrieben hatten und von zwei Rentnerinnen überrascht worden waren. Eine von ihnen erlitt einen Schwächeanfall, konnte aber schnell vom Notarzt wieder hochgepäppelt werden. Die andere ging mit dem Regenschirm auf Jesus los. Sie glaubte seinen Beteuerungen, ihm sei dieses Gotteshaus geweiht, nicht und schlug auf ihn ein. Genau genommen blieb es bei dem Versuch, denn der weiterhin ungeniert kopulierende Obdachlose griff sich den improvisierten Schlagstock, spannte ihn auf und nutzte ihn als Blickfang, während Roses orgiastische Schreie in der Kirche widerhallten.

Eigentlich wollte Jesus noch eine Predigt halten, aber seine ausnahmsweise nüchterne Freundin zerrte ihn nach draußen. Da die alten Frauen aus einer handyfreien Zeit stammten, dauerte es, bis die Polizei und der Notarzt eintrafen. Die Kirchenschänder wurden erst in der folgenden Woche verhaftet. Jesus nutzte die Verhandlung, um aufsehenerregende Predigten zu halten, in denen er die freie Liebe propagierte und sich als neuer Heiland darstellte. Das milde Urteil war der Tatsache geschuldet, dass man beide mehr oder weniger für unzurechnungsfähig, wenn nicht sogar für verrückt hielt. Zu einer Einweisung in die Psychiatrie, wie sie die Staatsanwaltschaft gefordert hatte, konnte sich die Richterin nicht durchringen. Für sie ging von dem schrägen Pärchen keine Gefährdung für die Öffentlichkeit aus. Dafür bezog sie mediale Prügel von der konservativen Presse, Rose und Jesus aber verließen lachend nach wenigen Tagen das Gefängnis, um es am selben Tag in einem Beichtstuhl zu treiben. Diesmal aber ohne ungebetene Gäste.

An jenem prächtigen Julimorgen hatten sich neben dem Berber, Rose und Leonardo schon einige junge Leute, vorrangig Touristen und Studenten, auf dem Monopteros eingefunden. Der kleine Rundtempel thronte auf einem Hügel im Englischen Garten und lockte mit einem herrlichen Blick auf die Dächer Münchens. Von hier konnte man die weißen Türme der Ludwigskirche sehen, die mit dem »Jüngsten Gericht« von Peter von Cornelius das zweitgrößte Altarfresko der Welt beherbergte, und auch die Marienkirche, das sakrale Wahrzeichen der Stadt.

Die jungen Leute genossen die Sonne und den Ausblick, manche lasen auch Zeitung oder ein Buch, einer hatte eine Gitarre dabei. Rose fiel mit ihrer lauten Stimme auf, wurde aber trotzdem kaum beachtet, im Gegensatz zu Jesus. Allein an seiner Erscheinung konnte man gar nicht vorbeischauen. Jesus hatte, wie es das Klischee vom Heiland verlangt, Haare wie ein Heavy Metal Gitarrist und einen wuscheligen Vollbart, der sich an manchen Stellen kräuselte. Weniger klassisch waren seine Ray-Ban und die braunen Zähne, passend dagegen sein Gewand, ein mehr oder weniger weißer Kaftan mit roten und goldenen Stickereien am Kragen und im Brustbereich. Auf Schuhe verzichtete Jesus im Sommer, auf Unterwäsche auch.

»Hallo Gemeinde. Lasset mich mit euch sein«, sagte Jesus mit seiner bassigen Stimme, die Arme ausgebreitet, als wollte er die ganze Menschheit umarmen. Die zumeist belustigten Blicke der Anwesenden waren ihm gewiss. Seine drei Freunde begrüßten ihn freudig.

»Genießt den Tag. Hallo, Sonne«, rief Jesus und stellte sich an den Zaun, der den Tempel von der Böschung abtrennte. Laut atmete er ein und aus. »Gebt mir Leben«, sagte er in predigendem Ton und drehte sich dann zur Seite. »Und eine Zigarette, bitte.«

Ein junger türkischstämmiger Schankkellner vom Chinesischen Turm, der in wenigen Minuten seinen Dienst anzutreten hatte, blickte kurz von seiner Zeitung auf, griff in seine Hemdtasche und hielt Jesus seine Schachtel hin. »Kannst dir auch zwei nehmen«, sagte er generös.

»Du bist ein echter Freund«, bedankte sich Jesus und nahm sich drei Zigaretten. »Und wenn du mir auch noch Feuer gibst, dann wirst du mit mir im Paradiese sein.«

Die Bedienung grinste. »Alter, ich glaube, wir landen in zwei verschiedenen Himmeln.«

»Nein, das siehst du ganz falsch«, widersprach Jesus. »Die Sonne ist unser aller Gott, und ich bin ihr Sohn.«

»Lass es gut sein«, lächelte der Muslim und stand auf. Er streckte sich kurz, verabschiedete sich von dem Obdachlosen und ging, um pünktlich zur Arbeit zu kommen.

»Die Menschen laufen nur dem Geld nach und haben keinen Sinn mehr für die kosmische Energie«, schwadronierte Jesus zur Belustigung der meisten Anwesenden. Leonardo, der gegen dieses Gerede immun war, blickte auf die Boulevardzeitung, die der Schankkellner einfach hatte liegen lassen. Die Schlagzeile stach ihm sofort ins Auge. Und auch das Bild mit dem Toten. Nervös und hastig griff er sich die Zeitung und überflog den Bericht. Dann blickte er auf und starrte ein Loch in den Himmel.

»Jetzt ist es so weit«, stammelte er.

Schon beim Aufbruch zum Büro von Stefan Maar befiel Barbara Tischler ein ungutes Gefühl. Es bestätigte sich, als sie in die Zielstraße in Obersendling einbogen. Ein Feuerwehrwagen stand vor dem Haus in der Rupert-Mayer-Straße. Der Brand, von dem sie in den Morgennachrichten gehört hatte, geschah im selben Viertel, in dem auch Maars Büro lag. Sicher, ein Zufall war möglich. Doch als Tischler erfahren hatte, der Mörder würde von dem geheimen Büro wissen, hatte sich ihr Instinkt gemeldet.

»In der Straße gibt es viele Büros«, beruhigte sie Mangel ohne große Überzeugung.

Er parkte den Wagen einige Meter hinter dem Feuerwehrauto. Dann stiegen die beiden Polizisten aus und gingen zu dem Haus, in dem es gebrannt hatte. Es war exakt dasselbe, in dem sich auch Stefan Maars Büro befand. Von außen war nichts von zu sehen, keine ausgebrannten Fenster oder verkohlten Wände. Seltsamerweise befanden sich keine Einsatzkräfte auf der Straße. Es gab auch keine Absperrungen, eigentlich keine Anzeichen, dass es hier einen Brand gegeben hatte. Menschen gingen ein und aus, als wäre nichts gewesen. Tatsächlich stand die Firma Microsof-Tag auf einem der Schilder. Tischler schmunzelte über die Unverfrorenheit.

Das Büro befand sich im 3. Stock. Als Tischler und Mangel aus dem Aufzug ausstiegen, nahmen sie einen leichten Geruch von Rauch und Asche wahr. Sogleich sahen sie einen Polizisten und einen Feuerwehrmann vor einer verschlossenen Tür stehen, auf der im Gegensatz zu den meisten anderen kein Firmenschild prangte. Die Kommissarin ging zu ihnen hin, wurde aber von ihrem Kollegen von der Streife aufgehalten. Sogleich zückte sie ihren Ausweis.

»Mordkommission?«, fragte der Polizist verwundert. »Was wollt ihr hier?«

»Wenn das hier das Büro von Microsof-Tag ist, dann ist der Mieter ein Kunde von uns«, sagte Tischler, die sich im nächsten Moment etwas über ihre saloppe Ausdrucksweise ärgerte.

»Etwa dieser Aufgeschlitzte, der heute in der Zeitung war?«, fragte der Polizist erstaunt.

»Genau der«, entgegnete Tischler, die sich dann dem Feuerwehrmann zuwandte. »Können wir rein?«

»Ich weiß nicht. Da sind Ihre Kollegen drin und untersuchen die Bude.«

»Dann darf ich«, entgegnete Tischler, schlüpfte an dem Streifenpolizisten vorbei und öffnete vorsichtig die Tür.

Das kleine Einraum-Büro, das bestenfalls 30 Quadratmeter maß, war rundum geschwärzt. Die wenigen Möbel hatten sich bizarr verformt, die

Glasplatten waren geschmolzen, das Metallgestänge von der Hitze des Feuers verbogen, die Holzgegenstände waren komplett verbrannt, zumindest angekokelt. Der Geruch von kaltem Rauch und verbranntem Gummi hing in der Luft, obwohl alle Fenster geöffnet waren.

Zwei Polizeibeamte des K 13, der Abteilung für Branddelikte, untersuchten in weißen Schutzanzügen den Tatort, machten Abstriche und nahmen Stoffproben. Ein Dritter sprach, einen Notizblock in der Hand und eine Ledertasche umgehängt, mit einem Feuerwehrmann. Tischler kannte ihn.

Hauptkommissar Ludwig Hirschl, ein früh ergrauter Mittvierziger mit einer Nase, die man in Bayern als Zinken bezeichnete, runzelte die Stirn, als er die beiden Kollegen von der Mordkommission erblickte.

»Grüß dich, Barbara. Schön, dich mal wieder zu sehen, aber was führt dich hierher? Wir haben keine verkohlte Leiche gefunden.« Fragend blickte er sie über den Rand seiner Lesebrille an.

»Auch keine gerösteten Einzelteile?«, entgegnete Tischler grinsend.

»Von wenigen Utensilien in der Küche wie Zucker und Kaffeepads abgesehen, haben wir nur anorganisches Material gefunden, das Opfer der Flammen wurde.«

»Ach, wie schade«, seufzte die Kommissarin, »und ich habe mich so auf einen schönen eingeäscherten Torso gefreut.«

Ludwig Hirschl lachte kurz auf. Der Feuerwehrmann dagegen, Oberbrandmeister Börsing, war sichtlich befremdet, was den Polizisten nicht entging.

»Meine Kollegin macht nur Spaß«, warf Mangel ein. »Wir haben eine frische Leiche und brauchen gar keine neue.«

Tischler konnte sich nur mit Mühe ein Lachen verkneifen und stellte sich dann Börsing vor. Kurz erläuterte sie, was mit dem Mieter des Büros passiert war, um sich dann ihrerseits nach dem Stand der Dinge zu erkundigen.

»Komische Sache«, hob der Oberbrandmeister an. Er hatte ein leicht gerötetes Gesicht, buschige Augenbrauen, die längst schon vom Friseur hätten gestutzt werden müssen, und darüber hinaus noch mehr Haare an den falschen Stellen. Seine hellblauen Augen sahen müde aus, er wirkte jedoch voll konzentriert. »Wir sind gegen vier Uhr nachts benachrichtigt worden, dass ein Büroraum brennt.«

»Von einem anonymen Anrufer?« Mangel schaltete sich in das Gespräch ein.

»Ja«, fuhr der Feuerwehrmann fort. »Er hat keinen Namen genannt. Ob eine Nummer angezeigt wurde, weiß ich nicht. Auf jeden Fall waren wir schnell vor Ort und konnten das Feuer unter Kontrolle bringen.«

»Brandstiftung?«, fragte Tischler nach.

»Eindeutig.«

»Aber das war kein Profi oder Feuerteufel«, fuhr Hirschl fort. »Nach unseren ersten Ermittlungen hat er als Brandbeschleuniger flüssigen Grillanzünder verwendet oder etwas ähnlich Harmloses.«

Tischler ließ kurz ihren Blick schweifen und dachte nach.

»Das Büro hat nur diese zwei Fenster zum Hof, wenn ich das richtig sehe.«

»Und ein recht kleines Klofenster an derselben Wand«, ergänzte Börsing.

»Von der Straße aus konnte der anonyme Anrufer also kein Feuer gesehen haben«, stellte die Kommissarin fest.

»Zu diesem Schluss sind wir auch gekommen«, stimmte Hirschl zu. »Nur schau mal, was gegenüberliegt.« Der Hauptkommissar deutete zu den Fenstern.

»Eine Grünfläche und ein Bürogebäude. Das heißt, der Anrufer kann das Feuer gar nicht von außen gesehen haben«, folgerte Tischler.

»Ach was«, winkte Mangel ab, »es gibt so viele Leute, die mit ihrem Beruf verheiratet sind und im Büro schlafen.«

»In der Arbeit schlafen viele, da hast du schon recht«, schmunzelte Tischler. »Aber die sind dann nicht um vier in der Früh wach und beobachten leer stehende Bürogebäude.« Dann wandte sie sich wieder an ihren Kollegen vom K 13. »Du gehst also auch davon aus, dass der Anrufer gleichzeitig auch der Brandstifter ist?«

»Höchstwahrscheinlich. Wir haben schon mit der Befragung der Anwohner begonnen. Ich werde dir alle Berichte sofort in Kopie überstellen.«

»Aber warum zündet er das Büro an und ruft dann die Feuerwehr?«, fragte der Oberbrandmeister kopfschüttelnd.

»Ich glaube, das kann ich Ihnen schon sagen«, hob Hirschl an. »Der Brandstifter hat gefunden, was er gesucht hat.«

»Den Laptop von Maar«, entfuhr es Mangel.

»Und sicherheitshalber hat er die Bude angezündet, um etwaige Spuren zu vernichten«, fuhr Tischler fort. »Aber er wollte keinen Großbrand legen und ein ganzes Bürogebäude in Schutt und Asche legen. Deshalb hat er euch alarmiert.«

»Leuchtet ein«, gab Börsing zu und kratzte sich am Kinn.

»Und sein Ziel hat er erreicht, alle Computer von Maar sind vernichtet. Oder habt ihr was gefunden?«, fragte Tischler nach.

Hirschl schüttelte den Kopf. »Lass uns hier noch den Vormittag arbeiten, dann kannst du dir das Büro, oder was davon übrig ist, in Ruhe anschauen.«

06

Es tat gut, sich den Kummer von der Seele zu reden. Die gemeinsame Autofahrt zurück ins Kommissariat nutzte die Kommissarin, um Ralf Mangel ihr Herz auszuschütten. Sie mochte ihren wichtigsten Mitarbeiter und kannte ihn schon lange, das Private trennte sie aber normalerweise vom Beruflichen. Doch diesmal war es nötig. Sie konnte nicht länger stillhalten. Kaum hatte sie den Dienstwagen angelassen, kam in ihr der ganze Ärger, die Kränkung vom Vorabend wieder hoch.

»Ein echter Späthippie? Die Anwältin im Sari?«, amüsierte sich Mangel.

»Yepp. Und dazu strahlt sie eine Erleuchtung aus wie eine Supernova.«

»Eine kosmische Rechtsverdreherin, ich krieg mich nicht mehr ein. Der scheint das Karma nachts noch aus dem Hintern. « Mangel waren Anwälte suspekt, da er sie als Gegner der Polizei empfand, die ihm gern das Wort im Mund umdrehten und das Moralempfinden einer Hyäne hatten. Sie waren für ihn Söldner des Rechts, nicht ihre Vertreter.

»Ich wünschte, ich könnte die Geschichte so lustig nehmen wie du«, entgegnete Tischler. »Aber ich fühle mich verraten.«

»Und du hast Angst, Walter zu verlieren«, bemerkte Mangel wieder ernst.

Die Kommissarin nickte. »Eine Scheißangst sogar. Warum ist mir nicht mal ein dauerhaftes Glück vergönnt, verdammt noch mal.«

»Ergib dich nicht in Selbstmitleid, das passt nicht zu dir. Wie wär's mit kämpfen? Die Barbara, die ich kenne, gibt nicht auf.«

Kämpfen, dachte sich die Kommissarin. Aber ich bin des Kämpfens müde. Im klaren Licht des Sommertages rauschte die Stadt an ihr vorbei.

Die Isar floss träge und zäh, auf ihrer Oberfläche tänzelten Sonnenpunkte, an ihren Ufern lagen schon zahlreiche Sonnenanbeter, Penner, Schulschwänzer, Freiberufler und Arbeitslose. Zu gern hätte sich Barbara Tischler zu ihnen gesellt, um sich in den klaren, kühlen Fluss, der im kompletten Stadtgebiet Badequalität hatte, zu legen und das frische Wasser wie einen Jungbrunnen über sich ergießen zu lassen, einen Jungbrunnen, der die Sorgen wegwischte und die Schmerzen.

Erinnerungen krochen aus dunklen Ecken des Gedächtnisses wieder hervor, ungebetene Gäste, die eigentlich Hausverbot hatten, dieses aber geflissentlich ignorierten. Schlechte Dates nach der Trennung von ihrem letzten festen Partner. Und davon gab es genügend. Wie der Abend mit Jörg, der Polizeiwitze erzählte und tatsächlich meinte, lustig zu sein. Oder das Date mit dem Versicherungsvertreter, der ihr vorab einen Fragebogen schickte, bei dem man sogar mögliche Erbkrankheiten angeben sollte. Der Gipfel war freilich das Treffen mit Jean, einem echten Beau, der einfach nur mal eine Polizistin flachlegen wollte und mit einer Friseurin abdampfte, als sie ihm zu verstehen gab, dass sie den Schlüssel zu ihrer Zelle an dem Abend noch nicht herausgeben würde.

Nach dieser Demütigung beschloss sie, erst einmal mit dem Flirten aufzuhören und auf einen vernünftigen Mann zu warten, der zu ihr passt. Ihre Freundin Lena hatte ihr schon immer dazu geraten, etwas mit einem Polizisten anzufangen. Gleich zu gleich gesellt sich gern. Das klang so logisch, nur fand Barbara nicht, dass viele andere Kommissare ihr sonderlich ähnlich waren. Bis sie Walter Bechthold kennenlernte. Anfänglich hatte sie ihn noch für einen LKA-Fuzzi gehalten, als einen Konkurrenten betrachtet, aber schnell war die Liebe entflammt. Und bis zum gestrigen Tag nicht abgekühlt.

Kämpfen! Musste das wirklich sein? Aber als Single rauschte das Leben an ihr vorbei wie die Stadt bei einer Autofahrt und der Fluss im Morgenlicht.

»Ja, es ist so weit«, rief Jesus und breitete die Arme aus. »Der Sommer der Liebe ist da. Und es wird Rosenblätter regnen, die das Geld vernichten, und alle werden sich lieben und jeder wird mit jedem rammeln, dass es raucht. Das Zeitalter des Wassermanns ist gekommen.«

»Nein«, stammelte Leonardo leise, »die Stunde der Rache ist gekommen. Ich habe es immer gewusst. Eines Tages werde ich büßen.«

»Aber du redest doch die ganzen Jahre schon von dieser Büßer-Scheiße«, blaffte ihn der Berber an. »Kann's nicht mehr hören. Leg ne andere Platte auf, Mann.«

Keiner wusste, wie der Berber mit bürgerlichem Namen hieß. Er war der dienstälteste Obdachlose des Quartetts, einer, der viele Tricks und Kniffe kannte und noch mehr Winkel Münchens, in denen man sich verstecken oder etwas abgreifen konnte, als Jesus und Rose. In seinem Gesicht hatten die harten Jahre auf der Straße Spuren hinterlassen. Es war porös wie ein alter Schwamm und gerötet vom billigen Fusel, seine Augen gelblich unterlaufen, ein Gruß von seiner strapazierten Leber. Sein Alter war schwer zu schätzen. Er sah aus wie Mitte fünfzig, hatte aber öfters durchklingen lassen, er wäre gute vierzig. Doch seine Erinnerung an die Zeiten, als er noch ein halbwegs geregeltes Leben führte, verblasste zunehmend.

Er war ein Heimkind, wurde früh straffällig, flog nach kurzer Zeit aus jedem Job und landete schließlich mit 24 auf der Straße, wo er blieb. In den ersten Jahren versuchte er immer wieder, den Absprung zu schaffen, um doch noch von der Gesellschaft aufgenommen zu werden. Doch irgend-wann hatte er es aufgegeben. Und der Berber war nicht unglücklich damit. Er war kein Mensch, der sich mit philosophischen Fragen plagte, aber seine Vorstellung von Freiheit lebte er. In der Münchner Szene war er bekannt und geachtet. Sein Wort hatte durchaus Gewicht, zumal er es mit der Faust auch gut durchzusetzen vermochte. Mit ihm legte sich keiner gerne an. Auch Leonardo hatte schon Prügel von ihm bezogen, diese aber ohne Gegenwehr hingenommen. Sie waren Teil seiner Buße.

»Das ist keine Scheiße«, entgegnete Leonardo. Aus seinem eigentlich sonnengebräunten Gesicht war jegliche Farbe gewichen. Der junge Obdach-lose hatte allerdings einen natürlichen dunklen Teint, kein Wunder, seine El-tern stammten aus Kalabrien und betrieben zwanzig Jahre lang in München eine gut gehende Pizzeria, bevor es sie in ihre Heimat zurückzog. Der Sohn allerdings hatte mit Süditalien wenig am Hut und blieb in Bayern.

Seine italienische Herkunft erkannte man auch an Leonardos Gesichts-zügen, seinen dunkelbraunen Augen, der leicht gebogenen, markanten Nase und seinen schwarzen Locken, die mangels Shampoo oft strähnig aussahen, aber immer noch anziehend auf Frauen wirkten. Vor allem im Sommer gab es genügend Schülerinnen und Studentinnen, die an der Isar mit den Obdachlosen abfeierten und sich auf einen heißen Flirt mit dem Latino einließen. In dieser Beziehung ließ Leonardo nichts anbrennen.

»Wenn ich sage, das ist Scheiße, dann ist es Scheiße«, krächzte der Berber und schlug Leonardo mit der Handinnenfläche ins Gesicht. »Widersprich mir nicht immer, du Drecksack.«

»Friede auf Erden«, predigte Jesus. »Meine Freunde, macht keinen Wind und seid friedlich. Freut euch des Lebens.«

»Leck mich«, brummte der Berber, der auf die salbungsvollen Worte seines Kumpels oft allergisch reagierte, aber trotzdem gern mit ihm herumstreifte. Auch weil die vier immer etwas zu saufen und zu essen ergatterten.

»Der hat den ewigen Frieden gefunden«, sagte Leonardo und deutete auf das Titelblatt, genau genommen auf das Foto von Stefan Maar. »Und das ist der Kerl, wegen dem ich hier bin.«

»Ein Scheinunternehmen. Ich hab's mir gleich gedacht«, kommentierte Ralf Mangel den Bericht der Kollegen für Wirtschaftskriminalität. Es stand demnach fest, dass es die Firma Microsof-Tag nur auf dem Papier gab. Die Liechtensteiner Firma versteuerte jährlich brav 200 000 Euro für Software-Dienste, die bei genauerem Hinsehen nie erbracht worden waren. Der Geldtransfer lief über ein Schweizer Nummernkonto, von dem auch Maars monatliches Salär bezahlt wurde. Ansonsten gab es keine Angestellten, keine weiteren Aktivitäten. Die Buchhaltung wurde offiziell von einer Steuerkanzlei in Vaduz geregelt, die zugegeben hatte, dass sie von Maar alle Unterlagen bekommen hatten, und nur noch ein paar Zahlen in das System einzutippen hatte.

»Und woher hatte er die Kohle?«, fragte Tischler mehr sich selbst als ihren Kollegen.

»Schwarzgeld. Das Übliche, würde ich sagen: Drogen- oder Waffenhandel, vielleicht hat er Geldwäsche im großen Stil erledigt. Für die italienische Mafia, die ist schließlich in Bayern richtig stark.«

»Das überzeugt mich nicht«, wandte Tischler ein. »Dafür sind einerseits die Summen zu gering. Andererseits sieht es momentan danach aus, als hätte Maar nur für sich selbst Geld abgezweigt.«

»Nein, liebe Barbara, was alles über das Nummernkonto gelaufen ist, wissen wir nicht. Microsof-Tag könnte allein dem Zweck dienen, Maars Provision für die Geldwäsche auf scheinbar legalem Weg zukommen zu lassen.«

Tischler wiegte den Kopf hin und her. »Ja, da hast du recht, trotzdem wäre ein Geldwäsche-Unternehmen größer. Und es würde nachweisbare Arbeiten verrichten.«

»So was wie die Wäscherei bei ›Breaking Bad‹ «, grinste Ralf Mangel, der im Gegensatz zu seiner Kollegin ein kleiner Fernseh-Junkie war und besonders Krimis liebte.

»Ist das die Serie mit dem krebskranken Chemielehrer, der zum Crystal Meth-Guru aufsteigt?«, fragte Tischler nach.

»Na ja, Guru würde ich nicht sagen. Es ist so«, hob Mangel an, wurde aber sofort von seiner Chefin unterbrochen, die keine Lobeshymne auf eine Fernsehserie hören wollte.

»Es ist so, dass wir uns um unseren Fall kümmern. Wenn Maar keine Geldwäsche im großen Stil für die Mafia betrieben hat, warum dann dieser Zinnober mit dem Scheinunternehmen? Für mich gibt es darauf nur eine Antwort.«

»Für mich auch«, entgegnete Mangel postwendend. »Er hat einen Schatz gefunden und drückt sich vor der Steuer. Vielleicht einen Goldschatz aus der Römerzeit.«

»Bei uns?« Tischler blickte ihn skeptisch an, verkniff sich jedoch mit Mühe einen Kommentar. »Da kommen wir der Sache schon näher. Ich glaube, Maar hat sein eigenes Schwarzgeld gewaschen.«

Mangel strich sich übers Kinn und überlegte. »Wie meinst du das, sein eigenes Schwarzgeld?«

Tischler atmete tief durch. Sie hatte das dringende Bedürfnis, eine Kanne, wenn nicht sogar eine ganze Badewanne voll starken, heißen Kaffees zu trinken. Die Müdigkeit kehrte in ihre Glieder zurück, schließlich hatte sie die ganze Nacht schlecht geschlafen. Wut und Ärger zugleich hatten sie wach gehalten und auch weit nach Mitternacht nur einen unruhigen Schlaf finden lassen. Dazu kam dieser Fall, der sich alles andere als einfach gestaltete.

»Denk einfach systematisch nach, Ralf«, sagte die Kommissarin und lehnte sich in ihrem Bürostuhl zurück. Am liebsten hätte sie die Augen geschlossen und so weitergeredet, aber das hätte ihr Kollege als Affront aufgefasst. »Unser Opfer ging keiner geregelten Arbeit nach. Ja, Maar band sogar seiner Freundin einen gehörigen Bären auf. Wovon hat er also seine teure Wohnung bezahlt und seinen nicht eben billigen Lebensstil finanziert?«

»Von etwas Illegalem?«, antwortete Mangel vorsichtig. Er hielt es für besser, seine Schatz-Version für sich zu behalten.

»Exakt. Die spannende Frage ist nun, was hatte er für unsaubere Geschäfte am Laufen.«

»Das Übliche vielleicht? Drogen?«

Tischler nickte unmerklich. »Ist möglich. Wir können auf jeden Fall davon ausgehen, dass er als Informatiker den Computer für seine Machenschaften benutzte. Drogen per Internet verticken, das wäre schon möglich.«

»Oder krumme Dinger im Netz? Das ufert derart aus, auf der Welle könnte unser Maar schon mitgeschwommen sein. Passwörter abgreifen, Konten leer räumen, solche Geschichten.« Mangels Augen fingen an zu leuchten. Das wäre ein Fall genau nach seinem Gusto gewesen.

»Ist ebenso möglich. Halte ich persönlich sogar für wahrscheinlicher. Ich denke, wir sollten uns mit den Kollegen von der Abteilung für Computer- und Internetkriminalität kurzschließen.«

»Wenn es dir nichts ausmacht, würde den Job gern ich erledigen«, sagte Mangel und stand sofort auf, bereit, zur Tat zu schreiten.

»Kein Problem«, lächelte Tischler, die sich auf ein paar Minuten Einsamkeit in ihrem Büro freute. »Aber vergiss eins nicht: Wir suchen voraussichtlich keinen Alleintäter, sondern eine Bande. Eine vierköpfige Bande.«

Sie kam gerade aus der Dusche, das Haar noch feucht und nur mit einem umgewickelten Badetuch bekleidet, als sich ihr Handy meldete. Der Klingelton verriet ihr sofort, wer am anderen Ende der Leitung auf sie wartete.

»Du weißt, warum ich anrufe«, sagte der Mann rau und heiser.

»Natürlich«, antwortete die Frau knapp.

»Schöne Scheiße«, brummte er. »Was machen wir jetzt?«

»Ruhig bleiben, das ist das Wichtigste.«

»Ruhig bleiben?«, er lachte heiser auf. »Wie soll das bitte gehen? Irgend so ein Schwein schlachtet Stefan ab, und du willst ruhig bleiben? Soll ich dir ein paar Baldrian aus der Apotheke holen?«

»Danke, aber das brauche ich nicht. Ich habe meine Nerven im Zaum. Offensichtlich im Gegensatz zu dir«, sagte die Frau kühl und emotionslos.

»Hey, ich bin auf hundertachtzig und wünsche mir nur eins, ich will diesen Drecksack in die Finger kriegen und ihm persönlich den Arsch bis zu den

Ohren aufreißen.«

»Dafür müsstest du allerdings wissen, wem das Körperteil gehört, an dem du dich abreagieren willst.«

»Das ist mir auch klar«, giftete der Mann zurück. »Halt mich nicht immer für blöd.«

»Na, wenn du so intelligent bist, dann hast du bestimmt schon eine Idee«, sagte sie provozierend.

»Nein, ich habe auch keine Ahnung, wer das Schwein ist«, antwortete der Mann kleinlaut. »Und du?«

»Einen Verdacht. Oder sagen wir eher eine Spur. Diese japanische Schrift und das Schwert, mit dem Stefan ermordet wurde, das könnten Hinweise sein.«

»Und auf wen?« Der Mann war hörbar angefressen. Es ging ihm schon lange auf den Senkel, wie sie ihn vorführte und ihm das Gefühl gab, ihr geistig unterlegen zu sein.

Die Frau nannte einen Namen, der dem Mann im ersten Moment nichts mehr sagte. Sie musste ihm erst auf die Sprünge helfen.

»Und du meinst, der Kerl hat was damit zu tun? Aber der sitzt doch im Knast.«

»Das muss nichts heißen.«

Der Mann brummte ins Telefon. »Das ist ein Holzweg. Wie sollte der auf uns kommen?«

»Das weiß ich auch nicht.«

»Na, da schau her. Frau Schlaumeier ist auch mal ratlos.«

»Steck dir deinen intellektuellen Minderwertigkeitskomplex sonst wo hin«, blaffte ihn die Frau an. »Für mich ist das unsere einzige Spur.«

»Okay, dann verfolgen wir sie und ich mach den Schuldigen kalt.« Der Mann ergoss sich daraufhin in Hasstiraden und Rachefantasien, wurde aber jäh von seiner Gesprächspartnerin unterbrochen.

»Pass aber bitte gut auf, dass er nicht dich zuerst kaltmacht. Der hat dir nämlich etwas Entscheidendes voraus: Er kennt dich.«

07

Bei brütender Julihitze arbeitete die Soko Maar auf Hochtouren. Hauptaugenmerk lag auf den Telefon- und Internetverbindungen des Opfers in Wohnung und Büro, die minutiös ausgewertet wurden. Kommissarin Tischler überließ diese Arbeiten gern ihren Mitarbeitern. Einerseits mochte sie diese Fieselarbeit mit Unmengen Zahlen nicht sonderlich, andererseits verstand sie von den neuen Medien zu wenig und räumte bereitwillig das Feld.

Sie konzentrierte sich zunächst auf das Privatleben. Routinemäßig überprüfte sie das Alibi von Adriana Bellinghaus, das von ihrem Arbeitgeber bestätigt worden war. Zum Zeitpunkt des Mordes saß sie in ihrem Büro und bearbeitete Anträge. Ihre Zeitangaben ergaben ein stimmiges Bild. Die Freundin des Opfers überprüfte die Kommissarin deshalb nicht weiter. Sie kam ihr glaubhaft vor, und es fehlte jegliches Motiv. Wichtiger erschien es ihr, alte Studienfreunde von Maar zu befragen.

Adriana Bellinghaus hatte eine Liste erstellt mit Leuten, von denen sie wusste, dass sie privat Kontakt mit Stefan Maar hatten, darunter waren zwei ehemalige Kommilitonen. Einer war im Urlaub, aber auf dem Handy erreichbar. Die Kommissarin telefonierte rund eine Viertelstunde mit ihm. Ihr Bild von Stefan Maar wurde immer runder. Der Informatiker hatte nur noch losen Kontakt mit dem Opfer, war aber dennoch bestürzt von dessen gewaltsamen Tod. Ebenso Benno Sangel, der zweite Studienfreund. Dieser war bei einer kleinen Firma untergekommen, die Software für mittelständische Unternehmen entwickelte.

Natürlich war er mit Arbeit überhäuft und meinte, er könne nicht vor neun Uhr abends für Fragen zur Verfügung stehen, doch Tischler konnte ihn mit sanftem Druck und ihrer bestimmten Art schnell überzeugen, dass es für ihn ratsam wäre, die Vernehmung nicht zu verschieben.

Tischler fuhr in eines dieser gesichtslosen Bürohäuser, von denen die Stadt voll war und die sich nur in der Adresse voneinander unterschieden. Benno Sangel teilte sich ein Büro mit zwei Kollegen. Als er die Kommissarin sah, sprang er sofort auf und bat sie in die Teeküche, wo er zwei Flaschen Mineralwasser und Gläser holte. Dann gingen sie in den Innenhof. Dort standen zwei Biertischgarnituren unter einem weiten Sonnenschirm.

Der leicht übergewichtige Informatiker war sichtlich nervös. Es bereitete ihm Unbehagen, mit einer Polizistin zu reden. Sein ausgewaschenes T-Shirt wies schon dunkle Flecken unter den Achseln auf, obwohl sein Arbeitsraum klimatisiert war. Auch sein flachsblondes Haar, das nicht mehr alle Stellen des Kopfes abdeckte, war verklebt.

»Was wollen Sie von mir?«, fragte Sangel, während er Tischlers Mineralwasserflasche öffnete und ihr einschenkte. »Ich habe mit Steves Tod nichts zu tun.«

»Das werden wir dann sehen«, sagte die Kommissarin, die sich dabei fast etwas schäbig vorkam. Aber sie dachte sich, wenn sie Sangels Angst ein wenig schürte, würde ihr dieser alles erzählen, was er wusste und erst gar keine Spielchen probieren. »Wie haben Sie sich kennengelernt?«

»Auf der Uni bei einem gemeinsamen Projekt zu Hyper-V.« Die Kommissarin nickte verständig, obwohl sie keine Ahnung hatte, wovon Sangel sprach. Aber sie wollte längere Vorträge und Erläuterungen unbedingt vermeiden. Sangel berichtete etwas von seiner gemeinsamen Zeit mit Saar, gestand aber, dass sie nur oberflächlich befreundet waren.

»Steve war anders. Schauen Sie, wir sind nicht alles nur Nerds und Geeks, wie man sich das oft so vorstellt. Wir können auch feiern und richtig verrückt sein. Aber Steve war nichts dergleichen.«

»Wie war er denn?« Tischler trank ihr Glas Wasser auf einen Zug aus. Trotz des Sonnenschirms war es noch heiß im Schatten.

Sangel zuckte leicht mit den Schultern und schaute an der Kommissarin vorbei ins Leere. »Berechnend. Ja, das trifft es. Ich hatte zumindest oft das Gefühl, er braucht Menschen nur für bestimmte Zwecke.«

»Sie meinen nicht aus Freundschaft oder Geselligkeit?«

»Ja, so in etwa. Deshalb würde ich ihn auch nicht als Freund bezeichnen. Wir waren eine Zeitlang recht speziell, aber nur weil wir viel unternommen haben. Gemeinsame Projekte meine ich. Wir hingen dann schon oft in Bars herum, aber da ging's meist um unser Ding und nicht um Frauen, Fußball oder neue Sounds.«

»Und die Jahre nach dem Studium?«

Sangel blies die Backen auf und atmete laut aus. »Dasselbe Spiel im Prinzip. Wir haben nie den Kontakt verloren, aber es stand immer mehr das Fachliche im Vordergrund.«

»Was hat er Ihnen denn erzählt, was er arbeitet?«

»Er war auf jeden Fall die ersten zwei Jahre bei einer kleinen Klitsche, die Software für Zahnarztpraxen entwickelte.« Sangel konnte sich ein verächtliches Lächeln nicht verkneifen. »Seien Sie mir nicht böse, wenn ich grinse, aber das passte nicht zu seinem anderen Lebensstil und seinem Gehabe. Oder besser zu dem, was er vorgab zu sein. Er ging auf einmal nicht mehr in Studentenkneipen oder andere Locations, wo wir uns trafen, sondern nur noch in teure Schickimicki-Bars, vor allem in dieses Magnol. Da hat er mich auch mal reingeschleppt, aber da möchte ich, entschuldigen Sie meine Ausdrucksweise, keinen Furz drin lassen.«

Tischler kannte die Bar nicht einmal vom Namen. Das Schumann's war ihr noch geläufig als Etablissement. Dort hatte sie das eine oder andere Mal einen Cocktail oder einen Aperol Sprizz getrunken, aber nur wegen der lauschigen Lage im Hofgarten, einem ihrer Lieblingsplätze in München. Mit dem Publikum war sie nie warm geworden und der dortige Dresscode war auch nicht der ihre.

»Steve hielt sich irgendwie für was Besseres und wandte sich von uns allen immer mehr ab. Außer er brauchte etwas. Natürlich. Dann waren wir gut genug für ihn. Dann wurden die alten Zeiten beschworen«, sagte der Informatiker mit verächtlichem Unterton.

»Klingt nicht so, als würden Sie ihm nachweinen.«

»Nein, so stimmt das nicht. Mir ist sein Tod schon nahegegangen. Die Distanz kam ja von ihm selbst. Als ich ihn im zweiten Semester kennengelernt habe, ist er noch mit einem schwarzen BMW Cabrio vorgefahren und hat Show gemacht. Er, der Aufreißer mit der Kohle, aber damit war dann plötzlich Schluss.«

»Wieso?«, fragte Tischler irritiert, die in dem Moment merkte, wie wenig sie noch vom Leben Maars wusste.

»Ich weiß nicht allzu viel über seine Familie. Aber sein Vater war wohl aus dem gleichen Holz geschnitzt. Der hatte einen Porsche als Zweitwagen. Man gönnt sich ja sonst nichts. Und Urlaub nur auf den Malediven. Diese Kiste eben. Aber seine Investmentfirma ist mit der Lehman-Pleite geplatzt wie die ganze Immobilienblase, und die Familie war über Nacht pleite. Der Papi wanderte sogar wegen Betrugs für ein Jahr ins Kittchen.«

»Und das hat bei Maar Spuren hinterlassen?«

»Bestimmt. Er kam jetzt mit der U-Bahn zur Uni.« Sangel huschte ein schadenfrohes Lächeln über das Gesicht. »Aber ich muss sagen, er war in dieser Phase relativ umgänglich, obwohl wir alle den Eindruck hatten, dass er sich quasi durch seine Geburt für was Besseres hielt. Aber nach dem Studium ist er wieder der alte Großkotz geworden. Nicht gleich, der soziale Absturz hatte ihn schon ein wenig geerdet. Aber so vor drei Jahren wurde er wieder zu dem aalglatten Angeber mit Brieftaschendünkel. Dabei hatte er einen miesen Abschluss. 3,1 – das war so ziemlich der schlechteste Bachelor von allen.«

»Aber er muss gut verdient haben. Zumindest hatte er eine teure wie luxuriöse Wohnung und auch nicht gerade den einfachsten Lebensstandard«, wandte die Kommissarin ein.

»Das ist mir auch klar. Aber bei Metoothix hat er das nicht bekommen. Never.« Sangel winkte ab. »Die zahlen keine 3 000 auf die Hand.«

»Maar behauptete, er würde bei Microsoft arbeiten.«

Sangel lachte laut auf. »Jaja, und ich spiele nicht beim TSV Trudering Fußball, sondern beim FC Bayern.«

»Soll das heißen, Sie wussten, dass Maar log, was seinen Arbeitsplatz anbelangte?«

»Das wusste jeder, der mit ihm studierte.« Sangel spielte mit seiner Armbanduhr. Er war immer noch ein wenig nervös, wenngleich nicht mehr so wie am Anfang.

»Nur seine Freundin nicht«, wandte die Kommissarin ein.

»Die war ja auch nicht mit ihm auf der Uni. Ich denke, seine neuen Freunde schluckten das alle. Und das waren Freunde im Facebook-Sinne.« Der Informatiker machte imaginäre Anführungszeichen in die Luft. »Aber wissen Sie, Angelus Schmidtner, unser Obergeek im Semester, wurde vom Fleck weg bei Microsoft engagiert und hat dort nie einen Stefan Maar gesehen. Weder virtuell noch real.«

»Und was hat er tatsächlich gearbeitet?«

Sangel zuckte mit den Schultern. »Ich habe keinen blassen Schimmer. Bei Metoothix war er seit zwei oder drei Jahren nicht mehr. Was er danach getan hat und womit er sich seine Luxusbude finanziert hat, wissen wir alle nicht.«

»Haben Sie eine Idee? Und wenn es nur ein vager Verdacht ist.«

Sangel blies wieder die Backen auf und wippte mit dem Kopf hin und her. Dann fuhr er sich durch die weiterhin verklebten Haare. »Steve war ein mit allen Wassern gewaschener Hacker. Als er damit begonnen hatte, das war so Mitte des Studiums, hat er angegeben wie Harry. Allerdings stimmte es, was er so behauptete. Er hat sich einmal sogar in das System der ARD eingehackt und eine falsche Anmoderation hineingeschrieben. Nur Kleinigkeiten, die nicht so auffielen. Statt »schiitische Miliz« hieß es plötzlich »Ski fahrende Miliz« – und der Nachrichtensprecher hat es wirklich vorgelesen, sich danach aber sofort korrigiert. Wir haben uns dumm und dämlich gelacht. Er hat sich sogar in den Laptop einer Dozentin eingehackt, und wir haben sie beobachtet, wie sie mit ihrem Liebhaber geskypt hat. Nackt vor dem Bildschirm. Was die alles gemacht haben. An sich rumgefummelt, dass du den Take bei YouPorn hättest reinstellen können. Sagenhaft. Und uns gegenüber hat sich die Alte wie das letzte Hühnchen benommen.« Sangel amüsierte sich köstlich bei der Erinnerung an diese Studentenstreiche.

Tischler lächelte anstandshalber mit. Maar war also ein ausgebuffter Hacker. Das deckte sich mit ihrer Einschätzung, dass er illegale Geschäfte in seinem Büro am Laufen hatte. Wie konnte man damit allerdings eine Menge Geld verdienen? Diese Antwort mussten ihr andere geben.

Barbara Tischler parkte in der Nähe des Tierparks auf der gegenüberliegenden Isarseite und kaufte sich das bayerischste aller Mittagsmenüs, eine Semmel mit warmem Leberkäs und süßem Händlmaier-Senf. Ihre Nachspeise bestand aus einem Magnum Mandel. Damit bewaffnet ging sie zur Isar zum Promenieren.

Sie hatte das dringende Bedürfnis, in Ruhe nachzudenken, was im Kommissariat nicht möglich war. Ein zweites Mal war sie in Maars ausgebranntem Büro gewesen, was sie sich hätte sparen können. Sie erfuhr oder entdeckte nichts, was sie nicht schon wusste. Das Mobiliar bestand im Prinzip aus einfachen Büromöbeln und einer kleinen Küche. Geschäftsunterlagen oder andere wichtige Dokumente fehlten vollkommen. Entweder hatte sie der Brandstifter mitgenommen oder – was wahrscheinlicher war – Maar hatte auf altmodische Ordner und Ausdrucke verzichtet und alles abgespeichert. Das Büro war so spurenfrei, als hätte ein Geschwader von Tatortreinigern eine Desinfektionsparty geschmissen.

Was also tat Maar in seinem Büro, fragte sich die Kommissarin, während sie genüsslich ihr Magnum schleckte. Der Einrichtung nach ausschließlich vor dem Computer sitzen und Kaffee trinken. Er hatte sich nicht einmal selbst mit Brotzeit versorgt. Einige Leute aus den Büros derselben Etage hatten bestätigt, dass Maar häufig bei diversen Imbissen und Mittagstischen gesehen wurde. Er sei höflich gewesen und jederzeit zu einem Small Talk bereit. Dabei ging es natürlich um die Arbeit, worum sonst. Maar behauptete, er entwickle Software für internationale Konzerne. Manche hielten ihn für einen Windbeutel oder einen Angeber, die meisten aber fanden ihn sympathisch. Alle hatten jedoch mit Maar nur einen oberflächlichen Kontakt, der nicht über Small Talk hinausging.

Was hatte der Informatiker also getan? Die erste Analyse der Telefonverbindungen hatte ergeben, dass er den Festnetzanschluss nur zum Surfen nutzte. Die Auswertung der Internetverbindungen würde noch eine Menge Zeit beanspruchen. Da auch das Handy nach dem ersten Eindruck nur für die üblichen Personen und Telefonate benutzt wurde, und das für heutige Zeiten sogar relativ wenige, waren sich die Polizisten sicher, dass Maar ein zweites Handy mit Prepaid-Card besaß. Damit wickelte er seine tatsächlichen Geschäftstelefonate ab, die aller Voraussicht nach illegal waren.

Tischler nahm ihr Eis quer und hielt die Hand darunter, damit die weich und brüchig gewordene Schokomandelhülle nicht auf die Kieselsteine des Isarufers fiel. Oder, schlimmer noch, auf ihre weiße Bluse. Die Kommissarin hatte sich den Temperaturen entsprechend luftig gekleidet und konnte so in der Sonne flanieren, ohne dass ihr der Schweiß in Bächen herunterlief. Als sie mit dem Eis fertig war, zog sie sich die Schuhe aus, setzte sich an die Isar und legte die Beine ins Wasser. Eine wunderbare Abkühlung. Dann spritzte sie sich noch Flusswasser ins Gesicht, um sich zu erfrischen. So versuchte sie, eine kleine Zwischenbilanz zu ziehen.

Im Moment hatte sie nichts als einen Wust an Vermutungen, aber nichts Handfestes. Maar betrieb illegale Geschäfte, gegebenenfalls hatten sie mit Hacken zu tun, auf jeden Fall hatte er dafür drei Komplizen. Und nun kam die einzige Erkenntnis, die sie aus dem zweiten Besuch in Maars Büro mitnahm. Es befand sich nur ein Stuhl in dem kleinen Raum. Das bedeutete, die Bande, wenn es sich um eine handelte, traf sich woanders. Tischler hörte bei ihren Überlegungen förmlich Ralf Mangel lachen. Er würde abwinken und ihr vorwerfen, sie sei altmodisch, weil vier Internetkriminelle nicht an einem Ort sein müssten, eine gute Vernetzung genüge, zumal das auch noch unauffälliger sei.

Sicher, der imaginäre Mangel hatte recht, aber vielleicht auch die konservative Barbara, dachte sich die Kommissarin. Irgendwann muss man sich doch einmal real treffen. Selbst Manager und Informatiker haben erkannt, dass man durch Videokonferenzen kein Meeting ersetzen kann. Lieber jetten sie durch die Weltgeschichte und verpulvern das Kapital der Firma für Erste-Klasse-Flüge. Wo traf sich die Viererbande? Der Ort könnte der Schlüssel sein. Die Kommissarin stand auf, nahm noch ein paar flache Steine und ließ sie über die Wasseroberfläche sausen. Der beste hüpfte sechsmal auf. Das Spielchen hatte sie schon als Kind geliebt.

Schließlich suchte sie sich ein schattiges und halbwegs ruhiges Plätzchen. Denn sie hatte selbst eine Videokonferenz vor sich. Maars Eltern weilten noch in Hamburg und würden auch erst in ein paar Tagen nach München kommen. Doch sie boten der Kommissarin über ihre Anwältin einen Skype-Termin an. Die Kommissarin, die sich durch das Bildtelefon immer noch ein wenig an Raumschiff Enterprise erinnert fühlte, hatte diese Kommunikationsform schon ein paar Mal genutzt, aber nie mit Angehörigen eines Opfers. Mit diesen zu sprechen, zählte nicht zu ihren Lieblingstätigkeiten, aber wenigstens blieb es ihr erspart, die unheilvolle Botschaft eines gewaltsamen Todes zu überbringen.

Tischler setzt sich unter ein paar kleinere Bäume auf die Steine und fuhr den Laptop hoch. Die Maars hatten auf einen Termin Punkt 13 Uhr gepocht, ihr blieben also noch gut fünf Minuten. Die Kommissarin hatte sich vorher noch schlau gemacht über Rochus Maar, der innerhalb seiner Vermögensberatung ein kleines Schneeballsystem aufgebaut hatte. Dieses flog allerdings im Rahmen der Finanzkrise auf. Wegen Anlagebetrug brummte man ihm ein Jahr und acht Monate auf, aber nach 14 Monaten war er wieder in seinem Zuhause. Genauer gesagt in seinem neuen Zuhause, das deutlich kleiner war als das alte. Bis heute erhielt er Morddrohungen von geprellten Anlegern.

Auf die Sekunde genau um 13 Uhr kam das Signal. Auf dem Bildschirm erschien eine Frau, die eher als Schwester denn als Mutter von Stefan Maar durchgegangen wäre. Kein Fältchen verunzierte ihr makelloses Gesicht, keine Krähenfüße, keine Orangenhaut, das gleichmäßig sonnengebräunte Gesicht dieser Frau konnte mit jedem Twen konkurrieren. Solange sie nicht den Mund öffnete. Denn dann bemerkte man etwas Seltsames. Es regte sich nichts. Das Gesicht blieb ausdruckslos, die Muskeln stumm.

Den Prozess gegen deinen Schönheitschirurgen gewinnst du, würde Ralf Mangel sagen, dachte sich die Kommissarin amüsiert. Sie hatte eine gute Freundin, die einen Röntgenblick für gespritzte Visagen entwickelt hatte, wie sie immer sagte. Sie meinte sogar, sie könne erkennen, wer mit Botox und wer mit Hyaluronsäure behandelt worden war. Von ihr hatte die Kommissarin einiges gelernt und mittlerweile fielen ihr im Fernsehen so viele aufgepimpte Promis auf, dass sie diesen Kennerblick schon fast verfluchte, weil sie ein wenig den Respekt gegenüber den glatt gebügelten Moderatoren und Schauspielern verlor.

Viktoria Maar zeigte keine Regung ob des grausamen Todes ihres Sohnes, oder sie konnte gerade keine zeigen. Es blieb bei einem Lippenbekenntnis. Ihr Blick war bestimmt, ihre Frisur makellos und die dunkelblonden Haare ohne einen grauen Schimmer. Die Mutter des Opfers sprach nicht viel. Jeder Satz war mit Bedacht gewählt, einige geschraubte Formulierungen sicherlich vorher zurechtgelegt.

Die Kommissarin erfuhr wenig Neues. Stefan war vor sieben Jahren zum Studieren nach München gezogen und von den Eltern großzügig versorgt worden, bis Neid und Missgunst deren Leben zerstörten.

»In diesem Land ist Reichtum ein Makel. Jeder anständige Mensch, der zu Wohlstand kommt, wird von den Kleinbürgern und vom Staat verfolgt. Wir leben in einer Zeit des Sozialfaschismus.«

Tischler wusste innerlich nicht, ob sie lachen, weinen oder die Augen verdrehen sollte ob des idiotischen Begriffs, entschied sich aber dafür, keine erkennbare Regung zu zeigen. Sie hatte schon des Öfteren mit Menschen wie Viktoria Maar zu tun gehabt und die Erfahrung gemacht, dass man sie einfach reden lassen musste und sich seinen Teil denken.

»Hatte Stefan Feinde?«, fragte Barbara Tischler schließlich.

»Jeder erfolgreiche Mensch mit Ambitionen hat in diesem Land Feinde.« Sie hatte eine aristokratische Attitüde und gleichzeitig etwas Belehrendes in ihrer Ausdrucksweise. Wahrscheinlich wäre sie eine prima Ausbilderin für den ehrgeizigen Hochstapler-Nachwuchs geworden. Und daran mangelte es diesem Land, das Viktoria Maar so verabscheute, sicherlich auf Generationen nicht.

Die Kommissarin wollte schon fast die Skype-Sitzung beenden, als das

Gespräch auf Maars berufliche Tätigkeit kam, denn die Mutter beharrte darauf, dass ihr Sohn bei Microsoft arbeitete und bezichtigte die Polizistin der Lüge. Diese hatte insgesamt das Gefühl, Viktoria Maar habe die Entwicklung ihres Sohnes in den letzten Jahren schlichtweg verschlafen, als der Vater dazukam. Er wirkte ganz anders als seine Frau, ein smarter, bestens gekleideter Geschäftsmann, dem das souveräne Lächeln ins Gesicht zementiert schien und der ein wenig aussah wie die teutonische Variante des jüngeren Silvio Berlusconi.

»Frau Kommissarin, Sie müssen meine Frau entschuldigen, aber sie ist nicht so firm mit Firmennamen«, sagte er und lächelte. Aber auch bei ihm fehlten die alterstypischen Fältchen um die Augen. »Natürlich arbeitete Stefan nicht bei einem solchen Riesenkonzern, bei dem man nur ein Rädchen in einer gigantischen Maschinerie ist. Das wäre seinem Ehrgeiz und seiner Individualität zuwider gelaufen. Er hatte sein eigenes Unternehmen, die Microsof-Tag.« Er sprach den Firmennamen aus, als wäre er ganz normal und kein unverschämter Etikettenschwindel.

»Und was hat ihr Sohn genau gemacht?«, fragte die Kommissarin, die neugierig geworden war.

»Bitte fragen Sie mich nicht im Detail, mit den tieferen Mysterien der Informatik bin ich nicht vertraut, aber er entwickelte maßgeschneiderte Software für mittelständische Betriebe, die allerdings Top-Adressen waren.«

»Können Sie mir welche nennen? Aus den Geschäftsbüchern Ihres Sohnes geht nichts hervor.« Das war zwar nicht ganz die Wahrheit, schließlich existierten gar keine Geschäftsbücher, aber mit offenen Karten wollte die Kommissarin nicht spielen.

»Natürlich. Ich habe Stefan beim Aufbau der Firma geholfen. Sein erster Kunde war BavarImmo, von der wir auch das Büro haben. Der Geschäftsführer ist ein alter Freund von mir. Er war nicht zufrieden mit seiner EDV. Sie wissen ja, was man an Stümperei oft serviert bekommt.«

Die Kommissarin wusste das zwar nicht unbedingt, nickte aber zustimmend.

»Stefan hat eine perfekte Arbeit abgeliefert. Lothar hat sogar gemeint, er würde am liebsten eine zweite Firma gründen, um die Software ein zweites Mal zu nutzen, so genial sei sie.«

»Da bin ich mir sicher«, pflichtete die Kommissarin bei, die krampfhaft versuchte, einen ironischen Unterton zu vermeiden. »Wissen Sie noch weitere Geschäftskontakte.«

»Nein, leider nicht. Ich habe meinem Sohn nur in den Sattel geholfen. Reiten musste er dann schon ganz allein.«

Das war wenigstens ein Anfang.

08

Barbara Tischler hatte Witterung aufgenommen. Die Firma konnte die erste brauchbare Spur darstellen. Die Kommissarin hatte Mangel auf dem Weg zurück angerufen, damit er ihr bestimmte Unterlagen heraussuchte. Und tatsächlich lagen die betreffenden Ordner auf ihrem Schreibtisch und warteten darauf, durchforstet zu werden. Es handelte sich um Maars Kontoauszüge der letzten Jahre. Ein Kollege hatte sie zwar schon durchgesehen, doch er wusste nicht, was Tischler interessierte.

Wenn Maar kriminell geworden war, und das stand für die Kommissarin fest, dann musste man das an den Finanzen ablesen können. Und nicht nur das, auch Maars Biografie musste sich in Zahlen niederschlagen. 2008, kaum war das Schneeballsystem des Vaters aufgeflogen, wurde dem Toten der Geldhahn zugedreht, und er musste in eine kleine Studentenbude umziehen. Nicht einmal den teuren BMW, der auf den Vater zugelassen war, konnte er in Bares umwandeln, da er verpfändet worden war. Stefan Maar war nach dem Desaster des Papis zum ersten Mal in seinem Leben auf sich allein gestellt und musste sogar jobben. Was für ein Abstieg, dachte sich die Kommissarin schmunzelnd.

Und tatsächlich verdiente Maar als Berufseinsteiger schlappe 2600 Euro netto bei Metoothix. Davon konnte man sich auch als Single in München weder Cabrio noch Luxuswohnung in Bogenhausen leisten. Barbara Tischler hatte bereits mit der ersten Firma von Stefan Maar gesprochen. Der Juniorchef bestätigte, dass man sich in beidseitigem Einvernehmen getrennt hatte. Er gab unumwunden zu, dass Maar menschlich nicht in die Truppe passte, seine Leistungen aber tadellos waren.

Zwei Monate später gründete Stefan Maar seine Firma und arbeitete für

BavarImmo. Dann dauerte es aber weitere vier Monate, bis er seine Zweizimmerwohnung in Laim kündigte und nach Bogenhausen zog. Und just in diesem Monat begann er, ein regelmäßiges Gehalt von seiner Einmannfirma zu beziehen. Das war vor ziemlich genau drei Jahren. In der Zeit muss Maar seine Karriere mit illegalen Machenschaften begonnen haben. Genau dort liegt der Schlüssel des Falls, da war sich die Kommissarin sicher. Sie musste Maars Leben in genau diesem Zeitfenster durchleuchten. Und mit BavarImmo fing sie an.

Der zweite Mord war schwieriger. Bedeutend schwieriger. Denn er musste einen Menschen töten, der ihm am Herzen lag. Aber wer mit dem Wolfe heult, muss sich nicht über Jäger wundern. Und Nummer zwei hat dich besonders hintergangen. Mehr noch als diese Laus Stefan Maar und die anderen. Die Nummer zwei hatte sein Vertrauen aufs Schändlichste missbraucht. Und darauf stand der Tod.

Der zweite Mord, und das war ihm völlig klar, würde aber noch aus einem anderen Grund deutlich schwieriger werden. Maar war ein Angsthase, ein Schreibtischtäter, der beim Anblick des Schwertes seine Exkremente nicht mehr halten konnte. Er lachte verächtlich auf. Beim Sterben zeigte sich die Würde des Menschen.

Langsam fuhr er die Klinge seines Samuraischwertes mit einem trockenen Tuch entlang. Er hatte sie von Maars Blut gereinigt, sodass vermutlich auch das beste Labor keine Spuren mehr entdecken würde. Aber das war ihm zweitrangig. Er hegte und pflegte das kostbare Stück, als wäre es ein Heiligtum. Schließlich tränkte er ein anderes Tuch dezent mit japanischem Nelkenöl und rieb die Klinge ein. Behutsam nur, sonst konnte es Flecken geben. Dann steckte er es in die Scheide zurück, wischte den Griff ab und hängte es an die Wand. Niemand würde hier eine Mordwaffe vermuten. Also konnte er sie ganz offen zeigen. Und wiederverwenden.

Er hatte noch keinen Plan, wie er Nummer zwei töten würde. Nur eine Idee, die aber erst reifen musste. Nummer zwei war ein Kämpfer, er war kräftig und schlagerprobt. Mit den Fäusten würde ihn sein zweites Opfer niederstrecken, er wäre chancenlos. Doch beim Kampf Arme gegen Schwert musste die Waffe gewinnen. Er lächelte plötzlich. Die Vorstellung, wie er Nummer zwei die Hände abhackt, gefiel ihm. Nur würde er sie bei lebendigem Leib amputieren, nicht wenn er bereits tot war. Den Spaß musste er sich einfach gönnen. Oder sollte er es diesmal ganz anders anstellen. Ihm kam da eine Idee. Sie war gut. Teuflisch gut.

Claudius Wollinger war ein ganz anderer Schlag Mensch als Rochus Maar. Schlohweiße Haare, leicht gewellt und etwas länger, als es der Durchschnitt trägt, eine markante Nase, die wohl einmal gebrochen worden war, und tiefe Furchen, die von einem arbeitsreichen Leben zeugten. Und davon, auf Verjüngungskur mittels medizinischer Zaubereien zu verzichten.

Er wirkte auf Tischler recht aufgeräumt, ein hemdsärmliger, nicht allzu komplizierter Bayer, der nicht die Fassade des seriösen Geschäftsmannes aufsetzte, aber sicherlich ein kühl kalkulierender Chef von BavarImmo war, der wusste, wie der Hase in der Immobilienbranche lief. Er empfing die Kommissarin in einem leicht verschwitzten blütenweißen Hemd mit gelockerter Krawatte und einem Weißbier auf dem Schreibtisch.

»Alkoholfrei«, betonte er bei der Begrüßung und bot Tischler auch eines an. »Es gibt nichts Besseres zum Durstlöschen bei der Hitze.«

Die Kommissarin lehnte dankend ab und kam schnell zur Sache.

»Stefan Maar? Und ich habe schon befürchtet, Sie würden wegen meiner Schwarzbauten kommen«, grinste Wollinger und nahm einen kräftigen Schluck von seinem Weißbier. Dann stieß er einen Seufzer des Genusses aus und leckte sich den Schaum von den Lippen. »Schreckliche Sache.« Seine Bestürzung wirkte echter als jede Pore in Viktoria Maars Gesicht.

»Sein Vater hat gesagt, Stefan habe ihrer Firma die EDV neu gestaltet, weil die alte Stümperei gewesen sei.«

Wollinger lachte und schüttelte den Kopf. »Der Rochus neigt zu Übertreibungen. Wahrscheinlich hat er auch noch behauptet, dass sein Filius dafür den Software-Oscar bekommen hat.«

»Nein, aber Sie hätten am liebsten eine zweite Firma gegründet, so angetan waren Sie. Das waren etwa seine Worte.« Wollinger war der Kommissarin nicht unsympathisch. Er hatte etwas Offenes, Unverfälschtes, er war »grod raus«, wie man in Bayern sagt, also einer, der unverstellt seine Meinung sagt.

»Vergessen Sie's«, winkte Wollinger ab. »Das war nichts als ein Freundschaftsdienst. Nebenbei gesagt, von der kompletten EDV kann sowieso nur einer sprechen, der keine Ahnung hat. Wir haben eine exzellente Software mit einem Content Management System, das seinesgleichen sucht. Spitzenqualität und auch der Support ist hervorragend. Wissen Sie, was der junge Maar gemacht hat? Böse gesagt hat er zwei Wochen lang den Leuten erklärt, wie sie ihren Computer ein- und ausschalten. Und er hat individuelle Anpassungen gemacht, also bestimmte Wünsche erfüllt und an ein paar Schrauben gedreht. Das war's. Wir hätten das auch von der Software-Firma machen lassen können, mit der wir zusammenarbeiten. Das wäre uns sogar ein bisschen billiger gekommen, weil die das in der halben Zeit erledigt hätten. Aber wie gesagt, es war ein Freundschaftsdienst, damit der junge Maar mit seiner Firma in die Gänge kommt.«

Die Kommissarin war keine Spur überrascht. Das passte zu dem Bild, das sie von der Familie Maar hatte. »Und als Dank haben Sie ihm noch das Büro in Obersendling überlassen?«

Wollinger machte eine abfällige Handbewegung, die zeigen sollte, wie wenig ihn diese kleine Immobilie interessierte. »Dieses alte Besenkammerl da. Das hat er provisionsfrei und zu besonders günstigen Konditionen bekommen.«

Dann erzählte Wollinger, wie er Rochus Maar bei der Bundeswehr kennengelernt und wie sich eine Männerfreundschaft entwickelt hatte.

»Rochus hat mir bei einem Manöver das Leben gerettet. Damals, im Kalten Krieg, gab es ja noch das feste Feindbild. Wir waren die Bösen, also die Russen, und ich bin beim Angriff auf eine Panzerstellung über eine Wurzel gestolpert, sodass mir die Kniescheibe herausgesprungen ist. Hätte mich der Rochus nicht rausgezogen, dann hätte mich der Leopard plattgewalzt wie einen Bierdeckel. So was vergisst man einem nicht.«

Den Vergleich nahm Wollinger zum Anlass, sein alkoholfreies Weißbier zu leeren. Dann ging die Tür auf, und eine junge Frau kam herein. Sie hatte ein sprödes Gesicht und eine ähnlich auffällige Nase wie der Firmenchef. Kein Wunder, dass Wollinger sie als seine Tochter Lydia vorstellte. Reserviert gab sie der Kommissarin die Hand und ihrem Vater einen Stapel Papiere, auf die Wollinger sofort einen Blick warf.

»Schon wieder diese Grattler da. Die Firma Pfusch und Murks«, schimpfte er los. Dann wandte er sich Tischler zu. »Maurer sollen das sein. Der Wahnsinn. Da geht's zu auf dem Bau wie beim Turmbau zu Babel. Türkisch, Bulgarisch, Rumänisch, Chinesisch, alles hören Sie da. Aber lauter Legale, keine Angst. Kriminell ist nur die Arbeit, die die abliefern. Einmal habens einen Bungalow gebaut und auf der Westseite die Fenster vergessen. Zappenduster, verstehens?« Dann schaute er wieder seine Tochter an. »Geh Lydia, muss ich mich echt um jeden Scheiß kümmern. Das ist doch deine Baustelle. Bitte räum da mal richtig auf. Und bring mir noch ein alkoholfreies Weißbier.«

Die Tochter murrte leise vor sich hin, verabschiedete sich von der Kommissarin und verließ den Raum. Tischler folgte ihr wenige Minuten später. Sie hatte genug gehört. Der Start in die eigene Firma geschah für Stefan Maar nicht auf einem mit Gold gepflasterten Weg, wie dessen Vater ihr weismachen wollte. Sein einziger Job war ein Freundschaftsdienst, nicht mehr. Und den Kontoauszügen zufolge blieb es auch sein letzter. Denn wenige Wochen später benannte er seine Firma, die ursprünglich Soft-Maar hieß, in Microsof-Tag um und meldete sie in Liechtenstein an. Was war in dieser kurzen Zeitspanne passiert? Das Zeitfenster wurde allmählich konkreter.

Im Kommissariat traf Tischler auf einen geschäftigen Ralf Mangel, der mit dem Laptop unter dem Arm auf seine Chefin wartete und darauf brannte, ihr seine Ergebnisse zu präsentieren.

»Internetkriminalität!«, rief er aus. »Ich habe alles da!«

»Weniger als alles habe ich auch nicht von dir erwartet«, sagte Tischler lächelnd. »Dann schieß mal los.«

Nach einer Viertelstunde ununterbrochenen Vortrags bereute Tischler allmählich ihre Aufforderung. Mangel begann bei der sogenannten »Nigeria-Connection«. Ursprünglich ging es darum, Leuten falsche Erbschaften oder Gewinne anzudichten und dafür Gebühren für Vorauszahlungen zu kassieren. Später war man auch dazu übergegangen, überhöhte Schecks auszustellen und sich den Mehrbetrag auszahlen zu lassen. Wochen später stellte sich dann heraus, dass der Scheck gefälscht oder nicht gedeckt war. Neuere Varianten davon sind, dass sich Frauen über soziale Netzwerke oder Partnerbörsen an liebeshungrige Männer ranmachten und sie auszogen – aber nur finanziell. Eine weitere neuere Spielart war das Versenden von Todesdrohungen.

»Irgendwie sieht Maar aber nicht nigerianisch aus«, entgegnete eine leicht ermüdete Kommissarin, aber Mangel überging den Einwand.

Er fuhr fort mit der Erläuterung diverser Betrügereien im Internet, mit Kettenbriefen und teuren Telefonnummern, bis Tischler irgendwann die weiße Fahne schwenkte und um eine Pause bat.

»Und, was sagst du?« Mangel sah seine Chefin erwartungsvoll an. »Eine Menge Holz, oder?«

»Ja«, lobte ihn die Kommissarin. »Du warst sehr fleißig. Aber ich glaube, dass Maar etwas ganz anderes im Internet trieb.«

»Was?« Mangel war bestürzt und beleidigt zugleich. »Ich gehe mit den Kollegen von der Internetkriminalität stundenlang alle Möglichkeiten durch, und du kommst hereingeschneit und willst mir weismachen, dass das alles Quatsch ist.«

»Nein, kein Quatsch. Sagen wir, was du zusammengetragen hast, ist alles möglich, auch dass er ein Schwarzafrikaner war und sich umpigmentieren ließ.« Tischler rutschte die Spitze einfach so über die Lippen, bereute sie aber umgehend.

»Umpigmentieren? Mensch, Barbara, hältst du mich schon wieder mal für blöd?«

Tischler beschwichtigte ihren Kollegen, was jedoch nicht ganz einfach war. Dann berichtete sie ihm davon, dass Maar ein gewiefter Hacker war. Mangel verstummte kurz und zog die Stirn in Falten.

»Ein Hacker. Das widerspricht aber nicht den klassischen Internetgangstereien.«

»Nein, aber ich denke trotzdem, dass er sich nicht auf einfache Leute, die man schnell abzocken kann, gestürzt hat. Seine Beute war größer, da bin ich mir sicher. Und seine Methode raffinierter.«

»Okay, dann springe ich noch mal zu den Kollegen und lasse mich informieren, wie man durch Hacken Kohle machen kann.«

Mangel stand auf und verließ das Büro. Tischler lehnte sich zurück in ihren Stuhl und schaute zum Fenster hinaus. So konnte sie am besten denken. Und sie hatte viel nachzudenken. Auch über das Telefonat, das sie gleich führte. Walter Bechthold meldete sich auf dem Handy. Vier Klingeltöne überlegte sie, ob sie das Gespräch annehmen sollte oder nicht, gab sich dann aber einen Ruck.

»Barbara, ich verstehe ja, dass du sauer bist.«

»Eine Stiege Limetten ist Zuckerwatte gegen mich.«

»Aber bitte höre mir zu, ich kann doch auch nichts dafür.« Walter bekniete seine Freundin und erweichte ihr Herz, bis er schließlich mit seinem eigentlichen Anliegen kam.

»Was? Ich soll bei euch heute zu Abend essen?«

»Lucie möchte dich kennenlernen und ich möchte gern euer Verhältnis normalisieren. Für Sarah wäre es auch sehr wichtig, dass Frieden zwischen ihren beiden Müttern herrscht.«

Barbara schwieg. Sie mochte sich nicht als Mutter bezeichnen lassen, aber auch nicht als Spielverderberin gelten.

»Was gibt's denn? Ayurvedische Tofu-Bällchen? Dann bringe ich mir einen Döner mit.«

»Nein, ich verspreche dir, dass es nicht zu esoterisch wird.« Dann beteuerte Walter noch seine Liebe und legte auf.

Die Kommissarin atmete tief durch. Sie hatte Angst vor diesem Abend, Angst vor der Konfrontation mit der Ex. Gern mochte so etwas keine Frau – und auch kein Mann. Aber sie sah ein, dass es in dieser Situation notwendig war. Sie fürchtete nur, dass es zu Spannungen kam. Denn Tischler selbst stand allem Esoterischen bestenfalls ablehnend, in der Regel aber spöttisch gegenüber. Und eine Erleuchtete konnte damit garantiert nicht umgehen. Als sie schon begann, Strategien zu entwickeln, wie sie eine Konfrontation vermeiden konnte, indem sie auf spitze Bemerkungen verzichtete und manchen esoterischen Kram einfach unwidersprochen abnickte, platzte Ralf Mangel schon wieder herein.

»Das ging aber schnell«, stellte Tischler fest. »Ist die Hackerkriminalität so viel geringer als das Treiben der Nigeria-Connection?«

»Spotte nicht«, entgegnete Mangel, der ein gewisses Leuchten in den Augen hatte, das Tischler signalisierte, er wolle unbedingt und schnellstmöglich etwas loswerden. »Die Kollegen haben die Internetdaten von Maar analysiert. Ich habe eine gute und eine schlechte Nachricht.«

»Immer erst die schlechte«, bat Tischler. »Dann ist die Vorfreude umso größer.«

»Was Maar im Internet getrieben hat, ist nicht mehr nachzuvollziehen. Wir haben die Verbindungsdaten von seinem Anbieter erhalten, aber Maar hat, wie ich das erwartet habe, ein Tor-Netzwerk benutzt.«

»Klingt nach Fußball.«

»Ist es aber nicht. Tor steht für The Onion Router, also der Zwiebel-Router. Es ist so, du musst einen Client auf deinem Computer installieren, den nennt man eben Onion-Proxy. Durch den kommst du in ein Tor-Netzwerk.«

»Bitte die Kurzversion, damit ich digitaler Analphabet das auch verstehe«, bat die Kommissarin.

»Okay. Du springst von Server zu Server und baust eine Kette von mindestens drei Tor-Servern auf, die jeweils nur den vorhergehenden und den nachfolgenden Server kennen, bis du irgendwann nicht mehr zu verfolgen bist.«

»Gut, das verstehe sogar ich. Und es gibt keine Möglichkeit, an die Verbindungsdaten zu kommen?«

»Für uns momentan nicht.«

»Was heißt für uns?« Tischler stutzte.

»Lach bitte nicht, aber die NSA oder der BND haben da vielleicht sehr wohl Möglichkeiten, mithilfe ihrer Spionageprogramme Spuren von Maar zu finden.«

Tischler hatte oft schon über Mangel gespottet, wenn er mit wilden Verschwörungstheorien aufwartete. Aber in diesem Punkt hatte er recht, nur würden die Geheimdienste ihnen kaum helfen.

»Das heißt, wir wissen überhaupt nicht, was Maar getrieben hat?«

»Jein. Und jetzt kommen wir zur guten Nachricht. Durch die Kontoauszüge und ein paar andere Daten haben wir festgestellt, dass Maar ein fast schon süchtiger Online-Zocker war.« Mangel grinste selbstgefällig.

»Zocker? Und was? Aktien? Schafkopf? Mensch ärgere dich nicht? Moorhuhnjagd?«

»Poker. Sein Deckname war Nightmaar. Wir haben seinen Account überprüft. Über ein Übersee-Portal spielte er bis zu zwölf Stunden täglich.«

»Und erfolgreich?«

»Da geht's um Summen, die einen schwindlig machen. Mal hat er hunderttausend im Monat verloren, im nächsten aber einen ganzen Batzen wieder gewonnen. Sein aktueller Stand lag bei rund 40 000 Verlust.«

»Das ist nicht die Welt. Wie lange spielte er?«

»Ja, das haben wir alles herausgefunden. Er hat vor sieben Jahren mit dem Zocken angefangen, allerdings ging's da um niedrige Summen. Vor knapp drei Jahren wechselte er das Portal und ließ es krachen.«

Tischler klatschte in die Hände und gratulierte ihrem Kollegen zu der guten Arbeit. Es passte vom Zeitrahmen alles zusammen. Stefan Maar war ein exzellenter Hacker, aber nur ein mäßiger Programmierer. Als einfacher Informatiker kann er sich seinen Wunsch nach Wohlstand und Luxus, der auch von der Schmach und dem tiefen Fall des Vaters gespeist war, nicht erfüllen. Also eröffnet er seine eigene Firma, erledigt aber gerade mal einen Job, den er auch nur durch Beziehungen bekommt. Und dann kommt er auf einen bestimmten Trichter, krempelt seine Firma um und beginnt mit hohen Summen zu zocken. Was aber genau war vor knapp drei Jahren passiert? Mit wem hat er sich eingelassen?

»Ralf, können wir die genauen Zeiten haben, wann Maar in den letzten vier Wochen gepokert hat?«

»Klar, kein Problem. Wenn keiner seinen Account gehackt hat, ist das problemlos nachzuvollziehen. Warum?«

»Weil ich so eventuell feststellen kann, wann er anderen Tätigkeiten nachgegangen ist.«

09

Im ersten Moment hatte sich Barbara Tischler die Tofu-Bällchen gewünscht, die sie nachmittags noch ironisch erwähnte. Denn der erste Gang bestand aus einer Suppe aus Basmati-Reis, gelben Rüben und Molke, gewürzt mit Ingwer und Kurkuma. Das Problem war nicht nur kulinarischer Art, es ging auch um die Quantität. Die Kommissarin hatte außer der Leberkässemmel und dem Magnum Mandel den ganzen Tag nichts gegessen und dementsprechend Hunger. Eine der goldenen Ayurveda-Regeln lautete jedoch, dass man mittags die Hauptmahlzeit zu sich nehmen sollte, weil da die Verdauung am besten funktionierte.

Die Suppe war gewöhnungsbedürftig, aber wenn man sich einredete, sie sei gesund, wenigstens erträglich. Allerdings stillte sie nicht den Hunger, ganz im Gegenteil, sie regte ihn erst an. Eine weitere goldene Regel lautete allerdings, man sollte nie ohne Hunger essen und immer erst die eine Mahlzeit verdauen, bevor die andere aufgetragen würde. Als Barbara erfuhr, was es als Hauptgericht gab, bereute sie es schrecklich, nicht doch vorher bei Türgüns bestem Döner vorbeigeschaut zu haben. Es wurde ein Gurken-Senf-Curry gereicht.

Barbara schnalzte mit der Zunge. »Das Rezept muss ich unbedingt haben«, meinte sie. Die Ironie war Walter nicht entgangen, Lucie, die freudig ausrief, sie werde es sofort abschreiben, sehr wohl. Bei Sarah war sich die Kommissarin nicht sicher. Das Mädchen war klug und für ihr Alter geistig schon relativ reif. Typische Teenager-Zickereien und Flausen konnte man bei ihr nur selten feststellen. Barbara beobachtete Walters Tochter und hatte den Eindruck, dass diese der Rückkehr der Mutter sehr ambivalent gegenüberstand. Einerseits war sie natürlich überglücklich, Mama wieder zu Hause zu haben, andererseits war ihr die erleuchtete Lucie gelinde gesagt befremdlich. Sie sah ganz anders aus, redete halb indisch, halb deutsch und meist so, als würde sie in den Wolken schweben. Sogar ihren Namen hatte sie geändert, wie es in ihrem Ashram üblich war. Sie nannte sich nun Sangini, also Freundin.

Barbara fühlte sich unwohl. Lieber hätte sie sich mit Mafiakillern eine wilde Verfolgungsjagd geliefert, als mit der Ex am Tisch zu sitzen. Sie versuchte, gute Miene zum bösen Spiel zu machen und höflich und locker zu sein. Aber sie war steif wie ein Bügelbrett. Und jeder mit zwei funktionierenden Augen konnte das sehen. Auch Lucie, die ihr eine ayurvedische Massage anbot und keine Widerrede duldete. Sie tastete noch vor der Suppe Barbaras Rücken ab und versprach Linderung.

»Ich habe das beim ersten Mal schon gesehen, dass du so verkrampft bist. Das kommt vom vielen Sitzen auf diesen grässlichen Bürostühlen. Gib meinen heilenden Händen zwanzig Minuten und deine Chakren öffnen sich, und die Energie fließt durch deinen Körper, wie sie noch nie geflossen ist.«

Nach kurzer Bedenkzeit nahm Barbara das Angebot an, verfluchte sich jedoch innerlich, dass sie dieser Essenseinladung gefolgt war. Als Lucie in die Küche ging, um das Gurken-Senf-Curry zuzubereiten, herrschte erst einmal Stille. Peinliche Stille.

»Wie geht's deinem Fall mit diesem Typen, dem sie die Hände abgehackt haben?« Sarah brach das Eis. Ihr war klar, dass die Konversation am besten mit einem unverfänglichen Thema in Gang zu bringen war. Außerdem interessierte sie sich tatsächlich für den spektakulären Mord, zumal sie in der Schule ein bisschen punkten konnte, weil sie mit der leitenden Ermittlerin per Du war und Informationen aus erster Hand hatte.

Barbara berichtete von den Erkenntnissen des Tages, wobei sie vorher Sarah zu absoluter Verschwiegenheit verpflichtete. Die beiden Polizisten diskutierten über einige Details, bis das Mädchen etwas einwarf.

»Wenn der Maar wirklich Hacker war und etwas Kriminelles machte, das vermutlich den Rahmen sprengte und eine Menge Schotter einbrachte, dann müsste er doch irgendwo ein Backup haben.«

»Was meinst du mit Backup?«, fragte die Kommissarin zurück.

»Ich kann mir einfach nicht vorstellen, dass ein professioneller Hacker so blöd ist und all seine Informationen, die er gesammelt hat, nur auf seinem Lappi hat«, fuhr Sarah fort.

»Interessanter Gedanke«, pflichtete Barbara bei. »Daran habe ich noch nicht gedacht. Und wo könnte er so ein Backup haben?«

»Keine Ahnung. Vielleicht in einer Cloud. Vielleicht aber auch auf einer externen Festplatte, die er irgendwo gebunkert hat.«

Barbara strich sich übers Kinn und überlegte. »Gegen ein solches Backup spricht allerdings, dass es Beweise für mögliche Straftaten hinterlassen würde. Kriminelle sind normalerweise darauf erpicht, Spuren zu verwischen, nicht sie zu bündeln und zu archivieren.«

»Hast auch wieder recht«, entgegnete Sarah etwas enttäuscht. Sie hätte zu gern ihren kleinen Beitrag zur Aufklärung des Falles geleistet.

»Damit will ich nicht sagen, dass Maar kein Backup gemacht hat. Ganz im Gegenteil. Je länger ich darüber nachdenke, umso wahrscheinlicher scheint es mir sogar. Ich denke, er hat eher versucht, seinen Laptop quasi clean zu halten, sollte einmal die Steuerfahndung kommen oder ein anderer unerwarteter Besuch. Außerdem müssen wir davon ausgehen, dass er mit drei Leuten kooperierte.«

Eine versteckte Sicherheitskopie. Der Gedanke ließ Tischler nicht mehr los. Sie ließ sich von Sarah ein wenig über Clouds informieren. »Die sind nicht unsicherer als ein PC, behauptet unser Informatik-Lehrer. Der ist so voll der Nerd«, lachte das Mädchen.

Zu dritt spekulierten sie wild drauflos, wo sich das ominöse Backup befinden könnte. Das klassische Schließfach wurde diskutiert genauso wie der versteckte Computer in einer Drehtür an der Wand. Sarah vermutete, die Sicherungskopie könnte in einer Chipstüte versteckt sein, Barbara ging eher von einem öffentlichen Ort aus, der selten besucht würde.

»Das Regal im Gasteig mit den ostsibirischen Gesetzestexten aus prärussischen Zeiten könnte das sicherste Versteck ganz Bayerns darstellen.«

Walter lachte kurz auf und versuchte dann, auf ein Versteck zu kommen, das dem Bücherregal an Absurdität mindestens ebenbürtig war, als Lucie mit einem großen Topf aus der Küche kam. Die heitere Stimmung wich einer etwas gekünstelten Neugier auf das exotische Essen, auf das keiner außer der Köchin Lust hatte.

»Interessant«, befand Barbara nach dem ersten Löffel. Tatsächlich sorgten die Kokosmilch und der indische Curry für so viel Geschmack, dass die gekochten Gurken erträglich wurden. Barbara nahm sich dennoch vor, beim Nachhauseweg noch bei einem Fast-Food-Restaurant oder einem Imbiss vorbeizuschauen. Ihre fleischlichen Gelüste würden an diesem Abend nicht mehr befriedigt – weder die einen noch die anderen.

Lucie dozierte ein wenig über das originale, das wahre indische Essen und die verschiedenen Dosha-Typen, wurde aber von Sarah immer wieder ausgebremst. Die Tochter hatte offensichtlich keine Lust, auf Lektionen in ayurvedischer Philosophie. Sie hatte schlichtweg keine Lust, nach all den Jahren die indische Ausgabe ihrer Mutter zurückzubekommen. Lucie spürte dieses Unbehagen, konnte sich aber nicht von der Rolle der Fernöstlich-Erleuchteten lösen.

»Traditionell heißt es übrigens, dass man keinerlei natürliche Bedürfnisse unterdrücken sollte«, sagte sie hintersinnig lächelnd.

»Wie?«, rief Sarah aus. »Also furzen die beim Essen rum, oder was?«

»Warum koppet und furzet ihr nicht? Hat es euch nicht geschmacket? Das hat mein Opa immer gesagt, wenn es um das Thema ging«, warf Walter ein. »Ist von Luther.«

»Angeblich. Stimmt aber nicht, behauptet unser Reli-Lehrer«, korrigierte Sarah.

»Und der muss es wissen, der hat ein Furzkissen verschluckt, weil er es für eine gefüllte Hostie gehalten hat.«

Barbara erntete kurzzeitig betretenes Schweigen für den derben Scherz, aber Sarah lachte plötzlich laut los, und Walter stimmte ein. Lucie setzte ein gequältes Lächeln auf. Es war so ehrlich wie die Beteuerungen der anderen drei, das Gurken-Senf-Curry würde ihnen schmecken.

Doch der Abend ging vorbei und es kam, was kommen musste. Lucie bat Barbara zur Massage. Damit es auch wirklich intensiv wirken und die Energien fließen konnten, musste sie sich oben frei machen. Das wollte Barbara vor allem im Beisein von Sarah auf keinen Fall. Auch deshalb ging sie auf Lucies Vorschlag, die energetische Behandlung im Schlafzimmer durchzuführen, bereitwillig ein, wenngleich ihr die Vorstellung, von der Ex durchgeknetet zu werden, ausgesprochen unbehaglich war.

Statt eines Nachtisches, auf den Barbara große Lust hatte, wurde sie nun massiert. Im Schlafzimmer schaute sie misstrauisch nach, ob sie irgendwelche Liebesspuren fand. Doch es befanden sich nur ein Kissen und eine Decke auf der Matratze, und die waren so akkurat hingerichtet, wie es Walter nicht vermocht hätte. Es schien zumindest, als würde Lucie allein schlafen. Allerdings war Walter Polizist und würde keine einfachen Fehler machen.

»Im Ayurvedischen gibt es drei Lebensenergien, die im Gleichgewicht sein müssen. Ansonsten wird der Mensch krank. Es sind das Kapha Dosha, das Pitta Dosha und das Vata Dosha. Ich müsste vor der Massage eigentlich bestimmen, welcher Dosha-Typ du bist.«

Barbara überlegte kurz, ob sie einen Kalauer loslassen sollte, entschied sich aber dagegen. Lucie machte ihr einen ziemlich humorresistenten Eindruck.

»Knet mich einfach ein bisschen durch«, seufzte die Kommissarin. »Die Last so vieler Morduntersuchungen hat meinen Rücken verspannt.«

»Oh ja, deine Arbeit muss so spannend sein«, rief Lucie exaltiert aus. Und so anstrengend. Immer diesen bösen Buben hinterherjagen.«

»Die stresse ich oft mehr als sie mich. Ich bin in der Beziehung ein Pitbull-Zurückbeißer.«

Lucie hielt kurz inne und lachte dann übertrieben los. »Du bist echt lustig.«

Dann räumte sie das Bett ab und wies die Kommissarin an, sich auszuziehen und hinzulegen. Barbara entledigte sich ihres T-Shirts, doch Lucie wollte sie ganz nackt haben.

»Bei Verspannungen machen wir Garshan. Das ist eine Ganzkörpermassage, weißt du? Wir wollen doch alles fließen lassen.«

»Ach«, winkte die Kommissarin ab. »Mir genügt es, wenn der Rücken wieder fließt.« Barbara grinste ein wenig über die Stilblüte, fand den Ausdruck aber dennoch passend.

Lucie streifte sich Handschuhe aus Rohseide über und machte sich ans Werk. Garshan zielte darauf, die Lymphknoten zu stimulieren. Lucie erklärte noch mehr den spirituellen Hintergrund und streute die eine oder andere Anekdote über ihre Zeit in Indien ein, als sie von Barbara plötzlich unterbrochen wurde. Der Kommissarin war das aufgesetzte Getue zu viel geworden. Sie richtete sich auf und drehte sich um.

»Lucie, warum bist du zurückgekommen?«

»Was? Ich verstehe dich nicht«, stammelte Lucie, die auf einmal nicht mehr so salbungsvoll klang. Barbara tat, was zum Berufsalltag vieler Polizisten und Lehrer gehört, sie wiederholte ihre Frage.

Lucie erzählte von ihrem Reifeprozess, ihren Erfahrungen und ihrer Selbstverwirklichung, dass sie nun endlich wisse, wer sie sei und was sie wirklich wolle. Von Spiritualität und einem ganzheitlichen Verständnis des Menschen.

Man musste kein Polizist sein, um zu erkennen, dass Lucie bestenfalls die halbe Wahrheit sagte. Sie spielte weiter die exaltierte Geistes-Inderin, die dem westlichen Profitstreben und der auf Selbstversklavung abzielenden teutonischen Arbeitsmoral abgeschworen hat.

Ich bekomme schon noch heraus, was passiert ist, was dich wirklich wieder zurückgetrieben hat, dachte sich die Kommissarin. Sie zog sich das T-Shirt wieder an und bedankte sich artig für die Massage, die nicht unbedingt pures Wohlgefühl vermittelte, aber durchaus seine Wirkung zeitigte. Barbara hatte den Eindruck, als wäre sie entspannter und – sie hätte es nie zugegeben – als würden in ihrem Rücken die Energien fließen.

Als sie das Schlafzimmer verließ, wartete eine Überraschung auf sie. Walter stand mit einem kleinen Trolley aufbruchbereit an der Tür. Er verabschiedete sich mit einem Wangenküsschen von Sarah und schaute dann Barbara an.

»Fahren wir?«

Die Kommissarin fühlte sich kurz vor den Kopf gestoßen, weil sie nicht gefragt worden war, doch die Aussicht, eine Nacht mit ihrem Liebsten zu verbringen, erstickte den Ärger im Keim.

»Ich hoffe, das mit der Massage war nicht zu aufdringlich«, meinte Walter im Lift.

»Nein, war okay«, entgegnete Barbara. »Du brauchst aber nicht zu glauben, dass wir zu mir fahren.« Sie klang betont bockig.

»Nicht? Wieso nicht? Wo willst du denn hin?«

»Irgendwo, wo es Fleisch gibt. Es muss nicht das Feinschmeckerlokal mit dem gelben M sein, aber ich brauche jetzt etwas Herzhaftes zwischen die Kiemen, sonst kippe ich noch um.« Daraufhin packte sie Walter an den Ohren und zog ihn zu sich. »Dann können wir zu mir fahren und …« Sie hielt plötzlich inne und küsste Walter wild auf den Mund, bis der Lift unten angekommen war, sich die Türen öffneten und ein altes Ehepaar etwas zu gucken bekam.

Eine gut gelaunte Barbara Tischler leitete das frühe Meeting der Soko Maar, zu dem sie eine ganze Tüte mit Butterbrezen mitbrachte. Die bisherigen Ermittlungsergebnisse waren jedoch mager. Letztendlich tappte man völlig im Dunkeln, womit der Ermordete sein Geld verdient hatte und wer mit ihm möglicherweise unter einer Decke steckte.

Die Spurensuche am Tatort hatte ebenso wenig Zählbares ergeben. Stefan Maar war auf jeden Fall von einer leicht gebogenen, etwas längeren Klinge ermordet worden, möglicherweise von einem Samuraischwert. Es fanden sich Spuren von Reinigungsöl in der Wunde.

»Ein Samuraischwert würde zu den japanischen Zahlen passen«, sagte Tischler. »Nur sehe ich keinen Grund dafür.«

»Und wenn der Mörder tatsächlich ein Yakuza war?«, wandte Mangel vorsichtig ein. »Ich meine, er könnte sich bei seinen kriminellen Machenschaften mit der japanischen Mafia angelegt haben. So abwegig ist das nicht.« Mangel wehrte gleich von vornherein mögliche Spötteleien ab, was in diesem Fall allerdings nicht notwendig gewesen wäre, da ihm Tischler beipflichtete und auftrug, diese Spur zu verfolgen.

Dann stellte sie die These zur Diskussion, Maar könnte ein Backup bzw. eine Sicherheitskopie bestimmter sensibler Daten irgendwo gebunkert haben. Das Für und Wider hielt sich die Waage, weshalb man beschloss, auch diesen Gedanken weiter zu verfolgen.

Unterstützt von der Abteilung für Internetkriminalität lag der Schwerpunkt der Ermittlungen jedoch darauf, das Tätigkeitsfeld von Maar herauszufinden. Tischler empfand diesbezüglich ihre Mitarbeit jedoch als überflüssig, wenn nicht sogar hinderlich, da sie sich selbst immer als digitalen Legastheniker bezeichnete. Sie wollte sich weiterhin um das Privatleben des Toten kümmern, auch wenn sie bereits ein halbwegs stimmiges Bild von ihm hatte. Ihr ging es vor allem um den Zeitrahmen zwischen der ersten selbstständigen Arbeit bei BavarImmo und dem Beginn der Karriere als Großzocker. Alle pflichteten ihr bei, in dieser Zeit müsse auch der Startschuss zu Maars illegaler Karriere gefallen sein.

Die Freundin würde keine große Hilfe sein, schließlich kannten sie sich damals noch nicht. Allerdings hatte Adriana eine kleine Liste mit Freunden und Bekannten des Toten vorgelegt, auf der auch die beiden Kommilitonen standen, die Tischler schon befragt hatte. Es galt herauszufinden, ob er damals eine Freundin oder Geliebte gehabt hatte. Wer waren seine engen Freunde oder Bezugspersonen? Tischler wühlte in Maars Vergangenheit. Unterstützt wurde sie von Vera Dresch, einer jungen Kriminalmeisterin, die auch in anderen Fällen zum engen Team der Kommissarin zählte.

Tatsächlich stießen sie auf einen Bekannten von Maar, der in dieser Zeit recht speziell mit ihm gewesen war. Er gab unumwunden zu, dass sie eine gemeinsame Leidenschaft hatten: das Zocken. Sie spielten um mittelprächtige Einsätze Poker, das klassische Texas Hold'em.

»Man konnte schon mal zweitausend am Abend los sein oder mehr, wenn es richtig Scheiße lief, aber es hielt sich in Grenzen. Auch die Casino-Abende waren nicht wirklich exzessiv. Ein paar Lappen ließ man schon mal in Bad Wiessee liegen, aber wir waren Zocker und holten uns den Verlust wieder zurück. Sonderlich verschuldet hat sich keiner von uns, aber es war eine Sucht. Wenn du nämlich mal mit zehntausend in den Miesen bist, willst du den Schotter zurückhaben und du gibst keine Ruhe, bis dein Konto wieder ausgeglichen ist«, erklärte Ulrich Ganster am Telefon. Bereitwillig erzählte er aus der Zeit, die einige Monate vor der Selbstständigkeit von Maar lag.

»Haben Sie eine Veränderung an ihm bemerkte, als er plötzlich selbst Unternehmer war und für BavarImmo gearbeitet hatte?«

»Schon«, antwortete er wie aus der Pistole geschossen. »Er zockte immer weniger. Ich meine, wir sind ein Jahr lang viermal, fünfmal die Woche irgendwo beim Spielen gewesen. Und wenn es sein musste, auch täglich. Was er für eine Firma aufbaute, davon habe ich keine Ahnung. Interessierte mich auch nicht die Bohne, ehrlich gesagt. Dieser Informatiker-Kram geht mir am Arsch vorbei. Aber er hatte plötzlich nicht mehr so viel Zeit. Ja, ihm waren andere Sachen wichtiger.«

»Und was?«, fragte Tischler.

»Na ja, so genau weiß ich es nicht. Er hatte auf jeden Fall neue Freunde, mit denen er abhing«, antwortete Ganster.

»Welche Freunde und wo hing er ab?«

»Ich kenne die Leute nicht. Und ich will sie auch gar nicht kennen. Ganz ehrlich, uns hat einfach das Zocken verbunden, mit wem er vögelte oder sonst was machte, war mir echt egal. Er ging in irgend so eine Schickimicki-Bar. Was er da trieb, keine Ahnung, aber er spielte nicht, da bin ich mir recht sicher. Er verlegte sich wohl immer mehr auf Online-Poker. In den letzten zwei Jahren haben wir uns nur noch ab und an gesehen.«

»Zum Zocken?«

»Zu was sonst.«

Da Tischler auch nichts einfiel, was man mit langjährigen Freunden machen könnte, außer zu pokern, beendete sie das Telefonat. Ihr Instinkt sagte ihr, dass sie auf der richtigen Fährte war. Sie musste nur noch die Bar und die Freunde finden.

Die Kommissarin war voller Elan. Langsam entstand ein Bild von Maar und seiner Geschichte, und dies ergab eine Spur. In aufgekratzter Stimmung erreichte sie allerdings eine Mail aus Stuttgart, die sie wieder erdete. Sie kam von dem Kollegen, der die Mordermittlungen an dem ehemaligen syrischen Diplomaten leitete. Barbara Tischler überflog das Anschreiben und schüttelte ungläubig den Kopf. Dann ließ sie einen Fluch vom Stapel und öffnete den Anhang. Er bestand aus Bildern einer Überwachungskamera des Flughafens Stuttgart. Eigentlich hatte man hier alles schon zweimal ausgewertet, allerdings nur die offiziellen Linien. Al-Massad, der Rebellenkiller, hatte am Morgen nach dem mutmaßlichen Mord an dem Diplomaten allerdings eine private Chartermaschine bestiegen, die ihn nach Barcelona flog. Und von dort brachte ihn eine syrische Maschine nach Damaskus. Als Tarik Shahal in München ermordet wurde, befand sich der Killer nachweislich nicht mehr in Deutschland.

10

»Der hat mich ausgelacht«, berichtete Ralf Mangel etwas verschämt.

»Der Fuzzi vom LKA?«, fragte Tischler schmunzelnd.

Ralf Mangel war bei den Kollegen von der Abteilung für organisiertes Verbrechen, der auch Walter Bechthold angehörte.

»Die japanischen Gangster hätten das Schießpulver schon entdeckt und würden auch nicht mit Saté-Spießen kämpfen, hat der gemeint«, sagte Mangel kleinlaut. »Es gebe sogar eine mongolische Bande in München und die würde auch nicht Morgenstern und Krummsäbel benutzen.«

Mangel hatte seinen Spott bekommen für die Idee, ein japanischer Mafioso könnte mit dem Samuraischwert töten.

»Ralf, nimm's mit Fassung. Ich habe die Idee mitgetragen, also hat der auch mich verarscht, und ich werde mich bei Gelegenheit rächen«, tröstete ihn die Kommissarin.

Dann berichtete sie von der Mail aus Stuttgart. Auch Mangel blieb erst einmal die Spucke weg. Sie hatten einen sehr aufwändigen Fall, bei dem es eilte, da drei weitere Opfer zu befürchten waren. Und nun hatten sie noch einen eigentlich schon zu den Akten gelegten Fall an der Backe. Sie überlegten sich, wie sie strategisch vorgehen und sich die Arbeit einteilen sollten.

Tischler reklamierte den Tarik-Fall für sich. Sie wollte noch einmal die Akte komplett studieren und ihre Spur weiterverfolgen, dass es sich bei dem Toten um einen Stricher gehandelt habe und der Mord damit zusammenhinge. Eine politische Motivation war freilich nicht ausgeschlossen, nur weil Al-Massad als Täter ausschied. Die Perfektion des Mordes deutete durchaus auf einen Profi hin.

Die Wohnung war mit fremder DNS übersät, aber es fanden sich keine Spuren, die sich eindeutig dem möglichen Täter zuordnen ließen. Das Schloss war sauber geöffnet worden mit einem professionellen Picking-Werkzeug oder einem Nachschlüssel. Die Klinge, ein zweischneidiges Messer, durchbohrte den Kehlkopf. Es wurde dem auf der Seite schlafenden Opfer in den Hals gerammt, sodass Tarik nicht einmal mehr zucken konnte. Plötzlich stutzte Tischler. Ihr war etwas aufgefallen, das sie bisher übersehen, zumindest für unwesentlich gehalten hatte. Vermutlich war es Zufall. Ja, es musste sich um einen Zufall handeln, aber einen, den zu überprüfen es sich lohnte.

Also rief sie das Labor an und erteilte einen Auftrag, der bei den Kollegen Erstaunen auslöste.

Die Kommissarin war selbst überrascht, wie schnell sie wieder in der Materie war. Sie beschloss allerdings, die Hauptarbeit zu delegieren und telefonierte mit verschiedenen Kollegen, vor allem mit der Sitte, die sich noch einmal im Strichermilieu nach Tarik erkundigen sollte. Kaum hatte sie das Telefonat beendet, erlebte sie die zweite große Überraschung an diesem Tag.

Sie suchten die Nadel im Heuhaufen – und wussten nicht einmal, ob es sie überhaupt gab. Mangel hatte drei Polizisten zur Wohnung des Toten abkommandiert, um diese auf versteckte Datenträger zu untersuchen. Denn der IT-Experte hatte stark bezweifelt, dass ein gerissener Hacker sensible Daten in einer Cloud speichern würde. Zu unsicher seien die Standards dort noch, die Türen für Eindringlinge zu leicht zu öffnen.

Mit Metalldetektoren suchten sie die Wohnung ab. Drehten jedes Bild um, schauten in jede Schüssel und in jeden Blumentopf, durchblätterten jedes Buch und öffneten jede DVD-Hülle. Das Ergebnis nach einer mehrstündigen Suche war ernüchternd. Sie hatten nichts gefunden, nicht einmal den Hinweis auf ein Versteck wie einen Schließfachschlüssel.

»Friede sei mit dir, Schwester«, sagte der hoch aufgeschossene Mann mit dem zotteligen Bart und den ungepflegten, langen Haaren, der ein wenig aussah, als wolle er für die Hauptrolle der Oberammergauer Passionsspiele vorsprechen, hätte er nicht eine dicke Sonnenbrille getragen. Er breitete salbungsvoll seine Arme aus. Seine sonore, tiefe Stimme füllte den Raum genauso wie seine Alkoholfahne. Und dazu noch seine beiden Begleiter. Rose und der Berber standen hinter ihm und grüßten Tischler mit einer lässigen Handbewegung. Ein junger Kollege hatte sie hereingelassen, nicht ohne sich vorher dafür zu entschuldigen. Ihm war es offenbar peinlich, Obdachlose im Kommissariat zu haben und zu seiner Vorgesetzten zu führen.

»Und mit deinem Geiste, Bruder«, entgegnete die Kommissarin, die zwar keine Berührungsängste hatte, sich im ersten Moment allerdings im falschen Film wähnte. Dass sie von den drei schrägen Figuren offensichtlich geduzt wurde, übersah sie geflissentlich. Von solchen Kleinigkeiten durfte man sich nicht provozieren lassen. »Was verschafft mir die Ehre?«

»Die Ehre ist ganz meinerseits«, sagte Jesus theatralisch und machte einen kleinen Diener, während Rose amüsiert gluckste und der Berber noch finsterer als gewöhnlich dreinschaute.

Die Kommissarin beschloss, das Spielchen mitzuspielen. Sie stand auf, reichte allen die Hand, stellte sich mit Amtsbezeichnung vor und bot ihnen einen Stuhl an. Rose und Jesus setzten sich bereitwillig, der Berber blieb lieber stehen. Ihm behagte der Besuch bei der Polizei überhaupt nicht. Und stehend würde ihm im Falle eines Falles die Flucht leichter gelingen.

»Es geht um unseren Bruder Leonardo«, hob Jesus an und unterstrich seine Rede mit ausladenden Gesten. »Einen meiner Apostel neben der heiligen Rose und dem unheiligen Sankt Berberus.«

»Und welches Problem drückt Bruder Leonardo?«

»Er kann nicht loslassen, das ist sein Problem. Das Leben erdrückt ihn. Und auch die Erinnerung. Selig sind die Besitzlosen, denn ihnen kann nichts genommen werden. Selig sind die Verkommenen, denn sie haben keine Zwänge.« Jesus legte seine Hand auf den Oberschenkel seiner Freundin und begann, ihn lasziv zu streicheln. Dazu grinste er ein wenig, während sich Rose die Lippen leckte und die Kommissarin herausfordernd anblickte.

»Und selig sind die Menschen, die schnell auf den Punkt kommen, denn sie stehlen anderen nicht die Zeit.« Tischler lächelte provozierend zurück.

»Die Zeit!«, rief Jesus pathetisch aus. »Die Menschen sind heute Sklaven der Zeit. Sie haben drei Plasmafernseher und zwei Autos, aber keine Zeit mehr, um alles zu genießen. Ich habe Zeit. Das Wichtigste aller Güter. Ich habe es im Überfluss, Schwester Tischler. Unser wertvollstes Gut. Ich bin reich!«

»Jetzt halt mal die Klappe, sonst knall ich dir eine. Mir stinkt deine ganze Jesus-Scheiße«, grummelte der Berber von hinten. »Leonardo ist verschwunden. Das ist los. Und jetzt lass uns abdampfen.«

Dass ein Obdachloser für ein paar Tage verschwand, sich vielleicht auch ohne Verabschiedung einer anderen Gruppe anschloss, verwunderte Tischler nicht, sie wollte jedoch den Obdachlosen mit demselben Ernst und derselben Gewissenhaftigkeit begegnen wie jedem anderen auch.

»Ich fürchte, dann sind Sie bei mir falsch. Sie müssen zur Vermisstenstelle.«

»Nein, Schwester«, widersprach Jesus. »Wir sind bei dir schon richtig. Du untersuchst doch den unschönen Mord an diesem Bruder Maar.«

Tischler bejahte. Sie wurde hellhörig. Was hatte das Verschwinden eines Obdachlosen mit ihrem Mordfall zu tun?

Jesus hob wieder zu einer salbungsvollen Rede an, als ihn diesmal Rose unterbrach. »Mann, labere nicht dauernd.« Dann wandte sie sich Tischler zu. »Sein Gerede ödet mich oft total an, aber ficken kann der wie drei spanische Stiere.« Mit ihrer derben Ausdrucksweise wollte sie natürlich Tischler provozieren, die blieb aber zumindest nach außen hin ungerührt. »Leo hat gestern auf ner verpissten Zeitung diesen Maar entdeckt. Scheiße, hat der Kerl fies ausgesehen. Und dann hat Leo irgendwas gefaselt von wegen der Tag der Rache ist gekommen. Irgendjemand will ihm den Schädel abhauen oder so was.«

Tischler stutzte wieder. Konnte das sein, dass dieser verschwundene Obdachlose wirklich zu der Viererbande von Maar gehörte?

»Und dann hat er Servus zu uns gesagt und ist abmarschiert.«

»Geheult hat er wie ein kleines Mädchen, der feige Hund«, ergänzte der Berber.

»Haben Sie eine Ahnung, wo er hingegangen sein könnte?«

»Nä«, sagte Rose übertrieben laut. »Aber er hatte wohl irgendeine Bude.«

»Ein Obdachloser?«, fragte Tischler zweifelnd nach.

»Unser Bruder lebte im Sommer mit uns zusammen.« Jesus meldete sich auch wieder zu Wort. »Aber im Winter zog er sich oft irgendwohin zurück. Wo, das weiß nur das kleine Vögelein, das über uns allen schwebt und über uns wacht.«

»Etwa das Biest, das mir gestern auf den Kopf geschissen hat?«, sagte Rose laut und lachte übertrieben.

»Wie lange ist Leonardo denn schon Ihr Apostel?«, fragte Tischler Jesus.

»Wie lange? Wie lange?«, antwortete er pathetisch und ruderte mit den Händen. »Zeit ist mein Reichtum, und die Jahre vergehen wie im Rausch.«

»Wieso wie? Die vergehen im Rausch«, sagte Rose und lachte wieder laut auf. Dann kratzte sie sich an einer Stelle, an der sich eine britische Upperclass-Lady vermutlich nicht einmal in tiefster Einsamkeit kratzen würde.

»Quatsch nicht, Mann«, stieß der Berber hervor. »Diese Heulsuse war ungefähr drei Jahre bei uns.«

Drei Jahre. Das war genau der Zeitrahmen, den Tischler interessierte.

»Und wieso stieß Leonardo zu euch?«, fragte die Kommissarin nach.

»Er blafaselte immer was von Sühne. Was ist das eigentlich, Frau Inspektor?« Rose blickte die Polizistin herausfordernd an und fummelte in ihren Zähnen herum.

»Wenn sich ein Mensch schuldig gemacht hat oder zumindest schuldig fühlt, kann er etwas tun, um seine Schuld zu verringern, vielleicht sogar ganz zu beheben. Das ist Sühne.«

»Menno, du bist ja echt ein wandelnder Tutten.«

»Das ist der Duden, du dummes Schaf«, verbesserte Jesus seine Freundin. »Schwester Tischler, Leonardo ist zu uns gekommen in einer Lage der größten Not. Er hatte seine Seele verloren, weil er irgendetwas Böses getan hatte.«

»Und was?«, wollte die Kommissarin wissen.

»Keine Ahnung, hat er nie gesagt, nur dass wegen ihm ein Mensch getötet worden ist.«

»Nichts Genaueres?«

»Nä«, antwortete Rose und streckte dabei die Zunge heraus.

»Laber nicht«, blaffte der Berber. »Mir hat er gesteckt, dass es ein Mord mit einem Schwert war.«

»Mit einem Samuraischwert?«, fragte Tischler überrascht nach.

»Kann sein. Ein Schwert auf jeden Fall.«

Die Kommissarin war wie elektrisiert. Das konnte alles kein Zufall sein. Leonardo war der erste neue Freund aus Maars Vergangenheit. Sie musste ihn unbedingt aufspüren.

»Wissen Sie, wie Leonardo mit Familiennamen heißt?«

»Natürlich. Wir kennen uns doch seit Jahren. Leonardo heißt da Vinci«, antwortete Jesus mit vollem Ernst.

»Alles klar. Und er hat die Mona Lisa gemalt und eine Frühform des Hubschraubers entwickelt«, kommentierte die Polizistin und seufzte kurz auf. Tatsächlich hatten die drei Obdachlosen keine Ahnung von Leonardos richtigem Namen. Er interessierte sie auch nicht.

»Schwester, wer sich mir als Apostel anschließt, dessen Leben fängt bei null an. Sein altes Leben kloppt er in die Tonne«, erklärte Jesus. »Nur so ist er wirklich frei.«

»Aber Leonardo war nie frei«, ergänzte der Berber. »Der hatte Angst, dass ihn einer so abschlachtet wie den Kerl aus der Zeitung. Und jetzt lass uns abzischen.«

»Moment. Wie seid ihr auf den Namen Leonardo da Vinci gekommen?«, wollte Tischler noch wissen.

»Weil unser Bruder aus dem Land stammte, wo die Zitronen blühen«, erklärte Jesus blumig. Offensichtlich war ihm Goethe aus seinem alten Leben noch geläufig.

»Er war also Italiener«, folgerte die Kommissarin.

»Ja, und seine Alten hatten ne Pizzeria in Schwabing«, ergänzte Rose. »Ich weiß sogar, was das für eine verpisste Kaschemme war. Wir haben da nämlich mal drin rumgefickt.« Rose spreizte die Beine und stöhnte leise. »Ach, du warst so saugeil, Honey. Ich werde total scharf, wenn ich nur daran denke.« Dann setzte sie sich auf den Schoß von Jesus und knutschte ihn ab.

»Und wie hieß die Pizzeria?«

»Irgendwas mit Osteria«, murmelte der Berber, da seine Kumpane nicht fähig waren zu sprechen. »Ist am Rande vom Englischen Garten. Ich weiß noch, dass wir ihnen in die Küche geschissen haben. Auch der Leo.«

»Obwohl es die Pizzeria der Eltern war?« Tischler stutzte.

»Da nicht mehr. Die sind vor ein paar Jahren zurück nach Italien.«

Das war ein Anhaltspunkt. So musste sich Leonardos echter Name herausfinden lassen.

»Wir zischen jetzt ab«, brummte der Berber und gab Rose einen derben Klaps auf den Hinterkopf. Die ließ einen hysterischen Schrei los und beschimpfte ihren Kumpel aufs Wüsteste. Jesus forderte sie auf, friedlich zu sein und drängte sie sanft von seinem Schoß. Dann verabschiedete er sich höflich von der Kommissarin.

»Stopp«, sagte Tischler, als die drei gerade im Begriff waren zu verschwinden. »Ich weiß, es klingt widersinnig. Aber kann ich sie irgendwo treffen, wenn ich noch Fragen habe?«

»Die ganze Welt ist mein Zuhause, keine enge Wohnung mit vier Wänden«, entgegnete Jesus.

»Wir sind täglich am Monopteros«, murmelte der Berber und stapfte davon.

Vera Dresch platzte eine Stunde später in Tischlers Büro, ein paar Ausdrucke in der Hand.

»Ich habe ihn«, rief sie triumphierend. »Leonardo da Vinci heißt Enrico DiCosta.«

Tischler klatschte anerkennend in die Hände.

»Es war einfach, das Restaurant zu finden, die Osteria Diamante. Vor knapp zwei Jahren ging von dort eine Anzeige wegen Vandalismus und Einbruchs ein – die Täter kennen wir ja nun.«

»Behalten dieses Wissen aber diskret für uns«, sagte Tischler lächelnd.

»Heute betreibt das Restaurant ein Brasilianer. Die Köche sind Russen und Studenten, aber sie haben eine italienische Bedienung«, grinste Vera Dresch. »Die Vorbesitzer allerdings stammen aus Kalabrien, genauer gesagt aus dem Küstenort Diamante, nach dem sie ihre Osteria benannten. Vor fünf Jahren zog es sie in ihre Heimat zurück.«

»Verständlich. Mehr Sonne, mehr Meer, mehr Gangster. Ein Paradies.«

»Ihr Sohn Enrico blieb allerdings in Deutschland. Er war hier aufgewachsen und hatte offensichtlich wenig Bezug zur Heimat der Eltern.«

»Das muss unser Obdachloser sein. Was wissen wir über ihn?«

»Er hat im Oktober vor knapp drei Jahren seine Wohnung aufgelöst und alle seine bürgerlichen Verbindungen gekappt, alle Verträge gekündigt, seine Möbel verkauft, alles aufgegeben. Nur sein Konto hat er noch laufen.«

»Das checken wir. Und was hat er hier gearbeitet?«

»Gastronomie. Erst hat er im elterlichen Betrieb gekellnert, dann hat er sich zum Barkeeper umschulen lassen und bei diversen Bars angeheuert. Sein letzter Arbeitsplatz war das Magnol.«

Tischler merkte auf. »Magnol«, murmelte sie vor sich hin. »Die Bar hat der Kommilitone von Maar auch erwähnt. Ich glaube, ich muss heute das Private mit dem Geschäftlichen verbinden und der Pinte einen Besuch abstatten.«

»Das ist eine richtige Schickimicki-Bar, Barbara«, warnte sie Vera Dresch. »Eigentlich gar nicht deine Kragenweite.«

»Dann zieh ich halt mal abends nicht den Jogginganzug an«, grinste die Kommissarin.

Es konnte Zufall sein, nichts als Zufall. Denn welche Verbindung würde es zwischen den Morden geben? Das Laborergebnis aber war eindeutig. Die Mordwaffen, mit denen Stefan Maar und Tarik Shahal getötet worden waren, also das Messer mit der Doppelklinge und das mutmaßliche Samuraischwert, wurden beide mit demselben Öl gepflegt. Es handelte sich dabei um Nugui-Öl, eine spezielle japanische Mischung aus Eisenoxid und Nelkenöl. Ein Fläschchen kostete rund 30 Euro, da es aus dem Land der aufgehenden Sonne eigens importiert werden musste. Unter Waffennarren, vor allem unter Sammlern von Samuraischwertern war das Nugui-Öl keineswegs ungebräuchlich, für Messer benutzte man es normalerweise nicht. Der Verdacht lag also nahe, dass es der Besitzer der doppelten Klinge der Einfachheit halber verwendete, da er es für seine edleren Sammlerstücke brauchte.

Was aber bedeutete diese Erkenntnis? Es konnte Zufall sein, ja. Zufall war nur eine recht bequeme, nicht aber zufriedenstellende Hypothese. Die zweite Möglichkeit bestand darin, dass die beiden Waffen aus demselben Lager stammten, aber von zwei verschiedenen Tätern benutzt worden waren. Dem widersprach die einfache Tatsache, dass sich kein Mensch ein Messer ausleihen musste, um einen Mord zu begehen. Ganz im Gegenteil, dadurch hinterließ man eine überflüssige Spur.

Die wahrscheinlichste Möglichkeit legte einen gleichzeitig extrem unwahrscheinlichen Schluss nahe: Stefan Maar und Tarik Shahal waren von ein und demselben Mann getötet worden.

11

Barbara Tischler überlegte eine Zeit hin und her, ob sie das Magnol dienstlich oder privat aufsuchen sollte, und entschied sich schließlich für eine Mischform. Nicht ganz einfach gestaltete sich auch die Wahl der Abendgarderobe. Nachdem sich schon ein schönes Häufchen auf dem Bett gebildet hatte, alles Klamotten, die dann doch zu leger, zu gewagt oder zu altmodisch waren, zog die Kommissarin ein schwarzes Abendkleid mit Spitzen an den Ärmeln und den Säumen an. Sie hatte es sich zur Hochzeit einer Freundin vor zwei Jahren gekauft und dafür eine Menge Komplimente eingeheimst. Sie selbst fühlte sich ein wenig fremd in dem Kleidungsstück, aber für eine

Nobelbar schien es ihr passend. Bei der aktuellen Hitze brauchte sie nicht einmal einen Bolero oder etwas Ähnliches dazu. Sie schminkte sich noch dezent und richtete sich die Haare. So wirkte sie nicht so spröde wie normal, sondern hatte durchaus Sexappeal. Das bemerkte Barbara selbst und posierte ein wenig vor dem Spiegel herum, bis es ihr albern vorkam.

Sie war in Hochstimmung, als Walter sie abholte. Die verschwand jedoch sofort. Denn ihr Freund kam nicht allein. Neben seinem Wagen lehnte eine fleischgewordene Symphonie in Orange, die sie in zuckrigen Worten überschwänglich begrüßte, als wären sie Busenfreundinnen, die sich seit Jahren nicht mehr gesehen hatten.

»Ich hoffe, es stört dich nicht, wenn Lucie auch mitkommt«, sagte Walter, dem Barbara an der Nasenspitze anmerkte, wie mulmig ihm war.

»Sie stört mich so wenig wie Krätze, Fußpilz und ein nässendes Ekzem am Hintern«, zischte Barbara und setzte eine finstere Miene auf.

»Sie war nicht davon abzubringen«, flüsterte ihr Freund schuldbewusst, »Sarah ist heute bei ihrem Freund, also wollte Lucie partout nicht allein zu Hause bleiben.«

Barbara ließ ihn einfach stehen und ging auf Lucie zu. Die beiden begrüßten sich mit Wangenküsschen und stiegen in das Auto.

Was soll's, dachte sich die Kommissarin, als sie auf dem Beifahrersitz Platz nahm, ich kann also was trinken, weil Walter fährt. Bezahlen darf er sowieso. Und vielleicht wird dieser spießige Schickimicki-Schuppen mit diesem Farbtupfer ein bisschen aufgemischt.

Das Magnol lag in der Maxvorstadt in der Nähe der Pinakotheken. Im Winter war es eher unscheinbar, im Sommer nicht, denn vor dem Gebäude befand sich eine Grünfläche, die bewirtet wurde. Die meisten Tische waren bereits mit chic gekleideten Menschen aller Altersstufen belegt. Blondierte Frauen, die nicht mit ihren Schlüsselreizen geizten und gern ihre Rundungen zur Schau stellten, blasierte Ladys mit Hüten aus Hasenhaarvelour, die wie ein Direktimport vom Rennen in Ascot aussahen, erfolgreiche Anwälte im 1 000-Euro-Anzug, die eben aus der Kanzlei kamen, aber auch aufgebrezeltes Jungvolk, das bereit war, für 0,3l Weißbier 4,80 Euro zu bezahlen. Eine bunte Mischung also, allerdings ohne einen so farbenfrohen Tupfer wie Lucie.

Kaum waren die drei zum Eingang gekommen, einem fein ziselierten

Metalltor mit Jugendstilornamenten, da setzte sich schon ein kastenförmiger Mann, er sah zumindest ebenso breit wie hoch aus, in Bewegung. Er war gut gekleidet und besaß ebensolche Manieren, aber auch Direktiven seines Chefs.

»Es tut mir leid, heute nur für Stammgäste«, wehrte er die Neuankömmlinge ab. Er war muskulös, seine Arme waren Bazookas, sein Brustkorb aus Stahl. Der Türsteher hatte ein hartes Gesicht und schmale Augen. Seine Haare waren kurz rasiert, und im Genick hatte er ein Tattoo von einem Tigerkopf.

Barbara verfluchte Lucie, denn sie war sicher, ohne die ungewollte Begleiterin problemlos hineinzukommen. So war sie gezwungen, die Polizeikarte zu spielen. Unauffällig zückte sie ihren Dienstausweis und zeigte ihn vor.

»Es geht um einen Stammkunden. Genau genommen einen Ex-Stammkunden, nämlich den ermordeten Stefan Maar. Deshalb würden wir uns gern ein wenig umschauen und vielleicht dem Chef ein paar Fragen stellen. Alles so diskret wie möglich.«

»Ist die auch von der Polizei?« Der Türsteher deutete mit dem Kopf auf Lucie. »Diskret sieht die nicht aus.«

»Nein, aber sie gehört zu uns.« Barbara brachte es nicht übers Herz zu lügen.

»Ach, lass nur«, sagte Lucie, »in diesen spießigen Schuppen will ich sowieso nicht rein.«

Doch in diesem Moment machte der Türsteher den Weg frei und bat sie mit einer Handbewegung herein. »Aber wirklich diskret«, flüsterte er noch zur Kommissarin, die inständig hoffte, dass sich Lucie an den ungeschriebenen Verhaltenskodex in solch einer Lokalität hielt und sie nicht mit einer Strandbar auf Goa verwechselte.

Das optisch ungleiche Trio setzte sich an den letzten freien Tisch. Lucie zog einige abschätzige, aber auch belustigte Blicke auf sich, was ihr wohl egal war. Als sie aber übertrieben laut nach der Bedienung rief, bremste sie Barbara ein und erinnerte sie daran, dass sie hier zu einem Polizeieinsatz seien.

Lucie dämpfte ihre Stimme und auch ein wenig ihre natürliche Begeisterung dem Leben gegenüber, war dann aber mit der Getränkekarte beschäftigt, die nicht ganz nach ihrem Gusto war. Barbara ignorierte die Karte und orderte einen Überraschungscocktail.

»Und welchen hätten Sie gern als Überraschung?«, fragte der überforderte Kellner.

»Ganz einfach, den teuersten«, antwortete Barbara trocken und deutete auf Walter. »Er zahlt heute.«

Es war ein Prince of Wales, der dem Namen nicht gerecht wurde, da er vorrangig aus französischen Ingredienzen wie Cointreau, DOM Bénédictine und Champagner bestand und wohl nichts mit dem ohrenbetonten Thronaspiranten zu tun hatte. Walter orderte brav ein Ginger Ale und Lucie einen Sex on the Beach. Man prostete sich zu und genoss den Sommerabend. Barbara überließ die Konversation ihrer Begleitung und beobachtete lieber die Gäste. Als es allmählich dunkel wurde und die Laternen sowie die Lichterketten für Atmosphäre sorgten, stand sie schließlich auf, um ein paar Erkundigungen einzuholen. Sie begann mit dem Türsteher, der gerade ein junges Pärchen, das ein wenig nach Sozialpädagogikstudium aussah, elegant wegschickte.

»Dürfte ich Ihnen ein paar Fragen stellen, Herr …«

»Randovic. Goran Randovic.« Der Türsteher gab ihr die Hand und drückte mächtig zu, aber Tischler hielt dagegen.

»Mögen Sie Ihren Job?«, fragte sie lächelnd.

»Leute wegzuschicken, macht nicht so viel Spaß, wie viele es meinen. Aber die Klientel hier ist angenehm und die Bezahlung gut. Vor allem gibt es selten Ärger. Ein paar Kumpel von mir arbeiten in Diskotheken. Die haben täglich Schlägereien und müssen auf dem Nachhauseweg aufpassen, dass ihnen nicht irgendein Arschloch auflauert und eins überzieht.«

»Wie lange arbeiten Sie schon hier?«

»Ist das ein Verhör, oder was?« Der Türsteher bekam plötzlich ein steinhartes Gesicht. Seine Lippen pressten sich zusammen, seine Augen bildeten nur noch Schlitze.

»Keine Angst, das sind nur Routinefragen«, beschwichtigte ihn die Kommissarin, war sich jedoch sicher, dass Randovic etwas zu verbergen hatte. Ob das allerdings mit dem Fall zu tun hatte, war eine andere Frage. Vermutlich hatte jeder Türsteher seine Leichen im Keller.

»Gut drei Jahre. Vorher war ich auch einer der Diskotheken-Fraktion. Bis ich in eine Messerstecherei geriet.« Er wandte sich mit dem Rücken zu den Gästen und hob nur kurz sein weißes Boss-T-Shirt bis zum Nabel. Das genügte, um eine lange Narbe auf seinem behaarten Sixpack zu entblößen.

»Schöner Schlitz«, merkte Tischler an, »und was ist mit dem Schlitzer passiert?«

»Der muss sich bis zu seinem Lebensende von Brei und Kartoffelpüree ernähren.« Über Randovics Gesicht huschte ein Lächeln der Befriedigung.

»Gut, kommen wir zu dem Toten. Wie gut kannten Sie Stefan Maar?«

Der Türsteher wiegte den Kopf hin und her. »Er war eine Zeitlang Stammgast. Die lernt man irgendwann alle ein wenig kennen. Mal ein bisschen Small Talk hier, mal einen gemeinsamen Drink dort. Mehr nicht. War alles oberflächlich. Ich fürchte, ich kann Ihnen da nicht weiterhelfen.«

Barbara bedankte sich und wandte sich von Randovic ab, um sich plötzlich doch wieder zu ihm zu drehen. Die Technik hatte sie sich von Columbo abgeschaut.

»Ach, da habe ich doch noch eine Frage.« Sie blickte Randovic in die Augen. »Kennen Sie Enrico DiCosta?«

Goran Randovic war nicht auf diese Frage vorbereitet. Er wusste für einen kurzen Moment nicht, was er sagen sollte. »Der Name kommt mir bekannt vor«, stammelte er ein wenig.

»Er war hier Barkeeper, als Sie anfingen«, half ihm Tischler auf die Sprünge.

»Ach ja, genau. Der junge Italiener. Ich erinnere mich, aber der ist schon lange weg.«

»Im Oktober werden es drei Jahre. Wissen Sie, warum er seinen Job aufgab?«

»Keinen Schimmer.« Randovic zuckte mit den Achseln. Tischler glaubte ihm kein Wort, beließ es aber vorerst bei den Fragen und wandte sich wieder ihren Begleitern zu. Lucie war bereits beim zweiten Cocktail und wirkte leicht beschickert, Walter dagegen blieb trocken. Barbara reichte es von den Cocktails und bald auch von der Konversation, da Lucie über spirituelle Erfahrungen schwadronierte, die für die geerdete Polizistin nichts als Esoterik-Quark waren. Also bestellte sie sich einen Bordeaux für 9,70 Euro, nahm das Glas und verschwand nach innen. Aus rein dienstlichen Gründen.

Die Bar war von schlichter Eleganz. Die weißen Wände zierten großformatige Schwarz-Weiß-Fotos. Klassische Porträts, bei denen man jede Pore sah, jede Furche, die das Leben in diese Gesichter gebrannt hatte. Es waren vorrangig Männer, jüngere und mittelalte, die ernst blickten und typische Gegenstände aus ihrem Berufsleben in der Hand hielten, eine Brennschere, Boxhandschuhe und einen Schlüsselbund. Die verspiegelte Bar bot ein Sortiment hochwertiger Spirituosen aus aller Welt, deren Namen Barbara zumeist nichts sagten.

Bei dem Cocktailkonsum machte Lucie gerade hochgeistige Erfahrungen im doppelten Sinne, dachte sich die Kommissarin und ging an den Tresen. Ein junger Mann mit schwarzen, streng nach hinten gegelten Haaren mixte gerade einen Daiquiri. Ein hübscher Latino um die 20, der sicher die Frauen betören konnte. Er trug ein enges, körperbetontes Hemd und eine Fliege.

»Diegito«, schallte es plötzlich heiser aus der Küche und ein Schwall auf Spanisch folgte. Der Barkeeper blickte auf und antwortete, machte aber in Seelenruhe seinen Cocktail fertig und stellte ihn auf die Anrichte zu zwei weiteren Gläsern. Dann erschien der Mann zu der lauten Stimme. Ein markantes Gesicht mit furchendurchzogener Stirn, einer scharfen Adlernase und blond gefärbten, schulterlangen Haaren. Seine blauen Augen wirkten streng und bohrend, konnten aber auch einen ungemeinen Charme entwickeln, wenn der Mann sein gewinnendes Lachen zeigte. Harry Kron war hager, aber gut einen Meter neunzig groß und für seine 56 Jahre auch noch in Topverfassung. Seit Dekaden trainierte er mindestens eine Stunde täglich im Fitnessstudio und hielt seinen Körper in Schuss. Kein Muskel war schlaff, kein Gramm überschüssiges Fett belastete seine Lendengegend.

Tischler konnte der Unterhaltung nicht folgen. Es wirkte wie ein Streit, dann aber lachte Harry Kron und strich seinem Mitarbeiter zärtlich über das Haar, bis auch dieser lächelte. Die Kommissarin nutzte dieses versöhnliche Ende der Konversation, um sich vorzustellen.

»Haben Sie eine Minute Zeit? Ich möchte mit Ihnen über Stefan Maar sprechen.«

»Günstiger Moment«, entgegnete der Gastronom ironisch. Sie standen beide am Tresen gegenüber. »Der Garten ist gerade rappelvoll, und wir müssen dreizehn Essen herrichten. Eine Minute, nicht mehr.«

»Wie gut kannten Sie Stefan Maar?«

»Schauen'S, wir sind hier alle eine große Familie«, sagte Harry Kron »jeder kennt jeden, aber keinen wirklich gut. Der Stefan war bei mir ein oder zwei Jahre lang Stammgast, blieb oft bis in die Puppen. Da lernt man sich kennen, wenn das Licht heruntergedimmt wird und die Musik ein wenig lauter gedreht, wenn nur noch ein paar lebenshungrige Nachtschwärmer in der Bar herumhängen. Ja, vor zwei oder drei Jahren hätte ich sagen können, den Stefan, den kenne ich, aber in letzter Zeit hat er sich rar gemacht. Einmal oder zweimal in der Woche ist er schon noch aufgetaucht, aber nicht mehr so exzessiv. Ja mei, hat ja auch eine Minnedame gehabt. Da werden schnell aus Tigern krallenlose Hauskätzchen.« Wieder grinste der Wirt ironisch. Von Dialekt zu sprechen, wäre übertrieben gewesen, aber in Krons Diktion hörte man eine bayerische Färbung heraus. »Allerdings soll es zwischen den beiden Schmusekätzchen in letzter Zeit ein bisschen Knatsch gegeben haben.«

»Richtiger Zoff oder nur eine kleine Krise?«

»So genau kann ich das nicht sagen. Aber die Buschtrommeln haben schon gemeldet, dass die Süße recht sauer war. Wenn Sie's genauer wissen wollen, müssen Sie Stefans Freunde fragen. Oder sagen wir, die Leute, mit denen er seine Freizeit verbrachte.« Wieder huschte ein ironisches Grinsen über Krons Gesicht.

»Mit wem war Maar denn befreundet?«

»Ach Gott, das sind viele Leute, die ich zum Großteil nur vom Vornamen her kenne. Ich fürchte, da kann ich Ihnen nicht weiterhelfen. Wenn Sie mich jetzt entschuldigen, auf mich warten ein paar Tiere, genauer gesagt Entenbrüste, Langusten und ein Steinbutt.«

»Eine Frage noch, kannten sich Stefan Maar und Enrico DiCosta?«

»Mit ziemlicher Sicherheit«, antwortete Kron. »Enrico müsste bei mir als Barkeeper gearbeitet haben, als Maar Stammgast war. Wieso wollen Sie das wissen?« Argwöhnisch blickte der Wirt die Kommissarin an.

»Reine Routine. Weshalb hat DiCosta gekündigt?«

»Ich weiß es nicht genau. Er hat Mist gebaut und der lag ihm schwer im Magen. Er hat aber nie rausgerückt, worum es sich handelt. Enrico war ein echtes Schnuckelchen, der beste Barmann, den ich je gehabt habe. Er geht mir bis heute ab. Ich wüsste gern, wo er steckt, um ihn mal wieder zu sehen. Wissen Sie's?«

»Nein. Ich suche ihn auch und richte ihm von Ihnen schöne Grüße aus, sollte ich ihn sehen.«

»Machen Sie das. Und jetzt folge ich dem Lockruf der Entenbrust.« Kron nickte zum Abschied mit dem Kopf und ging dann schnellen Schrittes zurück in die Küche.

Tischler blieb noch am Tresen stehen und ließ das Gespräch Revue passieren. Harry Kron war ein Charakterkopf, ein markanter Mensch, der seinen Weg ohne Kompromisse ging und dem keiner dumm zu kommen brauchte. Er hatte vor Jahren einen Journalisten, der seine Küche als vergoldete Currywurstbude und ihn als arroganten Rehpinscher geschmäht hatte, vor der Redaktion abgefangen und windelweich geprügelt. Vermutlich musste man als Betreiber einer solchen Bar ein in Zement gegossenes Ego besitzen, dachte sich die Kommissarin, die Kron aber keineswegs unsympathisch fand. Seine Worte klangen aufrecht, sein Blick auf die Gäste war freundlich-distanziert und realistisch. Ob seine Antworten Tischler weitergebracht hatten, würde sich zeigen. Interessant war auf jeden Fall der Hinweis, zwischen Maar und Adriana Bellinghaus habe es gekriselt, wenngleich die Freundin allein schon wegen ihres Alibis nicht zum Kreis der Verdächtigen zählte.

Als Barbara sich gerade wieder ins Freie begeben wollte, kam eine Frau herein, die der Kommissarin bekannt vorkam. Sie begrüßte den Barkeeper mit einem lauten »Hola Diegito! Com'estai?«

Tischler musste ein wenig schmunzeln. Da will jemand mit Fremdsprachenkenntnissen punkten und mischt Spanisch und Italienisch, dachte sie sich. Der angesprochene Latino antwortete auf Deutsch, das er gut beherrschte, wenngleich mit spanischem Akzent. Er fragte die Frau, was sie wolle und diese orderte übertrieben laut, sie trinke dasselbe wie immer. Die Bar war ansonsten hitzebedingt leer bis auf ein Pärchen, das seine Beziehungsprobleme offensichtlich lieber auswärts als zu Hause diskutierte.

»Sie sind wohl Stammgast hier?«, fragte Tischler die Frau unverblümt. Diese blickte überrascht auf.

»Wie kommen Sie darauf?«

»Das Übliche bestellt man nicht, wenn man nur einmal im Monat in eine Bar hereinschneit.«

»Ach, jetzt erkenne ich Sie.« Die Frau lächelte und nickte wissend. »Sie sind die Polizistin, die den Mord an Stefan aufklärt.«

»Zumindest untersucht«, bestätigte Tischler.

»Sie sind aber eine scharfe Beobachterin. Respekt. Da muss man sich gleich überlegen, was man sagt.«

»Sollte man das nicht immer?«, entgegnete die Kommissarin. »Sie kannten Maar?«

»Wie haben Sie das jetzt wieder erraten?« Die Frau spielte mit ihrem Autoschlüssel, auf dem ein Pferd abgebildet war.

»Ganz einfach, Sie haben den Toten nur mit Vornamen erwähnt«, entgegnete Tischler trocken.

Lydia Wollinger lachte übertrieben auf. Was die Lautstärke anbelangte, hätte sie gut zu Lucie gepasst, dachte sich Barbara, aber ansonsten nicht. Die Tochter des Immobilienmillionärs trug einen dunklen Lippenstift und hatte auch bei der Schminke nicht gegeizt. Ihre Haare waren auffällig gestylt, sie hatte sich wohl gerade beim Friseur – und das war sicher nicht der 7 Euro-Schnippler vom Hauptbahnhof – ausgehtauglich herrichten lassen. In ihrem engen roten Kleid sah sie ein wenig sexy aus, wenngleich sie die Rundungen nicht an den Stellen hatte, auf die Männer abfahren. Trotzdem wirkte Lydia Wollinger auf Barbara Tischler wie schon beim ersten Mal spröde.

Sie passte von Auftreten und Styling allerdings perfekt ins Magnol. Und auch von der Getränkewahl. Das Übliche war bei ihr ein Taittinger Comtes de Champagne Blanc de Blancs von 2004, von dem eine Flasche 299 Euro kostete. Als der Barkeeper Lydia Wollinger ihr Glas brachte, bedankte sie sich diesmal passend mit »Gracias«. Dabei lispelte sie gespielt den Mittelkonsonanten wie eine Señora aus Katalonien.

»Und was trinken Sie?«, fragte Lydia Wollinger die Kommissarin.

»Ich fürchte, mein Bordeaux ist in der Hitze verdunstet«, lächelte Barbara.

Daraufhin orderte Lydia Wollinger auch für sie ein Glas des teuren Edelgetränks. Die Kommissarin lehnte erst dankend ab, wurde jedoch einfach überstimmt. Als Diego mit dem Champagner kam und es formvollendet servierte, bedankte sich die Kommissarin artig.

»Ich möchte mit Ihnen darauf trinken, dass Sie bald den Schweinehund gefasst haben, der Stefan so grausam zugerichtet hat«, sagte Lydia Wollinger pathetisch und stieß mit der Kommissarin an.

Eigentlich kein großer Champagner-Fan, bemerkte Barbara mit dem ersten Schluck den Unterschied zu einem normalen Sekt oder Prosecco.

»Wie kommen Sie voran?«, fragte die Immobilienprinzessin, die es offensichtlich genoss, mit einer Kriminalpolizistin zu sprechen.

»Wir machen Fortschritte und ermitteln in allen Richtungen, aber Genaueres darf ich nicht verraten«, hielt sich Tischler bedeckt.

»Aus ermittlungstaktischen Gründen«, ergänzte Lydia Wollinger.

»Das auch«, antwortete die Kommissarin lächelnd. Aber vor allem weil ich einer interessanten Zeugin meine Erkenntnisse nicht auf die Nase binde, dachte sie sich. »Wann haben Sie Stefan Maar kennengelernt?«

»Das können Sie sich doch denken, oder? So eine scharfsinnige Inspektorin wie Sie weiß längst, dass ich Stefan bei seinem Job, den er für uns erledigte, zum ersten Mal getroffen habe. Sie waren doch deswegen extra bei Papa.«

»Jetzt sind Sie die Scharfsinnige«, gab Tischler das Kompliment zurück.

»Wir waren uns auf Anhieb sympathisch. Ich habe ihn auch hierher geschleppt. Erst hat er sich recht geziert. Normalerweise verkehrte der nur mit irgendwelchen Nerds und Zockern, aber dann hat er schnell Feuer gefangen. Das Exklusive hat ihn gereizt. Schauen Sie, zur späten Stunde wird der Laden erst interessant. Dann trifft sich hier alles. Schauspieler, Produzenten, Manager, Banker, Models, einfach alles.«

Stefan Maar hatte nach der Pleite des Vaters also wieder die Eingangstür zur Welt der Reichen und Schönen gefunden. Dank Lydia Wollinger.

»Wissen Sie, womit ihr Freund sein Geld verdiente?«

»Machen Sie Witze?« Die junge Frau riss übertrieben die Augen auf und schaute Tischler überrascht an. »Er hatte doch seine Computer-Firma. Die lief fantastisch.«

»Daran haben wir unsere berechtigten Zweifel.« Tischler wollte nicht mit der ganzen Wahrheit herausrücken.

»Das kann ich mir nicht vorstellen. Der Stevie war so ein Vollblutinformatiker.« Lydia Wollinger nannte noch ein paar Namen, mit denen sie und Maar verkehrten, und erzählte ein paar Anekdoten. Wie bestellt kam ein blondierter Jüngling im eng anliegenden Boss-Hemd herein. Lydia Wollinger begrüßte ihn herzlich, ja übertrieben freundlich, als würde es sich um ihren besten Freund handeln. Der Gegrüßte nickte nur unmerklich zurück und orderte dann ein paar spezielle Cocktails, die nicht auf der Karte standen.

»Das ist Harry Wieler«, raunte Lydia Wollinger. »Der Schwule aus ›Zerbrochene Herzen‹, der neuen Weekly Soap im ZDF. Ein Sahneschnittchen, was?«

Tischler wollte nicht direkt widersprechen, wenngleich der Schauspieler nicht in ihr Beuteschema passte. Lydia Wollinger betätigte sich weiterhin fleißig der Gschaftlhuber-Technik des Namedroppings, um zu zeigen, mit wie vielen Promis man es hier zu tun bekam. Offensichtlich war Harry Wieler nicht der einzige Soap-Darsteller, der sich gern im Magnol Cocktails nach Wunsch mixen ließ. Die Bar erfreute sich großer Beliebtheit bei zahlreichen Schauspielern·von Serien, die Tischler nicht einmal dem Namen nach kannte.

»Stefan hat auch seine Herzensdame hier kennengelernt. Adriana war bei Harry zu Besuch. Der kannte ihre Eltern, glaube ich. Auf die war ein ganzes Rudel von Topkerls spitz, aber Stefan hat sie sich geangelt. Aber dann hat er sich immer mehr zurückgezogen. Ist ja auch normal.«

»Es soll in den letzten Wochen ziemlich geknistert haben im Gebälk zwischen den beiden. Stimmt das?«

»Ach was«, winkte Lydia Wollinger ab, »das waren nur die üblichen Kabbeleien, die irgendwann in der besten Beziehung vorkommen.«

»Haben Sie einen Partner, wenn ich indiskret sein darf?« Tischler nahm einen Schluck von ihrem Champagner, einen kleinen. Das teure Gläschen wollte sie in homöopathischen Dosen genießen.

»Sie dürfen, aber nein, ich bin Single. Seit ich in der Firma meines Vaters arbeite, bin ich mit dem Job verheiratet.«

»Und was haben Sie vorher gemacht?«

Lydia Wollinger setzte ein gekünsteltes Lächeln auf und breitete die Arme aus. »Merkt man das nicht mehr? Ich war Schauspielerin!« Dann deklamierte sie ein paar Verse, die Tischler bekannt vorkamen. Sie konnte sie allerdings keinem Gedicht oder Theaterstück zuordnen. »Leider habe ich Probleme mit dem Kehlkopf und den Stimmbändern bekommen. Deshalb bin ich den Weg des geringsten Widerstands gegangen und ins Immobiliengeschäft des Papis eingestiegen.«

»Sie erben die Firma einmal?«

»Sicher. Dann bin ich die 200-Millionen-Lydia, die mit dem eigenen Jet um die Welt fliegt. Frühstück in Paris, Mittagessen in London und Dinner in New York. Na, wie hört sich das an?«

»Fantastisch. Um so viel Geld zu verdienen, müsste ich ungefähr 4 000 Jahre arbeiten«, entgegnete die Kommissarin. Tatsächlich erinnerte sie die Millionärsfantasie von Lydia Wollinger an Bismarcks Spruch: Die erste Generation schafft Vermögen, die zweite verwaltet Vermögen, die dritte studiert Kunstgeschichte, und die vierte verkommt vollends. In diesem Fall bestand das Kunstgeschichtestudium in einer Schauspielausbildung.

Die beiden Frauen plauderten noch eine Weile, wobei die Kommissarin mehr über die reiche Immobilienerbin als über den Toten erfuhr, bis sich die Tür öffnete und ein genervter Walter Bechthold hereinkam. Lucie wurde wohl immer auffälliger, was auch daran liegen mochte, dass sie ihren vierten Cocktail intus hatte und Walter gerade noch den fünften verhindert konnte.

»Ich möchte langsam aufbrechen. Wenn du noch hierbleiben willst, kannst du dir ja ein Taxi nehmen«, sagte Walter forsch.

»Oh, der Märchenprinz ist angesäuert«, bemerkte Lydia Wollinger, was ihr einen abschätzigen Blick von Walter einbrachte.

»Heute keine Rikscha«, sagte Barbara, »ich komme schon mit. Zahl du schon mal, ich bin gleich bei euch.«

Walter verstand, dass seine Freundin offensichtlich noch ein paar Fragen auf Lager hatte, es aber nicht mehr lange dauern würde. Also ging er wieder an seinen Tisch.

»Das ist aber ein Süßer, den Sie da haben«, bemerkte Lydia Wollinger.

»Ist er, wenn er nicht gerade sauer ist.« Barbara nahm ihr Glas und leerte es auf einen Schluck. »Nur noch eine Frage. Kannten Sie Enrico DiCosta?«

»Natürlich«, rief sie exaltiert aus, »wie könnte ich den schnuckligsten Kellner nördlich der Alpen vergessen.« Lydia Wollinger schwärmte in höchsten Tönen von dem Barkeeper. Sie gestand sogar unumwunden, unsterblich in ihn verliebt gewesen zu sein. Die Hintergründe, warum dieser damals freiwillig in die Obdachlosigkeit flüchtete, kannte sie jedoch auch nicht.

»Jammerschade um diese italienische Sahneschnitte«, seufzte sie und orderte ein weiteres Glas Champagner. Die Kommissarin bedankte sich nochmals für die Einladung und machte sich auf. Von draußen blickte sie durch die Scheiben der Eingangstür zu Lydia Wollinger zurück. Die Millionenerbin saß allein an ihrem Tisch und blickte geistesabwesend vor sich hin. Dann nahm sie, wie heute üblich, ihr Smartphone zur Hand, um die Langeweile zu übertünchen.

Walter stand sofort auf, als er Barbara sah. Das versuchte Lucie auch, doch nicht mit demselben Erfolg. Dafür floss zu viel Alkohol durch ihre Blutbahnen. Da in ihrem Ashram das Credo galt, den Körper in seinen natürlichen Reaktionen nicht zu unterdrücken, lieferte Lucie einige Begleitgeräusche, die nicht nur im Magnol auf dem Index standen. Walter stützte seine

Noch-Ehefrau und sprach ihr zu, sich zu benehmen, konnte jedoch nicht verhindern, dass Lucie ein kleiner Rülpser entfuhr und sie sich an jedem Tisch verabschiedete, was manche Gäste belustigt erwiderten, während andere die Nase rümpften.

»Sie dürfen jederzeit wiederkommen, ob dienstlich oder privat, ihre Freundin aber hat Hausverbot auf Lebenszeit«, raunte Goran Randovic mit seiner tiefen, etwas heiseren Stimme.

»Danke«, erwiderte die Kommissarin. »Und wenn Sie mir einen richtigen Gefallen tun wollen, dann lassen Sie Ihre Beziehungen spielen und erteilen ihr Hausverbot in allen Lokalitäten Münchens, zumindest in allen, in die ich gehe.«

Der Türsteher blickte der Kommissarin verdutzt nach. Dann erhielt er eine SMS, allerdings nicht von der Person, von der er eine erwartete. Die Nummer war ihm unbekannt, ein Name fehlte, die Botschaft war allerdings klar: »Ich weiß, wer Stefan Maar getötet hat. Ich komme um zwei Uhr in deine Wohnung. Ich brauche deine Hilfe. Denn ich habe Angst, das nächste Opfer zu sein. Eine Freundin.«

Goran Randovic stieß einen Fluch aus und biss seine Zähne aufeinander, dass sie knirschten. Das war eine Marotte von ihm. Immer wenn er unter starker Anspannung stand, unterzog er sein Gebiss einem Härtetest. Was sollte diese Nachricht? Sie roch nach einer Falle. Aber was sollte ihm schon passieren? Zu Hause hatte er einen guten Freund, der stets über ihn wachte. Seine Zastava CZ-99, eine 9x19 mm Pistole, die in Serbien auch von Polizei und Streitkräften genutzt wurde und die böse Löcher in den Pelz brannte. Sollte dieser Wichser doch mit seinem Schwert oder Langmesser kommen, er würde ihn perforieren. Und ihm fielen gleich zwei Frauen ein, von denen die SMS stammen könnte. Beide könnten Angst vor dem Mörder haben, aber ihm war nicht klar, warum sie anonym schrieben. Frauen, dachte Goran abschätzig, müssen wieder irgendwelche Spielchen spielen.

Offiziell war seine Arbeit um ein Uhr nachts beendet, doch oft blieb der Türsteher auch bis zum bitteren Ende. Vor allem in den Sommermonaten ging es oft hoch her, und es wurde bis zum Sonnenaufgang Party gefeiert. Seit dem Ende der Sperrstunde gab es kein Halten mehr. Er hatte wüste Gelage, regelrechte Orgien erlebt mit Koks in Persilschachteln, einer Doppelpenetration auf dem langen Tisch und einer Champagnerdusche für 1 000 Euro.

Wenn er schreiben könnte, würden seine Memoiren eines Türstehers ein Knaller. Harry wäre freilich nicht sehr amüsiert über die Veröffentlichung, schließlich käme der Wirt nur bedingt gut weg.

Auch wegen seiner Art. Er hatte etwa Despotisches, das Goran auf den Tod nicht ausstehen konnte, etwas Herrisches und auch Unberechenbares. Einmal hatten sie sich richtig gezofft, und beide standen sich in Kampfposition wie zwei Boxer gegenüber. Goran war überrascht, dass sein Boss nicht nachgab, schließlich hatte der kampferprobte Türsteher einen Schlag, mit dem er ein Kamel fällen konnte. Doch Kron wich blitzschnell aus und landete einen Treffer auf Gorans Kinn. Nach einigen Minuten hatte der Türsteher aber den Gastronomen überwältigt, erstaunt ob dessen Kraft und Geschmeidigkeit.

An diesem Abend aber war Kron offensichtlich bestens gelaunt.

»Du willst um eins schon gehen? Das riecht nach einer Puppe«, grinste Kron.

Goran bejahte. Eine heiße Braut war so ziemlich der einzige akzeptierte Grund, die Bar vorzeitig zu verlassen. Als er nach Hause fuhr, spielte er diverse Szenarien durch. Allerdings hielt er eine Falle für immer unwahrscheinlicher. Er hatte einen Spion und würde sofort sehen, wer an der Tür stand. Mit der Pistole in der Hand würde ihn keiner überwältigen. Dennoch spürte er eine ungewohnte Unruhe. Aber das war normal. Der Tod von Stefan hatte Gespenster aus der Vergangenheit aufgescheucht. Nur saß dieses Gespenst eigentlich noch im Gefängnis.

Sein erster Gang in der Wohnung führte ihn ins Schlafzimmer. In seinem Nachtkästchen bewahrte er seine Waffe auf. Obwohl er wusste, dass sie geladen war, prüfte er nochmals das Magazin. Es war voll. Goran Randovic entsicherte die Pistole und stellte sie auf Halbautomatik. Heute wird Blut fließen, dachte er sich. Wenn mich das Schwein hintergehen will, blas ich ihm die Rübe weg. Und wenn eine echte Freundin kommt und mir den Namen steckt, knall ich ihn noch im Laufe dieses Tages über den Haufen, diesen miesen Drecksack. Da klingelte es. Zehn vor zwei, der Besuch kam überpünktlich.

12

Der Wecker konnte nicht sie meinen, das war unmöglich. Sie war doch eben eingeschlafen. Barbara Tischler hatte das Gefühl, sie würde in einem Paralleluniversum aufwachen. Allerdings kam ihr alles recht vertraut vor, als sie die Augen öffnete. Das helle Licht, das sich durch die Schlitze der Rollläden zwängte, der vermutlich noch niemals moderne Spiegelschrank und vor allem der leise vor sich hin grunzende Mann neben ihr. Weniger gewohnt war der Anblick der leeren Sektflasche auf dem Fußboden.

Die Kommissarin spürte die Nachwirkungen auch noch, als sie langsam aufstand. Sie hatte gestern, inspiriert von der Champagnertrinkerin Lydia Wollinger, noch Lust auf Sekt bekommen und an der nächsten Tankstelle eine überteuerte Flasche gekauft, die geschmacklich mit dem Gläschen im Magnol so viel zu tun hatte wie ein Filet Mignon mit einer frischen Dose Whiskas. Außerdem war sie heilfroh, endlich Lucie los zu sein. Walter und sie hatten die mehr als nur Angetrunkene unter einigen Mühen ins Bett gebracht. Barbara fühlte sich in dieser Sommernacht noch heiß und wollte Liebe, Walter dagegen war müde und abgespannt, konnte sich aber nicht durchsetzen. Und ganz widerwillig gab er sich dem Eros auch nicht hin.

Nach dieser wilden Nacht brauchte die Kommissarin einen extrastarken doppelten Espresso, um ihre Lebensgeister zu wecken. Sie ließ Walter schlafen, schließlich musste der erst später zum Dienst antanzen. Barbara aber hatte zwei Fälle und beide waren brisant.

Das Briefing war zwar erst auf acht Uhr terminiert, aber die Kommissarin wollte noch einiges vorher in Ruhe erledigen. Dazu kam sie aber nicht. Denn als sie in ihr Büro ging, wartete gleich eine faustdicke Überraschung auf sie. Ein Mann in einem zerrissenen erdbraunen Mantel, der eine ganze Palette an Flecken aufwies, fläzte im Besucherstuhl. Hatte Jesus einen seiner Apostel geschickt? Doch kaum bemerkte der ungewöhnliche Gast, dass Barbara Tischler kam, drehte er sich um und grinste. Ralf Mangel hatte sich sogar noch Dreck ins Gesicht geschmiert, um als Clochard authentisch zu wirken.

»Strebst du eine zweite Karriere als BISS-Verkäufer an?« BISS war die Kurzform von Bürger in sozialen Schwierigkeiten. So hieß die Obdachlosen-Zeitschrift Münchens.

»Nein, ich will undercover ermitteln.«

Barbara konnte sich nicht mehr halten. Sie lachte lauthals los, was ihren Kollegen wieder einmal befremdete.

»Mit einem amputierten Bein bekommst du mehr ins Schüsselchen«, spottete sie.

»Das ist geschmacklos«, entgegnete Mangel ernst. »Obdachlose und Bettler sind Menschen, die ein hartes Schicksal erlitten haben und Respekt verdienen, nicht deine halbgaren Scherze.«

»Aber Besuch von einem Bullen, der sich in der Altkleidersammlung mit besonders mottenzerfressenen Stücken eindeckte, den haben sie verdient.« Barbara schaute ihren Kollegen schief an. »Sag mir lieber, was du vorhast?«

»Enrico DiCosta suchen. Er ist der Einzige, von dem wir wissen, dass er bei dieser ominösen Viererbande dabei war. Die Streifenpolizisten haben alle schon eine Suchmeldung bekommen, aber ich glaube nicht, dass das etwas bringt, zumal das Foto schon einige Jahre alt ist und sich Enrico sicher stark verändert hat.«

»Du hast recht, Ralf. Wir müssen den Italiener unbedingt finden. Ich gebe dich allerdings ungern her, weil ich dich für wichtigere Dinge brauche«, sagte Barbara bestimmt.

»Deadline heute Nachmittag um drei?«, fragte Mangel kleinlaut.

»Geht in Ordnung«, lachte Barbara, »aber fang bitte gleich an, bevor sich in meinem Büro noch die Fliegen ansammeln.«

Beim Briefing delegierte Tischler zahlreiche Arbeitsaufträge. Dabei ging es vor allem darum, den Fall Tarik Shahal neu aufzurollen. Die Kollegen vom Sittendezernat legten eine Strategie vor, wie sie möglichen Verstrickungen des Mordopfers in die Stricherszene nachgehen wollten, während zwei Mitarbeiter ihrer Abteilung dessen Privatleben noch einmal durchleuchteten. Tischler diskutierte mit den anderen Polizisten die weitere Vorgehensweise. Sie selbst wollte sich um das Rätsel des Nugui-Öls kümmern und schrieb an den Versand, welche Kunden in und um München dieser hätte. Schnell kam eine Liste mit dreizehn Namen und dem Hinweis, dieses Produkt würde auch noch in zwei Läden in der Stadt vertrieben, was die Zahl der Kunden unübersichtlich machte.

Tischler überlegte in alle Richtungen und versuchte, auch das völlig Abseitige in Betracht zu ziehen, als Vera Dresch hereinplatzte. Die Kommissarin sah ihr sofort an der Nasenspitze an, dass sie Neuigkeiten hatte.

»Ich will nicht sagen, dass dir Lydia Wollinger gestern einen Bären aufgebunden hat, aber sie hat ihre Biografie arg geschönt.«

»Wer tut das nicht?«, seufzte Tischler. »Aber schieß los, ich bin ganz Ohr.«

»Also, Lydia Wollinger ist das einzige Kind, damit also Alleinerbin eines millionenschweren Unternehmens.«

»Das hat sie gleich mit einer schwindelerregenden Zahlenangabe deutlich gemacht«, bestätigte die Kommissarin.

»Aber sie hat verschwiegen, dass sie nach ihrer Ausbildung zur Immobilienmaklerin mit dem Papi gebrochen und eine Schauspielschule besucht hatte.«

»Lass mich raten. Sie ging auf eine dieser kleinen Klitschen, die nach zwei oder drei Jahren die Leute mit einem wertlosen Diplom auf die Straße spucken, wo sie dann bleiben.«

»Exakt. Sie spielte bei ein paar halbprofessionellen Bühnen, die bestenfalls 100 Euro für einen Auftritt zahlen, von den Proben ganz zu schweigen. Ein paar kleine Drehs und Miniengagements, das war's. Die Millionenerbin musste miese Gelegenheitsjobs verrichten, um sich über Wasser zu halten. Von wegen Stimmband- oder Kehlkopfschaden. Ihre Schauspielkarriere scheiterte kläglich. Deshalb kehrte sie reumütig in die warmen Arme der väterlichen Firma zurück.«

»Na ja, das ist aber doch allzu verständlich. Ich verstehe das vollkommen, dass man seine großen persönlichen Niederlagen verschweigt.« Die Kommissarin war in ihrer Karriere schon mit ganz anderen Lebenslügen konfrontiert gewesen.

»Du hast recht, aber ich bin noch nicht fertig. Wann stieg Lydia Wollinger wieder in die Firma des Vaters ein?«

»Bitte mach nicht einen auf Ralf, sondern lass deinen Erkenntnissen freien Lauf!« Tischler konnte es nicht ausstehen, wenn Mangel seine Rechercheergebnisse im Frage-Antwort-Spiel loswurde.

»Vor gut drei Jahren, etwa zwei Monate vor dem Auftrag an Stefan Maar.«

Tischler nickte. »Das passt zu unserem Zeitrahmen, heißt aber noch nichts.«

»Stimmt. Aber interessant ist, dass sie sich bald darauf einen Porsche kaufte.«

»Genau«, bestätigte Tischler. »Mir war der Schlüssel aufgefallen. Da ist doch dieses Pferd in der Mitte.«

»Ich verwechsle das immer mit Lamborghini«, gab Vera Dresch zu.

»Ich auch. Mit Autos habe ich's nicht so. Aber egal, eine Millionenerbin fährt einen Sportwagen. Das kommt öfter vor, als wenn sie einen zusammengeflickten Fiat Panda aus den siebziger Jahren fahren würde.«

»Stimmt wieder. Aber der alte Wollinger nahm seine Tochter keineswegs mit offenen Armen auf. Sie wurde zwar nicht enterbt, aber finanziell abgestraft. Und zwar mit einem Hungergehalt von 3200 Euro – brutto wohlgemerkt.«

Tischler pfiff laut durch die Zähne. »Davon kann sie immerhin den Sprit für den Porsche zahlen.«

Die junge Polizistin lachte auf.

»Sehr gute Arbeit, Vera«, lobte die Kommissarin. »Wir haben also eine weitere Person, die von Geld unbekannter Herkunft lebt. Sollte sie die Nummer zwei sein und Enrico DiCosta die Nummer drei, dann müssen wir nur noch den letzten der Viererbande in Erfahrung bringen.«

»Ja, aber wir müssen Lydia Wollinger erst einmal etwas nachweisen. Ich habe ihren Vater gefragt, woher seine Tochter das Geld habe, und er hat gemeint, sie würde Schulden bei der Bank aufnehmen. Gewissermaßen als Anleihe auf ihre spätere Erbschaft. Und das zu horrenden Zinsen.«

»Das würde die Spur erkalten lassen«, sinnierte die Kommissarin.

»Ich prüfe es nach.« Mit diesen Worten stand Vera Dresch auf und ging an die Arbeit.

Kaum hatte sie die Tür geschlossen, klingelte Tischlers Telefon. Ein junger Kollege war am Apparat und kündigte ihr an, es sei ein weiterer Mord geschehen.

Ralf Mangel hatte sich einen Stadtplan mit Hotspots für Obdachlose anfertigen lassen. Jesus und seine Apostel trafen sich am Monopteros. Das würde seine erste Anlaufstation sein. Er hoffte, sie würden einem Kumpel mehr erzählen als einem Polizisten. Der Kommissar fühlte sich allerdings fremd in den abgerissenen Klamotten. Diese zweite Haut passte ihm nicht, zumal der Mantel bei der Hitze viel zu heiß war. Aber in seiner klischeehaften Vorstellung gehörte das Kleidungsstück zum Clochard wie die Stutzen zum Fußballer. Zudem brauchte er ihn als Versteck für Geldbörse, Handy und Polizeiausweis. Diese drei Dinge hatte er lieber am Körper und nicht in einem der zwei Plastiktüten mit Decken und anderen Utensilien, die er mit sich trug. Außerdem hatte er Angst. Angst, dass ihn Bekannte erkennen und demaskieren würden.

Am Monopteros weilten zu dieser Stunde allerdings vorrangig Touristen und Tagesausflügler. Erst gegen Mittag kam Jesus mit seiner Gefolgschaft. Sie waren diesmal zu fünft, zu dem bekannten Trio gesellten sich Hammer und Frido. Argwöhnisch wurde Mangel beäugt, nur Jesus redete ihn sofort als Bruder an. Der Berber pöbelte erst einmal und verlangte, von dessen Flasche zu trinken. Mangel hatte zur Tarnung den billigsten Rotwein gekauft, der im Supermarkt zu haben war. Ein rumänischer Verschnitt namens Banater Ochsenblut. Selbstverständlich reichte ihm Mangel die Flasche. Mit Ekel beobachtete er, wie der Berber die Flasche halb leerte und dabei einiges über seinen ungepflegten Bart goss.

»Schmeckt Scheiße«, sagte der Obdachlose humorlos und reichte die Flasche zurück. »Sauf du.«

Mangel stellte die Flasche auf den Boden, doch der Berber packte ihn sofort am Kragen und zog ihn zu sich hin. »Ich habe gesagt, du sollst saufen, nicht die Pulle hinstellen. Graust's dir vor mir, oder was?«

»Nein, ich habe nur keinen Durst«, rechtfertigte sich Mangel stammelnd. Mit der Aggressivität des Berbers hatte er nicht gerechnet.

»Seit wann hat saufen was mit Durst zu tun?«, entgegnete der Obdachlose heiser. Mangel stieg ein unangenehmer Geruch in die Nase, und es kostete ihn einiges an Überwindung, die Flasche zu nehmen und zu trinken. Aber er wollte unbedingt einem Streit aus dem Weg gehen und sich als einer der ihren einführen. Also nahm der Kommissar einige tiefe Schlucke, ließ sich auch Wein über die Wange laufen und rülpste dann, so laut er konnte. Um sich gut einzuführen, ließ er die Flasche zirkulieren. Minuten später kam sie leer zu ihm zurück.

Argwöhnisch fragte der Berber Mangel, wer er sei. Der Obdachlose mochte Fremde erst einmal nicht und misstraute ihnen. Der Kommissar hatte sich eine hübsche Geschichte zurechtgelegt, wie er durch Scheidung und Firmenbankrott sein Dach über dem Kopf verloren hatte. Genau genommen hatte er diese herzzerreißende Geschichte aus dem Internet, aber das Mitgefühl von Jesus und seinen Aposteln war ihm sicher. Rose pries in derben Worten das freie und zügellose Leben auf der Straße und unterstrich diese damit, indem sie ihrem Liebhaber in den Schritt fasste, der wiederum beglückt auflachte.

»Ich habe ja schon einiges von Jesus und seinen Aposteln gehört«, sagte Mangel.

»Nur Unanständiges hoffentlich.« Rose kicherte heiser auf.

»Natürlich.« Mangel lachte etwas gekünstelt und fragte dann, welche Apostel es gebe.

»Wieso willstn das wissen?«, brummte der Berber.

»Vielleicht will ich ja eurem Klub beitreten. Gibt's dafür Initiationsrituale oder Aufnahmeregeln?«

»Noch so ein Klugscheißer, der geschwollen daherlabert«, schimpfte der Berber.

»Du musst Jesus einen blasen«, kicherte Rose. »Das ist die Aufnahmeregel.«

Dem Polizisten wurde bei diesem Gedanken schwindlig, was die anderen bemerkten und ihn mit Spott und Gelächter überzogen. Das Eis war gebrochen und Mangel erfuhr, dass es insgesamt fünf Apostel gab. Sogleich fragte er, was mit dem fehlenden Jünger sei.

»Der hat Schiss und ist abgedampft«, schimpfte der Berber verächtlich.

»Wieso? Wollte Rose Sex von ihm?« Mangel versuchte nur, einen Witz zu reißen, doch der Schuss ging nach hinten los. Kurzzeitig erstarb die Konversation, dann beschimpfte ihn die Obdachlose mit einer wüsten Kanonade an Unflätigkeiten, sodass Mangel errötete. Jesus konnte die Gemüter schließlich wieder beruhigen, aber der Undercoverpolizist hatte seinen Kredit verspielt. Und es fiel ihm nur eine Möglichkeit ein, das Vertrauen der Gruppe zurückzugewinnen. Er griff in eine seiner Plastiktüten und zauberte eine weitere Flasche Banater Ochsenblut hervor.

Schnell war Mangels Fauxpas vergessen, und es wurde gelacht und getrunken. Der Kommissar verzichtete aber auf weitere Fragen zu Leonardos Verschwinden. Es wäre zu auffällig gewesen. Kaum war die Flasche geleert, folgte allerdings die nächste Prüfung.

»Danke für den guten Wein«, sagte Rose, »und jetzt verpiss dich!«

»Wieso?«

»Weil du nicht zu uns gehörst!«, schimpfte der Berber. Jesus rief alle zu Friedfertigkeit auf, drang jedoch nicht zu seinen Jüngern durch.

Im weiten Grün des Englischen Gartens zu Füßen des Monopteros hatten sich zahlreiche Menschen aus allen Ländern breitgemacht. Sie lagen auf Handtüchern und Decken, lasen, spielten mit Frisbees und Fußbällen oder machten Picknick. Unter einem Baum im Schatten stand ein mobiler Eiswagen von Da Gino, vor dem es immer eine kleine Schlange mit zwei oder drei Leute gab.

»Wenn du zu uns gehören willst«, fuhr der Berber fort und deutete auf die Eisdiele auf Rädern, »dann gehst du da hin und klaust einem den Geldbeutel.«

»Wieso das denn?«, fragte Mangel nach. Dem Kommissar wurde heiß beim Gedanken daran, eine solche Straftat zu begehen.

»Inition oder wie das heißt«, rief Rose.

»Genau. Aufnahmeritual«, sagte der Berber gehässig und stand auf. Er ging auf den Polizisten zu, blickte ihm in die Augen und packte blitzschnell seine beiden Plastiktüten. »Und dein Zeug bleibt bei uns.«

Mangel protestierte, doch Hammer, ein Bär von einem Mann mit einem zotteligen Vollbart bis zum Brustbein, stellte sich demonstrativ neben den Berber. Dann packte er Mangel am Kragen und stieß ihn in Richtung Abgang. »Mach ne Fliege und klau uns was Anständiges.«

Aus Goran Randovics kräftigem Körper war alles Leben entwichen. Seine Haut war fahl, seine Augen blickten starr zur Decke. Er lag auf dem Rücken, das T-Shirt zerfetzt. In den mächtigen Brustkorb war etwas eingeritzt: Japanische Zeichen, die diesmal leicht zu entziffern waren: Der Zweite von vier. Die Mordserie ging weiter. Der Anblick war nahezu derselbe. So hatte der Killer auch hier die Hände unterhalb der Armstümpfe abgetrennt und sie auf den Bauch gelegt.

Der Türsteher zählte also ebenso zur Bande, dachte sich Tischler beim Anblick des Toten. Mit ihm hatte sie nicht gerechnet. Sie war sich sicher, eine kleine eingeschworene Clique von Gästen, genau genommen von illustren Gästen, hätte sich zusammengetan, um ein geheimes Ding zu drehen, von dem die Polizei immer noch keine Ahnung hatte.

Worin lag die Verbindung, rätselte die Kommissarin. Ein auf Hackerangriffe spezialisierter Informatiker, ein verführerischer Barkeeper und eine kleine Kampfmaschine. Und möglicherweise eine gescheiterte Schauspielerin, die einen luxuriösen Lebensstil pflegt. Die Kommissarin konnte sich keinen Reim auf diese Konstellation machen.

»Derselbe Täter?«, fragte sie Siewert, der mit der Untersuchung der Leiche fertig war.

»Sieht danach aus. Die Waffe dürfte dieselbe sein, auch der Schnitt in den Kehlkopf, die Zeichen und die abgeschlagenen Hände. Dieselbe Handschrift also und offensichtlich dasselbe Motiv. Wir können den Tathergang einigermaßen rekonstruieren.« Siewert erzählte Tischler von der SMS, die Randovic erhalten hatte. »Er wartete auf seinen nächtlichen Besuch mit seiner Waffe am Gürtel.«

»Und trotzdem hat er ihn hereingelassen?«

»Ja. Er muss der Person vertraut haben, denn er hat ihr den Rücken zugekehrt und ist vor ihr hergegangen, wurde allerdings dann mit einem Elektroschocker niedergestreckt.«

Siewert zeigte auf Verfärbungen am Hals.

»Und dann wurde er abgestochen?«, fragte Tischler ungläubig. »Das ist seltsam. Denn die Person wird das Schwert kaum in der Hosentasche gehabt haben.«

»Ich kann mir das nur so erklären, dass der Mörder die Waffe draußen versteckt hatte und sie holte, als Randovic außer Gefecht war.«

»Klingt logisch«, stimmte die Kommissarin zu. »Der Türsteher kannte also seinen Mörder und vertraute ihm. Bei Maar dringt der Täter in die Wohnung ein und wartet auf das Opfer, Randovic aber lässt den Killer ahnungslos herein. Das heißt, Maar kannte den Täter nicht, oder er hätte ihm misstraut.«

Tischler sah sich noch in der Wohnung um. Sie war nicht luxuriös, sondern einfach und pragmatisch eingerichtet. Kaum Bücher, viele DVDs und Blu-Rays mit Actionfilmen, eine ganze Batterie an Hanteln und kleinere Fitnessgeräte. Die Wohnung zeugte nicht von einem Lebensstil, der Randovics Einkommensverhältnisse sprengen würde. Zudem fuhr er einen sieben Jahre alten BMW, ein repräsentatives Auto, das wegen seines Alters aber nur einen überschaubaren Wert besaß. Wenn Randovic zu Maars Bande gehörte, musste er also Geld gebunkert oder es anderweitig ausgegeben haben, folgerte die Kommissarin. Die Möglichkeit, dass sich der Killer geirrt hatte, bestand natürlich auch, war aber unwahrscheinlich, warum wäre Randovic sonst aufgrund der SMS nach Hause gefahren und hätte sich bewaffnet.

Die Kommissarin hatte genug gesehen. Für weitere Erkenntnisse müsste sie die Ergebnisse der Obduktion und der Spurensicherung abwarten. Allerdings sollte das finanzielle Umfeld von Randovic durchleuchtet werden. Nur das konnte die Komplizenschaft des Türstehers mit Sicherheit bestätigen. Fragen über Fragen, aber keine konkreten Ergebnisse. Tischler brütete während der ganzen Fahrt über die seltsame Konstellation, verwarf aber jede Idee wieder.

Genervt ging sie in ihr Büro, wo sie bereits von Vera Dresch und Martin Sennberger, einem weiteren engen Mitarbeiter von ihr, erwartet wurde.

Tischler ließ sich in ihren Stuhl fallen, klatschte in die Hände und machte eine auffordernde Geste. »Kein langes Schnacken, meine Lieben, ich will Ergebnisse hören.«

»Die guten oder die schlechten zuerst?«, fragte Vera Dresch nach.

»Immer die schlechten«, seufzte die Kommissarin.

»Lydia Wollinger hat einen Deal mit einer Privatbank, die ihr mehr oder weniger unbegrenzt Kredit gewährt. Als Pfand hat sie den Pflichtanteil ihres Erbes hinterlegt, und das sind als einziges Kind immerhin rund 100 Millionen. Dafür zahlt sie 8,3 Prozent Zinsen, aber das kann ihr egal sein. Wie hoch derzeit der Schuldenstand ist, wollte die Bank nicht sagen.«

»Ist auch egal. Lydia Wollinger hat also kein Motiv und kann somit von der Liste der Verdächtigen gestrichen werden. Das ist wirklich eine schlechte Nachricht«, ärgerte sich die Kommissarin. Es wäre zu schön gewesen, um wahr zu sein. Mit der Maklerin und Millionenerbin wäre das rätselhafte Quartett komplett gewesen.

»Dafür habe ich etwas«, warf Martin Sennberger ein. »Ein Familiendrama in Köln. Genauer gesagt am 28. September vor drei Jahren.«

»Das Datum klingt interessant.« Barbara Tischler war hellwach.

»Karl Blanck, ein millionenschwerer Filmproduzent, hat seine Frau ermordet. Und rate mal, womit?«

»Spiel nicht du auch noch Ralf Mangel«, forderte die Kommissarin. »Rücks raus, oder ich lass dich Strafzettel schreiben.«

Sennberger lächelte. Er kannte seine Chefin und ihren manchmal gewöhnungsbedürftigen Humor und ihre ungeduldige Art. »Mit einem Samurai-schwert.«

Tischler nickte und trommelte mit den Fingern auf dem Schreibtisch. »Ich erinnere mich wieder vage an den Fall. Wurde sie mit einem Stich in den Hals getötet und wurden ihr die Hände abgeschlagen?«

»Nein. Er stach in einem regelrechten Furor siebzehnmal auf sie ein.«

»Und warum? Was war das Motiv?«, fragte die Kommissarin nach.

»Eifersucht. Seine Frau hatte eine Affäre. Als sie ihm ihre Untreue ge-stand, brannten bei ihm die Sicherungen durch, er griff zum Schwert und brachte sie um. Recht viel mehr hat man nicht erfahren. Blanck legte zwar ein umfassendes Geständnis ab, schwieg aber zu den Hintergründen.«

»Dann sitzt er im Gefängnis?«

Sennberger nickte. »JVA Werl, das ist der übliche Knast für die schweren Jungs in Nordrhein-Westfalen.«

»Und wo ist der Bezug zu München? Zu Maar, Randovic und DiCosta?«

»Den haben wir noch nicht. Aber ich arbeite daran.«

»Dann mach dich ran.«

Sennberger legte der Kommissarin noch ein paar kopierte Zeitungsartikel auf den Schreibtisch und ging dann, begleitet von Vera Dresch. Die Kommis-sarin studierte die üblichen reißerischen Überschriften und die dazugehöri-gen Bilder. Beim Prozess erschien Blanck als gebrochener Mann. Er hatte in der Untersuchungshaft zwei Selbstmordversuche unternommen, die beide nur knapp gescheitert waren. Auf anderen Bildern zeigte man das Ehepaar Blanck in glücklichen Tagen. Ein breit lächelndes Alphatier, das seine at-traktive Frau präsentierte – sei es bei einer Gala, einem Yachtausflug oder einer Filmpremiere. Die üblichen Bilder, die tagtäglich in rauen Mengen die bunten Blätter füllten.

Was Tischler stutzen ließ, war die Tatsache, dass ihr die Frau bekannt vor-kam. Aber sie wusste nicht, woher. Vielleicht war es auch nur ein Déjà-vu, schließlich hatte sie den Fall seinerzeit auch in den Medien verfolgt. Trotz-dem wurde sie das Gefühl nicht los, sie hätte Beatrice Blanck schon einmal gesehen. Es ließ ihr keine Ruhe, schließlich beschloss sie, ihrer Erinnerung auf die Sprünge zu helfen. Einer konnte ihr da helfen, einer, mit dem sie unbedingt reden musste. Allerdings würde es schwierig werden, mit Karl Blanck Kontakt aufzunehmen.

13

Obwohl es noch Vormittag war, erfreute sich Da Gino großer Beliebtheit. Es standen immer ein oder zwei eishungrige Kunden an dem mobilen Stand, der sich im Schatten einer großen Linde niedergelassen hatte. Ralf Mangel beobachtete die Leute, wie sie ihre Geldbörse zückten und wieder verstauten. Sein Hirn zermarterte er sich jedoch nicht darüber, wie er das Portemonnaie klauen konnte, sondern wie er aus der Geschichte herauskam. Denn eines war ihm klar, er durfte nicht stehlen, auch nicht für einen Undercoverjob. Das war nicht zu vertreten, zumal er sich selbst auch nicht die nötige Geschicklichkeit zutraute.

Eine Idee reifte langsam in ihm. Er könnte so tun, als würde er jemanden um sein Geld erleichtern und dann seine eigene Brieftasche abgeben, nicht ohne vorher die Dokumente herausgenommen zu haben. Das war möglich, freilich war er dann mittellos. Zudem wäre eine solche papierlose Geldbörse auch unglaubwürdig, da er sich sicher war, vom Monopteros aus beobachtet zu werden. Mitten in seine Überlegungen, wie er sich selbst am besten bestehlen konnte, erklang ein schrilles Lachen.

»Ralf, wie siehst du denn aus?«, rief Katti Meinl, eine Freundin von Mangels Frau und das, was man in Bayern eine Quadratratschn nennt, eine Frau also, deren ganzer Lebensinhalt darin besteht, Dinge nicht für sich zu behalten.

Der Polizist reagierte nur unmerklich auf die Anrede. Langsam wandte er sich Katti Meinl zu, ohne sie anzublicken. »Ich bin in einer wichtigen Mission. Undercover«, raunte Mangel und gab ihr zu verstehen, sie solle nichts mehr sagen.

Seine Bekannte hyperventilierte fast, so aufregend fand sie es, einen befreundeten Polizisten in einer geheimen Mission zu erleben. Was würden da ihre Freundinnen sagen? Sie setzte sich auf eine freie Bank schräg gegenüber dem Eiswagen und deutete kurz an, sie werde schweigen wie ein Grab, was natürlich nur rhetorisch gemeint war oder die Grabesruhe ad absurdum führen würde. Ralf Mangel schlich einmal in einem mittleren Bogen um die Bank und nahm dann neben Katti Meinl Platz.

»Es geht um Leben oder Tod. Ich muss einen Anschlag verhindern«, flüsterte Mangel zwischen seine zusammengebissenen Zähne.

»Oh, mein Gott«, stieß seine Bekannte aus und legte die Hand ehrfürchtig auf die Brust. »Hier im Englischen Garten?«

»Ja, da oben auf dem Monopteros. Die Terroristen beobachten uns!«

»Wirklich?« Katti Meinl durchzuckte es. Endlich war sie leibhaftiger Teil eines Thrillers. Ein Lebenstraum ging in Erfüllung. »Sind das Islamistiker?«

»Nein, extremistische Griechen. Die wollen alle hellenistischen Bauwerke in München in ihre Gewalt bringen.« Mangel wunderte sich selbst über den Unsinn, den er daherredete und schob ihn auf den langjährigen Umgang mit seiner Chefin. »Ich brauche deine Geldbörse, um ein blutiges Bombenattentat zu verhindern. Du bekommst alles wieder zurück.«

»Meine Geldbörse?« Katti Meinls Begeisterung für ihren Realthriller ließ rapide nach, als sie merkte, dass es um ihre Kohle ging.

»Mindestens zehn Menschenleben hängen davon ab«, raunte der Kommissar, spürte aber, dass auch diese Dramatik seine Bekannte noch nicht überzeugte. »Du bekommst alles zurück – mit Zinsen.«

»Zehn Prozent?«

»Fünf.«

»Acht«, feilschte Katti Meinl, die einen vermögenden, aber geizigen Ehemann hatte.

»Okay, sieben«, sagte Mangel, dessen Hand vorsichtig zur braunen Handtasche seiner Bekannten glitt. »Hey, schau mal, da vorne ist Veronica Ferres.« Der Kommissar deutete zum Ausgang Richtung Ludwigskirche.

Sofort schaute sich Katti Meinl fragend um, erblickte die Schauspielerin jedoch nicht. In der Zwischenzeit wechselte ihre Geldbörse den Besitzer. Sofort stand Ralf Mangel auf und verließ wort- und grußlos den vermeintlichen Tatort. Verdutzt schaute ihm Katti Meinl nach, der allmählich klar wurde, dass Veronica Ferres nur als Ablenkung gedient hatte. Tatsächlich spazierte kurze Zeit später Iris Berben mit einem jungen Mann an ihr vorbei, was ihre Promineugierde für diesen Tag befriedigte, sodass sich die Welt für die Bestohlene wieder im Lot befand.

Barbara war übermüdet, doch rührten ihre Kopfschmerzen nicht von der letzten Nacht, sondern von der kurzen Zwangsunterhaltung mit ihrem Vorgesetzten, einem Bürokraten und Paragrafenhengst vor dem Herrn. Er war ihr nicht wohlgesonnen und drohte damit, den Fall Tarik Shahal einem anderen

Kollegen zu übergeben. Das wäre auch vernünftiger gewesen, hätte Tischler nicht diese vage Ahnung, die Morde könnten zusammenhängen. Sicher, das japanische Waffenöl war bislang die einzige Verbindung, ansonsten hatten der Exilsyrer und Stefan Maar nichts, aber wirklich überhaupt nichts miteinander gemein.

Hätte Herbert Franken nicht mit dem Eintritt in den Polizeidienst seinen Humor aufgegeben, er hätte wohl über Tischlers Verdacht gelacht, doch so erntete die Kommissarin lediglich ein unverständliches Kopfschütteln.

»Ergebnisse. Ich brauche Ergebnisse und keine Hirngespinste«, forderte der Kriminalrat und entließ seine Mitarbeiterin.

So lasteten die drei Mordfälle schwer auf Barbaras Schreibtisch. Hirngespinste. Das Wort hallte in Tischlers Kopf wider. Was hätte sie getan, wenn Mangel mit der Idee gekommen wäre, diese Morde hingen irgendwie zusammen? Mit einem Kübel Spott überschüttet? Ergebnisse. Ja, sie würde für Ergebnisse sorgen. Ein ganzes Heer an Polizisten arbeitete an den Fällen. Und sie koordinierte deren bislang freilich magere Resultate. Doch ein Kollege von der Sitte konnte einen Treffer verbuchen.

Tischler machte sich sofort auf. Ein Stricher wollte eine Aussage machen, aber nur gegenüber einem Mitglied der Mordkommission. Und das auch noch anonym. Da es nicht um die Verfolgung illegaler Prostitution ging, willigte der Kollege ein und vereinbarte im Namen Tischlers einen Termin.

Sie trafen sich in einem heruntergekommenen Hotel westlich des Hauptbahnhofs. Schon die muffige Lobby mit dem mürrischen Concierge roch nach billigem Sex. Als die Kommissarin allein in das Zimmer 112 eintrat, mussten sich die Augen erst an die Dunkelheit gewöhnen. Die Vorhänge waren zugezogen, ließen jedoch noch genügend Licht herein, um sich orientieren zu können. Eine weiche Stimme begrüßte die Kommissarin und wies sie an, sich auf den abgewetzten Sessel zu setzen. Tino, so stellte er sich zumindest vor, saß mit dem Rücken zu ihr auf der Bettkante. Barbara Tischler konnte seine Silhouette erkennen und dass er halblanges dunkles Haar hatte, mehr nicht.

»Ich möchte nochmals betonen, dass es mir ausschließlich um Informationen über Tarik Shahal geht und Sie nichts zu befürchten haben«, versicherte die Kommissarin.

Tino verlangte trotzdem, Tischlers Polizeiausweis zu sehen und war erst danach bereit, Fragen zu beantworten.

»Ich bin schuld«, hauchte Tino und senkte seinen Kopf. »Ich habe ihn da hineingezogen.«

Tischler war klar, wovon der Stricher sprach und stellte keine Nachfragen.

»Es war an einem dieser heißen Augustabende. Der Gärtnerplatz quoll über vor Menschen. Partyleute, alle hungrig nach Leben. Gaukler, Lesben, Dragqueens, betrunkene Touris aus aller Welt, alles trifft sich und saugt diese lauen Sommermomente in sich auf. An jenem Abend waren auch ein paar junge Asylbewerber aus Syrien und dem Irak am Gärtnerplatz. Ich beobachtete sie, und mit einem hatte ich Blickkontakt. Die Art, wie er mich ansah, machte mir sofort klar, dass der Junge nicht mit Frauen glücklich wurde. Wir kennen das, wissen Sie.«

Tischler nickte. Sie hatte einen guten Freund aus der Szene, der ihr des Öfteren dasselbe erzählt hatte.

»Aber Tarik musste seine Neigung verbergen. Als Homosexueller hätte er es gelinde gesagt schwer gehabt in seiner Kultur. Vor seinen Freunden durfte ich ihn also nicht anreden. Deshalb habe ich gewartet, bis er aufs Klo gegangen ist. Dort habe ich ihn völlig unverfänglich angesprochen. Sein Deutsch war noch sehr rudimentär zu dem Zeitpunkt. Deshalb haben wir uns auf Englisch unterhalten und uns schließlich zum Kaffee verabredet.«

Tino hielt inne. Trotz der Dunkelheit erkannte Tischler, dass er sich eine Träne von der Wange wischte.

»Ich habe ihn geliebt. Ich habe ihn wirklich geliebt, den kleinen Bastard, aber er ist mir entglitten. Anfangs war er sehr scheu. Es kostete ihn selbst eine unheimliche Überwindung, zu seiner Neigung zu stehen. Und er schwankte zwischen Hingabe und Selbstverleugnung. Wir hatten heftige Auseinandersetzungen. Er schlug mich und beschimpfte mich. Einmal brach er mir sogar das Nasenbein, dann aber war er wieder zärtlich und hingebungsvoll, verletzlich und seelisch völlig nackt. Doch er wurde mutiger, und nach ein paar Monaten stand er zu seiner Homosexualität. Und dann war es so weit, dass ich ihm nicht mehr genügte. Er wusste, dass ich auch …« Tino stockte.

»Dass Sie es auch für Geld machen«, ergänzte Tischler.

»Und er wollte das auch. Für ihn bedeutete das die Möglichkeit, seinem tristen Dasein zu entfliehen. Er konnte die Enge in dem Asylbewerberhaus in der Baumkirchner Straße nicht mehr ertragen. Die räumliche und die psychische Enge. Also nahm ich ihn zu einem einschlägigen Platz mit und stellte ihn einigen Männern vor. Wohlhabenden Männern, Männern mit Einfluss.«

»Und Tarik kam auf den Geschmack.«

»Es war mehr. Es war eine Befreiung für ihn, eine Befreiung von seinem bisherigen Leben, das aus Selbstverleugnung, Elend und Bürgerkrieg bestand. Ja, er begann ein neues Leben. Dementsprechend legte er seinen alten Namen ab und nannte sich in der Szene Prinz Omar.«

»Mit wem verkehrte er?«

Tino schüttelte den Kopf. »Ich kann Ihnen keine Namen nennen. Das sind Menschen, die in der Öffentlichkeit stehen und zum Teil ihre Scheinehen mit Vorzeigekindern führen.« Der Stricher lachte bitter auf. »Sie würden sich wundern, wenn ich Ihnen ein paar Namen nennen würde.

»Aber ich muss einen Mord aufklären«, insistierte die Kommissarin. »Tarik wurde im Schlaf abgestochen, und ich halte es für denkbar, dass es einer seiner Freier war.«

»Oder einer seiner arabischen Freunde. Tarik hatte panische Angst, sie würden von seiner zweiten Existenz Wind bekommen«, wandte Tino ein.

»Das halte ich für unwahrscheinlich, ja für ausgeschlossen. Die Art des Mordes passt nicht zu einer quasi homophoben Variante des Ehrenmordes. Es war ein technisch ausgeklügelter und kaltblütig ausgeführter Mord. Wütende Araber hätten die Tür aufgebrochen und ihn erschlagen.«

»Möglich. Aber wieso sollte ihn ein Freier töten? Diesen Adonis, den alle nur liebten.«

»Tarik war HIV-positiv. Vielleicht hat er jemanden angesteckt?«

»Scheiße«, entfuhr es Tino. »Das habe ich nicht gewusst. Dabei habe ich ihm immer gepredigt, er solle Kondome benutzen.«

»Wir haben hier auf jeden Fall ein handfestes Motiv.«

Tino nickte und seufzte. »Ich kann Ihnen trotzdem keine Namen nennen. Wir schwören alle absolute Verschwiegenheit.«

»Aber es geht um einen Mord. Vielleicht schlägt der Täter auch wieder zu.« Das glaubte Tischler zwar selbst nicht, schien ihr aber als Überredungstaktik angemessen.

»Und wenn ich mein Schweigegelübde breche, bringt man mich vielleicht deshalb um.« Aus seiner Stimme klang Angst. Tino atmete laut durch und strich sich mit der Hand über das Gesicht. »Ich will Ihnen nichts versprechen, aber ich denke, ich kann Ihnen einen Kontakt verschaffen. Es wird Sie jemand anrufen, der intim mit Tarik, genau genommen mit Prinz Omar war. Er muss allerdings absolut anonym bleiben. Vielleicht kann er Ihnen helfen.«

Tischler hinterließ noch Ihre Visitenkarte und verließ dann das Hotelzimmer. Als sie auf die Straße in die blendende Julisonne trat, überkam sie ein Gefühl der Erleichterung. Die Atmosphäre in dem abgedunkelten Zimmer, ja das ganze Gespräch löste Beklemmungen in ihr aus, die sich nun in dem heiteren Sommertrubel der Bahnhofsgegend lösten. Barbara kaufte sich ein Vanille-Schoko-Softeis und schlenderte die Bayerstraße entlang.

Die Mordfälle Rudolph Moshammer und Walter Sedlmayr hatten der Münchner Öffentlichkeit gezeigt, welche Parallelwelten sich in der Stricherszene abspielen können und das gerade mit Prominenten. Auch wenn sich seit den Zeiten des beliebten bayerischen Volksschauspielers, der seine Vorliebe für Jungs und seine sadomasochistischen Praktiken selbst vor seinen Eltern geheim gehalten hatte, einiges veränderte und die Gesellschaft Homosexualität weitgehend akzeptierte, von Männlichkeitsdomänen wie dem Fußball abgesehen, lebten vor allem bisexuelle Männer ihre Neigungen zum eigenen Geschlecht bevorzugt im Geheimen aus.

Hinzu kam, dass sich zwar Lesben und Schwule problemlos outen und trotzdem Außenminister oder Bürgermeister werden konnten, nicht aber Menschen mit pädophilen Neigungen. Geschlechtsverkehr mit Kindern oder Jugendlichen wurde von der Gesellschaft geächtet. Wer dabei ertappt wurde, war ein Ausgestoßener. Die Freier von Tarik, vor allem wenn sie im Licht der Öffentlichkeit standen, mussten also höllisch auf der Hut sein. Es war also verständlich, dass sie bestenfalls anonym mit der Polizei sprechen wollten.

Barbara Tischler war sich sicher, dass hier der Schlüssel zu dem Mord lag. Der junge Syrer hatte ansonsten nur mit weiteren Exilanten zu tun, denen eine solche Tat nicht zuzutrauen war. Und nachdem ein Auftragsmord von Assads Schächern auch ausgeschlossen werden konnte, blieb nur diese eine Spur. Und die führte in die Stricherszene. Die Kommissarin hatte ihr Eis aufgeschleckt und warf die angebissene Waffel in einen Papierkorb.

Ralf Mangel rann der Schweiß herunter, obwohl er mittlerweile seinen Mantel ausgezogen hatte. Mit einem flauen Gefühl im Magen ging er ein zweites Mal an diesem heißen Vormittag zum Monopteros empor. Er hatte zwar gewissermaßen auf legale Weise eine Geldbörse gestohlen, aber die Sache blieb trotzdem heikel. Das Geld war egal, das würde auf die Spesenrechnung gesetzt werden, aber Kreditkarte und Papiere durften nicht missbraucht werden. Da musste Mangel aufpassen. Kattis Kundenkarten von Esprit oder s.Oliver benötigten hingegen nicht seinen Schutz.

Auf dem Monopteros hatte sich die Zahl der Touristen und Tagesausflügler vermehrt. Sie posierten für Fotos und Selfies oder tranken Bier und spielten mit ihrem Hund. In dem Gedränge fand Mangel seine Apostel erst nach kurzer Zeit. Zwei leere Wasserflaschen und Brotzeitpapier lagen vor ihnen auf dem Boden. Sie hatten sich an den Vorräten des Kommissars schadlos gehalten und auch den Inhalt seiner Plastiktüten, seine Decken und Klamotten, achtlos ausgeleert.

»Was soll das? Ihr könnt euch doch nicht an meinen Sachen vergreifen!«, beschwerte sich Mangel lauthals.

»Bruder, was dein ist, ist auch mein«, entgegnete Jesus mit ausgebreiteten Armen.

»Als Neuer hältst du erst mal die Klappe«, brummte der Berber.

Mangel stand wie angewurzelt da. Er wusste, jetzt musste er sich Respekt verschaffen, sonst hätte er verloren. Was würde seine Chefin tun? Vermutlich würde sie sich den Stärksten der Gruppe krallen, ihm einen Tritt in die Kniekehle verpassen und ihn in den Schwitzkasten nehmen. Dabei würde sie ein wenig fluchen und markige Worte vom Stapel lassen, sodass keiner mehr wagen würde, ihr dumm zu kommen.

Aber er war nicht wie Barbara. Schon als Kind ging er Prügeleien lieber aus dem Weg. Konflikte löste er Zeit seines Lebens lieber mit Worten als mit Fäusten, was ihm als Polizist freilich nicht immer glückte. Man musste immer wieder Stärke zeigen, sonst hatten Verbrecher oft keinen Respekt und tanzten einem auf der Nase herum. Ein russischer Drogendealer hatte ihn einmal beleidigt, verspottet, sogar angespuckt, bis er sich mit ihm auf eine Schlägerei einließ, die mit einem Unentschieden und zwei blauen Augen endete. Doch von da an begegnete ihm der Gangster mit der nötigen Achtung. Aber war eine solche Kraftprobe bei Obdachlosen nötig?

Mangel fing an zu pfeifen und setzte ein gewollt lustiges Gesicht auf. Dann ging er zu seinen Habseligkeiten und packte sie zusammen.

»Hast du was Feines geklaut?«, fragte Hammer, der die Figur eines ausgewachsenen Grizzlys hatte.

»Ja, aber das behalte ich für mich.« Mangel pfiff weiterhin fröhlich vor sich dahin. Die Apostel moserten und gingen ihn mit derben Worten an, nur Jesus predigte Nächstenliebe, die darin bestünde, mit anderen zu teilen.

»Leonardo hatte recht«, sagte Mangel und nahm seine beiden Plastiktüten in die Hand. »Ihr seid ein erbärmlicher Haufen.«

»He, Spezi, runter vom Gas«, quäkte Frido. Auch die anderen grummelten.

»Unser Bruder fühlte sich in unserer Runde wie ein Fisch im Wasser. Wir waren seine Familie«, behauptete Jesus.

»Wenn das euer Umgang mit Familie ist, dass man einem Neuen seine letzten Habseligkeiten achtlos auf den Boden wirft, das letzte Wasser wegsäuft und das letzte Brot wegfrisst, obwohl er vorher seinen Wein mit euch geteilt hat, dann ist es wohl gut so, dass ihr keine echten Familien mehr habt.« Mangel hob die rechte Hand zum Gruß und wandte sich zum Gehen, aber der Berber versperrte ihm den Weg.

»Was hast du Arschloch gesagt?« Er kniff die Augen zusammen und blickte Mangel giftig an.

»Ich habe alles verloren. Und ich meine wirklich alles. Weil die Welt da draußen aus gierigen Wölfen besteht, die nur auf eins aus sind: Profit, Profit, Profit. Jeder schaut nur auf seinen Vorteil und sonst nichts. Und ich dachte, wenigstens unter Pennern würde es noch ein wenig Menschlichkeit geben. Man würde sich gegenseitig helfen und stützen und nicht nur von Nächstenliebe und Brüderlichkeit reden. Aber nein, ihr seid auch nur auf euren Vorteil aus.«

»Ich polier dir deine Drecksfresse«, drohte der Berber.

»Halt's Maul, er hat recht«, warf Frido ein.

»Brüder, seid friedlich und liebet euch«, warf Jesus ein. Er stand auf und umarmte den Berber und Mangel. »Lasst die Sonne in euer Herzen.«

»Und mich an die Kohle, die du geklaut hast«, kicherte Rose.

Der Berber brummte etwas Unverständliches und blickte Mangel hasserfüllt an. Ihn würde der Polizist nicht mehr zum Freund gewinnen. Die nächste Auseinandersetzung mit ihm würde enden wie mit dem russischen Drogendealer, da war er sich sicher. Aber bei den anderen, vor allem bei Frido, hatte Mangels Appell an ihre Ehre gewirkt.

14

Auf dem Nachhauseweg beschloss die Kommissarin noch kurzfristig, dem Promiwirt einen kleinen Besuch abzustatten. Harry Kron war weder auf dem Handy noch auf dem Festnetz zu erreichen, wusste also möglicherweise noch nichts vom gewaltsamen Tod seines Mitarbeiters. Seine Wohnung lag in der Königinstraße mit Blick auf den Englischen Garten. Barbara Tischler konnte einen Anflug von Neid nicht unterdrücken, als sie das wunderbare Gebäude mit seinen ausladenden, üppig bewachsenen Balkonen und den Jugendstilornamenten bestaunte. Gerade einmal sechs Parteien wohnten in dem Haus. Das bedeutete, jede Wohnung hatte weit über 100 Quadratmeter Fläche.

Die Kommissarin klingelte mehrmals, doch es rührte sich nichts. Als sie sich zum Gehen wandte, knackte es plötzlich in der Sprechanlage und eine rauchige Stimme brummte, was los sei. Harry Kron war offensichtlich von Tischler geweckt worden. Die Kommissarin gab sich zu erkennen und verlangte ihn in einer wichtigen Angelegenheit zu sprechen.

»Geben Sie mir eine Viertelstunde, damit ich wie ein normaler Mensch aussehe«, stöhnte der Wirt. »Momentan bin ich noch im Zustand eines Grottenolms.«

Barbara nutzte die Pause, um ein wenig in dem riesigen Park zu spazieren, als ihr etwas siedend heiß einfiel. Sie klingelte noch einmal bei Kron und unterrichtete ihn, es könnte auch eine halbe Stunde dauern, bis sie wieder komme, was dem Wirt mehr als recht war.

»Wenn du einer seiner beknackten Apostel werden willst, dann brauchst du einen verfickten Brudernamen«, sagte Rose.

»Wie wär's mit Arschloch«, brummte der Berber.

»Bruder Berber, wie oft habe dir in all den Jahren Anstand und Benimmregeln gepredigt? Die Zehn Gebote des Zusammenlebens.«

»Die gehen mir am Arsch vorbei. Genau wie der Typ.«

Jesus stand auf, nahm eine Wasserflasche, in der noch ein kleiner Rest war und ging zu Mangel. »Bruder Neuling, knie dich vor deinem Meister nieder.« Mangel tat wie ihm geheißen. »Auf welchen Namen sollen wir dich taufen?«

Der Polizist überlegte kurz, bis seine Entscheidung gefallen war. »Columbo. Ich bin von nun an Bruder Columbo.« Die von Peter Falk so brillant verkörperte Fernsehfigur war für ihn immer ein Vorbild und einer der Gründe, warum er Polizist werden wollte.

»So sei es«, sagte Jesus pathetisch und schüttete Mangel Wasser über das Haar. »Und nun zeig uns, welche Gaben du deinem Meister mitgebracht hast.«

Mangel stand auf, fuhr sich durchs Haar und wischte das Wasser oberflächlich weg. Dann nahm er seinen Mantel, den er auf die Plastiktüten gelegt hatte, und zückte die Geldbörse. In diesem Moment hörte er eine allzu bekannte Stimme.

»Wen haben wir denn da? Jesus und seine Apostel. Ich sehe, ihr habt Zuwachs bekommen.« Tischler hatte gehofft, ihren Undercoverpartner auf dem Monopteros zu treffen, der nur ein paar Gehminuten von Krons Wohnung entfernt lag. Natürlich tat sie so, als würde sie ihn nicht kennen, amüsierte sich innerlich allerdings köstlich über den Anblick.

Der Berber brummte etwas Despektierliches über Polizisten, aber Jesus begrüßte die Kommissarin herzlich. »Bruder Columbo ist ein weiteres Schaf, das den Weg in meine Herde gefunden hat.«

»Columbo!« Barbara konnte ein Lächeln nicht mehr unterdrücken. »Und statt eines Glasauges hat er eine Geldbörse.« Tischler war sofort aufgefallen, dass das Portemonnaie von einer Frau stammen musste. Mit einem schnellen Satz war sie bei ihrem Kollegen und nahm ihm sein Diebesgut weg. Ungeachtet der Proteste schaute sie sich den Inhalt der Brieftasche an. Interessiert begutachtete sie den Ausweis. »Katharina Meinl. Ist das deine jüngste Jüngerin?«, fragte sie Jesus schmunzelnd.

»Sie ist noch eine verlorene Seele, die falsche Götzen wie Konsum und Karriere anbetet. Aber Schwester Katharina wird noch den Pfad des Lichtes beschreiten«, salbaderte Jesus.

»Wer hat die Geldbörse gemopst? Bruder Columbo? Statt Gold, Weihrauch und Myrrhe?«, schmunzelte Tischler, setzte dann aber einen strengen Polizistenblick auf. »Das ist Diebstahl, meine Herren. Wer war's? Wenn sich keiner meldet, lasse ich euch alle verhaften, dann kann euer Guru in Stadelheim predigen. Die Kriminellen stehen voll auf salbungsvolle Worte.«

Kurz herrschte betretenes Schweigen.

»Ich war's«, sagte Mangel und lief rot an.

»Ja, er war's«, brummte der Berber. »Er war's, der diesen Geldbeutel gefunden hat. Diese dumme Nuss hat hier ne Zeit gesessen und ihre Kohle liegen lassen. Wir haben's alle gesehen.«

Alle stimmten ein und bestätigten die Version von der verlorenen Geldbörse.

»Na, dann werdet ihr nichts dagegen haben, wenn ich Frau Meinl euer Fundstück zurückgebe.«

Hammer und Frido verlangten noch Finderlohn, ernteten aber nur ein sarkastisches Lächeln.

»Zu was anderem. Es ist ein zweiter Mord geschehen. Der Zweite aus der Viererbande, der Enrico DiCosta angehörte, wurde letzte Nacht umgebracht. Euer Bruder Leonardo ist in akuter Lebensgefahr. Ich muss ihn unbedingt finden.«

Die Obdachlosen zeigten sich betroffen. Jeder auf seine Weise. Rose fluchte, Jesus betete für seinen Bruder, und der Berber schimpfte über den Italiener, der so dämlich war, einfach abzuhauen.

»Leute, ihr habt gesagt, über den Winter habe Leonardo irgendwo einen Unterschlupf gehabt.«

»Nicht nur über den Winter«, fiel Hammer der Polizistin ins Wort. »Der hat sich oft bei schlechtem Wetter verdrückt, das Weichei.«

»Gut. Habt ihr irgendeine Ahnung, wo das sein könnte. Es ist sehr wichtig. Ich muss euren Bruder Leonardo finden, bevor der Mörder ihn findet.«

»Ich hab's dir gestern schon gesagt, dass wir keine Ahnung haben, Frau Bullin«, blaffte Rose, die stinksauer war, weil Tischler die Geldbörse konfiszierte.

»So ist es«, stimmte Jesus ein. »Aber wenn wir ihn sehen, geleiten wir ihn auf den rechten Weg.«

»Und der führt zur nächsten Polizeistation«, ergänzte die Kommissarin.

»Gibt's wenigstens dann Finderlohn?«, fragte Rose. »Oder willste uns den auch klauen.«

»Möglicherweise. Wenn Leonardos Aussagen zur Ergreifung des Täters führen, ist eventuell eine hübsche Summe für euch drin.« Mit diesen Worten verabschiedete sich Tischler.

Sogleich setzte eine wahre Fluchorgie von Rose ein. Auch der Berber schimpfte auf die Polizistin.

»Ich mag keine Bullen«, sagte Hammer etwas kleinlaut. »Deshalb habe ich ihr nichts gesagt.«

»Was hast du ihr nicht gesagt?«, fragte Mangel aufgeregt nach.

»Na, vielleicht weiß ich, wo Leo seine Bude hatte. So ungefähr wenigstens.«

Harry Kron war glatt rasiert und duftete nach einem herben, aber teuren Aftershave. Er hatte seine blondierten Haare nach hinten gekämmt und mit etwas Gel in Fassung gebracht. Sein anthrazitfarbenes Boss-Hemd war bis zum dritten Knopf offen und zeigte seine braun gebrannte Brust. Er sah aus wie einem Herrenmagazin entstiegen, nur die dunklen Augenringe passten nicht in das gestylte Gesamtbild. Lässig lehnte er an der Hausmauer und zog an einem dünnen Davidoff Cigarillo.

»Sie haben es schon auf dem Handy bei mir probiert, habe ich gesehen«, sagte Kron und lächelte verschmitzt. »Sorry, aber in der letzten Nacht flogen mir noch einige Eulen zu, die partout nicht zu ihren Nestern zurückwollten.«

»Und da stellen Sie die Telefone ab«, entgegnete Tischler.

»So ist es. In meinem Alter braucht man seinen Schönheitsschlaf. Aber darüber wollen Sie sicher nicht mit mir reden. Um was geht's?«

»Um eine ernste Angelegenheit, die ich ungern auf der Straße mit Ihnen besprechen möchte.«

»Gern. Dann gehen wir ins Café Reitschule. Ich habe eh nichts gefrühstückt. Darf ich Sie einladen?«

Tischler lehnte dankend ab. Ihre Zeche wurde auf die Spesenrechnung gesetzt. Kron war zwar kein Verdächtiger, aber um als unbestechlich zu gelten, musste sie auch kleine Geschenke oder Einladungen ausschlagen.

Das weitläufige Lokal hatte eine Sonnenterrasse, die bis auf einen Tisch bereits rappelvoll war. Kron bestellte sich den »Catch of the Day«, das war Kabeljau mit Rosmarinkartoffeln und mediterranem Gemüse sowie ein Wasser ohne Eis und Zitrone und dazu einen Weißburgunder aus Rheinland-Pfalz.

»Bitte halten Sie mich nicht für einen Säufer. Zum Mittagessen leiste ich mir gern einen Wein. Denn abends muss ich nüchtern sein. Mal ein Glas Roten oder einen Schampus zwischendurch, mehr ist nicht drin. Sie wissen ja, der Dealer muss clean bleiben«, meinte Kron grinsend.

Die Kommissarin kannte den Spruch, lächelte aber zurück. Sie fand den Promiwirt sympathisch. Kron strahlte eine Souveränität aus, wie sie nur Erfolgreiche versprühten, und zugleich etwas Mondänes und Verschmitztes. Ja, Kron war ein Mann von Welt, ohne arrogant zu wirken. Er ging mit der Kommissarin um, als wäre sie eine Freundin oder zumindest eine gute Bekannte. Sein charmantes Lächeln erstarb jedoch jäh, als er vom Tod seines langjährigen Türstehers hörte.

Kron schüttelte ungläubig den Kopf. Aus Kummer stürzte er das halbe Glas Wein auf einmal hinunter. Tischler ließ ihm ein wenig Zeit, bevor sie ihre Fragen stellte.

»Ob mir gestern etwas an ihm aufgefallen ist?« Kron strich sich über das Kinn. »Eigentlich nicht. Er fragte mich, ob er um eins abhauen konnte und deutete an, es gehe um ein amouröses Abenteuer. Da habe ich nie etwas dagegen.«

»Er blieb also oft bis zum bitteren Ende?«

Kron nickte. »Nicht immer. Er hatte ein paar Freunde aus seiner serbischen Heimat, mit denen er noch um die Häuser zog. Oder er hatte was mit einer Frau am Laufen. Eine Freundin hatte er nicht, soweit ich weiß. Goran war nicht sonderlich an festen Beziehungen interessiert. Ich glaube, er wollte auch irgendwann wieder in sein serbisches Nest zurück. Für mich persönlich schwer nachvollziehbar.«

Tischler fragte Kron, wie er Randovic charakterisieren würde.

»Er war ein harter Hund. Wissen Sie, wir haben ja keine Rocker als Klientel, aber auch die Besserverdienenden sind nach drei Cocktails gelegentlich verhaltensauffällig. Da brauche ich einen Mann, ich will hier nicht von Türsteher reden, einen Mann, der das diplomatisch und mit der nötigen Autorität klärt. Und das konnte Goran. Der hatte einen Blick, ich sage es Ihnen. Wenn der jemanden böse anschaute, dann ist aus dem die ganze Courage rausgepfiffen wie die Luft aus einem kaputten Reifen.«

Die Schilderung deckte sich mit Tischlers Eindrücken von Randovic. Sie stellte noch einige Fragen zum Privatleben des Opfers, musste dann auf Krons Bitten hin von den Umständen des Mords berichten. Dabei ging sie auf die offensichtlichen Parallelen zum Fall Maar ein.

»Sie glauben also, dass Goran mit Stefan gemeinsame Sache gemacht hat?«, fragte Kron überrascht.

»Es sieht danach aus. Derselbe Mörder, dasselbe Motiv. Nur leider tappen wir immer noch im Dunkeln, was diese Viererbande verbrochen hat. Deshalb wäre es für uns wichtig, Enrico zu finden.«

»Sie reden von einem Quartett. Wer soll dann der Vierte sein?«

Tischler zuckte mit den Schultern.

»Etwa Lydia Wollinger?« Kron lächelte wieder verschmitzt. Die erste Bestürzung hatte sich gelegt.

»Wie kommen Sie darauf?«

»Ich habe gesehen, wie Sie sich gestern ziemlich lang mit meinem Stammgast unterhalten haben. Das war doch ein bisschen verdächtig.« Kron leerte seinen Weißwein und deutete der Bedienung an, er wolle noch ein Glas.

»Reine Routine«, wiegelte Tischler ab, die sich allerdings wunderte, schließlich hatte Kron behauptet, er habe eine Menge Arbeit in der Küche und sich deshalb von Barbara verabschiedet. Aber sie beschloss, nicht nachzufragen und gegenüber Kron das Thema herunterzuspielen. »Sie war wohl eine gute Freundin von Maar. Nur deshalb. Und sie hat ihn in Ihre illustre Bar eingeführt. Was wissen Sie über Lydia Wollinger?«

»Wenig und doch viel«, antwortete Kron salomonisch. »In all den Jahren, die sie mir das Geschäft mit ihrem Champagnerkonsum vergoldet hat, haben wir uns nie länger oder sogar tiefergehend unterhalten. Andererseits beobachtet man seine Gäste und macht sich so ein Bild von ihnen. Lydia Wollinger ist eine gescheiterte Möchtegernkünstlerin, wovon es in München ja nur so wimmelt. Es ist nicht so schlimm wie in Berlin oder L.A., aber von diesen Existenzen gibt es eine Menge. Die meisten sind eigentlich ganz nett, außer sie werden Journalisten. Gescheiterte Künstler, die dann plötzlich die Meinungsallmacht über andere haben – eine ganz miese Mischpoke.«

Kron rümpfte die Nase und verzog das Gesicht. Tischler konnte sich ein Schmunzeln nicht verkneifen, wenngleich sie diesen Menschenschlag nicht kannte. Die Bedienung brachte das zweite Glas Weißwein, von dem Kron sofort einen kräftigen Schluck nahm.

»Aber Lydia war oder vielmehr ist ein bisschen eine traurige Gestalt«, fuhr der Gastronom fort. »Sie wanzt sich immer an die Schauspieler ran. Die TV-Schwäne wollen bloß mit dem hässlichen Entlein nicht spielen.«

»Hat sie keine anderen Freunde?«

»Doch. Jeder, der das nötige Kleingeld hat und Champagner ausgibt, hat Freunde in meinem bescheidenen Etablissement«, grinste Kron und nannte zwei Namen, die sich Tischler notierte. »Aber die sind von Beruf auch nur Tochter.«

»Halten Sie es für möglich, dass Lydia Wollinger mit Stefan Maar und Goran Randovic krumme Dinger drehte?«

Kron schüttelte entschieden den Kopf. »Für mich undenkbar, aber ich bin ja kein Cop. Und Sie?«

»Ich habe auch meine Zweifel, weil das Motiv fehlt. Maar brauchte Geld und ebenso DiCosta und Randovic, wenngleich ich überzeugt bin, dass sie bei Ihnen fürstlich entlohnt wurden«, meinte Tischler süffisant.

»Selbstverständlich.«

»Tatsächlich bin ich davon überzeugt, dass ein Stammgast der Vierte im Bunde ist. Alles andere wäre ein brutaler Zufall. Das Quartett muss sich im Magnol getroffen haben. Wissen Sie, wer mit den anderen noch richtig speziell war?«

Als Kron noch überlegte, kam die Bedienung mit seinem Kabeljau. Er rührte sein Essen nicht an, sondern stierte in die Ferne und sinnierte.

»Eine schwierige Frage«, sagte er schließlich. »Man will ja auch niemanden zu Unrecht verdächtigen.«

»Sie verdächtigen niemanden«, wandte Tischler ein. »Sie helfen nur bei der Polizeiarbeit.«

»Mir fällt nur Heiko Fürstner ein. Der hing mit Maar und Enrico damals rum. Ja, mit Stefan war er immer noch recht speziell. So einmal in der Woche taucht er bei mir auf.«

Tischler notierte sich den Namen und ein paar Angaben, die Kron wusste. Der Gastronom ging daran, fachmännisch seinen Kabeljau zu zerlegen und mit Zitronensaft zu beträufeln.

»Noch eine Frage: Was können Sie mir über Beatrice und Karl Blanck erzählen?«

Kron spülte gerade den ersten Bissen Fisch mit einem Schluck Weißwein hinunter.

»Tragische Geschichte. Beatrice ist eine alte Freundin von mir, die ich aus den Zeiten meiner ersten Bar kenne. Eine atemberaubende Frau, die den

Raum füllte und die Blicke an sich zog.«

Kron schilderte das Mordopfer als lebensfrohe Dame, gewitzt, wortgewandt, weltoffen, die es mit der Treue aber nicht immer ganz genau nahm. »Und Karl war eifersüchtig. Ein Sizilianer kann nicht schlimmer sein. Er hat ihr bei mir im Lokal eine Szene gemacht, dass die Fetzen flogen. Ich musste damals dazwischengehen, sonst wäre er handgreiflich geworden. Daraufhin habe ich ihm Lokalverbot erteilt. Das fiel mir nicht leicht, weil wir einen guten Draht zueinander hatten. Uns verbindet die Liebe zum Film. Dabei ist er natürlich der Profi gewesen. Aber ich habe immer gern gefilmt. Früher mit der Super 8. Da bin ich rumgelaufen und habe aufgenommen, was ich gesehen und erlebt habe. Kilometerweise habe ich da noch den alten Kram. Heute ist das viel einfacher. Mit den Handys hältst du drauf und hast es im Kasten. Schauen'S, das Leben reißt uns mit, ein flirrender, wilder Strom, der immer in eine Richtung geht und immer schneller und schneller wird. Wenn ich aber etwas filme, dann gefriere ich einen Moment ein. Und dieser Moment bleibt, auf Zelluloid oder auf Festplatte.«

Tischler hörte den philosophischen Gedanken von Kron gern zu, wollte aber schließlich wissen, wie es mit den Blancks weiterging.

»Sie sind aber bald darauf nach Köln gezogen. Ihn habe ich aus den Augen verloren, Beatrice schaute aber alle paar Monate mal auf ein Gläschen vorbei.«

»Wäre es möglich, dass Beatrice und Enrico eine Affäre hatten?«

»Sagen wir mal so, sie wäre nicht der einzige Gast gewesen, den mein Bello hinter dem Tresen abschleppte.«

Die Antwort genügte Tischler. Sie musste unter allen Umständen mit Karl Blanck sprechen, allerdings befand sich der in einem Gefängnis rund 600 Kilometer von München entfernt. Sie hatte bereits mit den Verantwortlichen telefoniert. Diese lehnten eine Befragung via Skype aus Sicherheitsgründen ab, erlaubten ihr aber einen verspäteten Besuch, sofern der Insasse damit einverstanden war. Karl Blanck galt allerdings als verschlossen und wortkarg. Tischler musste darauf gefasst sein, dass er eine Unterredung mit ihr nicht zustimmte.

Die Obdachlosen waren verdutzt, als sich ihr neuer Bruder Columbo so plötzlich verdrückte. Dabei hatten sie noch jede Menge vor an diesem Tag, unter anderem stand ein Treffen mit ein paar Kumpels an, die mittlerweile ein Dach über dem Kopf hatten und einer geregelten Arbeit nachgingen. Diese vergaßen jedoch ihre alten Weggefährten nicht und feierten an schönen Abenden feuchtfröhliche Wiedersehensfeste mit ihnen. Aber auch die Aussicht auf kostenlosen Wein aus dem Tetrapak konnte Mangel nicht länger an diesem Ort halten. Er verabschiedete sich mit der Ausrede, einen Termin beim Sozialreferat zu haben, und dem Versprechen, am nächsten Tag wiederzukommen.

Mangel hatte eine Deadline von seiner Chefin gesetzt bekommen, die er unbedingt einhalten wollte. Außerdem hatte er genug gehört. Frido kannte zwar nicht einmal das Viertel von Enricos Unterschlupf, geschweige denn die genaue Adresse, doch er wusste einige Anhaltspunkte, anhand derer man zumindest die ungefähre Lage ermitteln könnte. Und das dürfte reichen, schließlich müsste den Nachbarn ein obdachloser Teilzeitmieter aufgefallen sein.

DiCosta hatte seinem Bruder Frido im Suff einmal gebeichtet, dass er eine warme Bleibe im Winter habe, von der aus er einen wunderbaren Blick auf eine tolle Kirche hätte, die Jesus eine Freude bereiten würde, weil sie nach dem Oberapostel benannt ist. Nur zwei Wochen im Jahr wäre es dort die reinste Hölle, zumindest furchtbar laut, aber meist noch so warm, dass er sie eh nicht brauche. Diese Angabe könnte helfen, den flüchtigen Beau zu finden, da war sich Mangel sicher, wenngleich er wusste, dass München eine Menge Kirchen besaß.

Mangel passte gut auf, dass ihm kein Apostel folgte, schließlich wusste er nicht, ob er seine Tarnung noch einmal brauchen würde, als er zum Tucherpark ging. Dort hatte er sein Auto abgestellt. Er wollte nicht mit den Pennerklamotten und den Plastiktüten im Kommissariat auftauchen. Das bisschen Dreck im Gesicht wischte er sich mit Feuchttüchern ab. Mächtig stolz auf sich fuhr er los, denn er hatte etwas geschafft, woran sich Barbara die Zähne ausgebissen hatte, nämlich die Obdachlosen zum Reden gebracht.

Hätte er allerdings gewusst, was auf dem Monopteros passierte, als er seinen Dienstwagen startete, seine ganze Freude wäre verpufft. Denn ein Mann stieß zu Jesus und seinen Aposteln, den diese erst auf den zweiten Blick erkannten. Sein Kinn war von den üblichen Stoppeln oder gar vom Gestrüpp mehrerer Wochen befreit, seine Haare auf militärtaugliche Kürze abrasiert.

Dazu trug er italienische Slipper, eine beige Leinenhose und ein schwarzes Baumwollhemd, das bis zum Brustbein aufgeknöpft war. Lässig hatte er an seinem Zeigefinger das Sakko über die rechte Schulter gehängt. Die ganze Erscheinung machte eines klar: Leonardo war tot, Enrico DiCosta dagegen wiederauferstanden.

15

Als Barbara Tischler gegen 18 Uhr Würzburg passierte, hatte sie den ganzen Wahnsinn deutscher Autobahnen bereits erlebt. Erst die obligatorischen Staus auf der A9 bis zum Dreieck Holledau, kaum aber hatte sich der Verkehr entzerrt, küsste ein Porschefahrer bei Tempo 180 bereits ihre hintere Stoßstange, obwohl vor ihr mehrere Autos fuhren. Die Kommissarin hätte gute Lust gehabt, sich den Raser vorzunehmen, angesichts der langen Fahrt verwarf sie jedoch den Gedanken. Bis der Porschefahrer die Lichthupe einsetzte. Diese Provokation beantwortete Tischler damit, das Fenster herunterzukurbeln und das Blaulicht auf das Dach zu setzen. Sogleich deutete sie an, der Fahrer möge ihr zum nächsten Rastplatz folgen. Ihre Wut entlud sich in einer kurzen Gardinenpredigt, die der Porschefahrer demütig hinnahm und kleinlaut Besserung gelobte. Er winselte regelrecht um Gnade, er würde ohne Führerschein seinen Job verlieren, und er sei gerade Vater geworden und habe eine kranke Mutter. Damit erweichte er Barbaras Herz, die es bei einer Verwarnung beließ.

Als sie wieder auf die Autobahn fuhren, überholte er Tischler allerdings bereits auf der Einfädelspur, fuhr diagonal nach links außen und drückte das Gaspedal durch. Andere Länder haben eine Formel-1-Strecke, Deutschland hat zwei und dazu Tausende Kilometer Autobahn. Was sind wir doch für ein freiheitsliebendes Völkchen, dachte sich die Kommissarin.

Karl Blanck hatte einer Befragung zugestimmt, als er von den Morden in München hörte. Allerdings durfte die Kommissarin nicht via Skype mit ihm kommunizieren, musste also den steinigen Weg nach Werl antreten. Die Anstaltsleiterin gewährte ihr ein Besuchsrecht bis zehn Uhr, was ein enormes Entgegenkommen bedeutete. Allerdings wollte sie bei der Befragung zugegen sein, was die Kommissarin verwunderte, aber nicht störte.

Dass ihr Privatleben für die nächsten Tage auf Eis lag, war Barbara angesichts der beiden komplizierten Fälle, die sie zu bearbeiten hatte, sonnenklar. Normalerweise bedeutete dies kein Problem, schließlich war sie mit einem Polizisten zusammen, der selbst um die Belastungen in diesem Beruf wusste. Doch diesmal lag der Fall anders. Der Unterschied hieß Lucie. Barbara traute der Nochfrau von Walter keinen Millimeter über den Weg. Sie war sich sicher, dass Lucie etwas zu verheimlichen hatte, dass ihr plötzliches Auftauchen nicht freiwillig war. Umso mehr hatte sie Angst, die frühere Rechtsanwältin wollte erst ihre Tochter und dann ihren Mann zurückgewinnen. Und in dieser heiklen Situation wollte Barbara ihren Walter nur ungern tagelang allein lassen.

Barbara spürte, wie ihr diese Sorge und die Rivalität mit Lucie im Magen lagen. Dabei hatte sie gerade in diesem Moment keinen Raum für privaten Trubel. Die spektakuläre Wende im Fall Tarik hatte ihre Arbeit verdoppelt, wenngleich ihr Vorgesetzter nach wie vor nicht von Tischlers Theorie, es handle sich bei den anderen Morden um ein und denselben Täter, überzeugt war, sie ganz im Gegenteil als Hirngespinst abtat. Eher über kurz als über lang musste sie also Herbert Franken handfeste Belege präsentieren, sonst würde der Fall Tarik an Kollegen weitergeleitet.

Eine lange Autofahrt hat den Vorteil, dass man Zeit zum Nachdenken hat, zumindest wenn einen nicht gerade ein Tiefflieger von der Spur jagen will oder man mit Autofahrern zu kämpfen hat, die den Blinker nur vom Hörensagen kennen. Außerdem kann man ungestört telefonieren. Als die Kommissarin die hessische Grenze passiert hatte, meldete sich ihr Handy. Die Nummer war unterdrückt.

»Ich spreche mit Kommissarin Tischler?« Die Stimme war dunkel, metallisch, klang nach einem Roboter, bei dem der Saft langsam alle wird. Sie war eindeutig verzerrt. Dass es sich um einen Mann handelte, war zu erkennen, aber mehr nicht. Nicht einmal die Stimmung oder Gefühlslage des Anrufers. Er wollte vermeiden, dass man ihn identifizierte. Barbara war jedoch sofort klar, um wen es sich handelte.

»Sie sind der Kontakt von Tino?«

»Ja. Er hat mir zugesichert, dass Sie meine Informationen diskret behandeln. Wissen Sie, ich bin eine Person des öffentlichen Lebens. Und Geheimnisse müssen Geheimnisse bleiben.«

»Die sind bei mir bestens aufgehoben«, versicherte Tischler dem Anrufer.

»Sollten Teile unseres Gesprächs tatsächlich an die Öffentlichkeit kommen, würden Sie das auch bereuen, glauben Sie mir.«

Tischler schluckte diese unverhohlene Drohung hinunter, was ihr schwerfiel. Aber sie wollte auf keinen Fall den Zeugen verprellen.

»Ich habe Prinz Omar vor etwa einem Jahr kennengelernt. Tino war so freundlich, ihn mir vorzustellen. Und ich muss sagen, der junge Mann hat sofort das Feuer in mir entfacht. Er war auch noch so unbedarft und frisch, so unverbraucht. Ich war sein dritter Liebhaber und konnte ihm noch eine Menge beibringen.«

Tischler schloss, dass der Anrufer deutlich älter war als Tarik, wenngleich die Stimme auch darauf keinen Schluss zuließ.

»Wir verlebten eine unbeschwerte Zeit des vollendeten Sinnengenusses. Ich führte ihn ein in eine Welt, die er seit Jahren betreten wollte, aber sich nicht getraut hatte. Und er gab mir einen Teil meiner Jugend zurück.«

Der Anrufer verlor sich zu Tischlers Überraschung in Schwelgereien, in Erinnerungen an eine verlorene Liebschaft. Das widersprach ihrem Verständnis nach der geforderten Diskretion. Er schilderte die ersten Wochen, ja Monate als Honeymoon Period, als rosa Phase, in der der Himmel voller Geigen hing.

»Aber Tarik veränderte sich. Er lernte andere Männer kennen und wandte sich von mir ab.«

Barbara bildete sich ein, die Enttäuschung selbst aus der verzerrten Stimme zu hören. »Könnten Sie mir Namen nennen oder wenigstens den Kontakt zu einem der Freunde herstellen?« Geflissentlich vermied die Kommissarin den Terminus technicus Freier.

»Das könnte ich, würde ich aber nie tun, zumal es ihnen wie mir erging. Tarik warf uns irgendwann alle weg wie ein benutztes Taschentuch.«

»Und aus welchem Grund?« Tischler stutzte. Warum gab ein begehrter Stricher am Beginn seiner Karriere seine Freier auf.

»Offensichtlich hatte er einen festen Kunden, der Tarik allein für sich haben wollte.«

Nun wurde es richtig interessant. Das war eine heiße Spur. »Was können Sie mir über diesen Kunden sagen?«

»Wenig, bedauerlicherweise. Es muss ein charismatischer Mann sein, den Tarik immer spät in der Nacht traf, wenn die Augen der Welt geschlossen sind.« Tischler war über diese poetische Ausdrucksweise ein wenig amüsiert.

»Und Sie haben keinen Verdacht, wer das sein könnte?«

»Nicht den geringsten. Zum Abschied hat er mir nur gesagt, dass sein neuer Herzbube wie eine Chrysantheme sei. Aber ich habe einen anderen Verdacht. Nämlich dass dieser Kunde Tariks Mörder ist. Deshalb habe ich dem Telefonat mit Ihnen zugestimmt. Ich will, dass Sie dieses Schwein fangen.«

Die Kommissarin war über den plötzlichen vulgären Ton erstaunt, schätzte ihn aber als Zeichen von Authentizität ein. Der ehemalige Liebhaber von Tarik dürstete nach Rache. »Aber welches Mordmotiv sollte der Kunde gehabt haben?«

»Es liegt auf der Hand. Prinz Omar hat ihn mit Aids infiziert.«

»Woher wissen Sie, dass Tarik HIV-positiv war?«, fragte die Kommissarin nach. Davon war in den Medien kein Satz zu lesen.

Der Anrufer schnaubte ins Telefon, bevor er eine Antwort gab. »Das weiß ich, weil ich ihn angesteckt habe.«

Adriana Bellinghaus war für die ganze Woche von der Firma freigestellt. Ihre Vorgesetzte stellte ihr einen Freibrief aus, sie könne so lange zu Hause bleiben, bis sie sich wieder in der Lage fühle zu arbeiten. Ihre Kollegen, ja die gesamte Abteilung kondolierte. Angesichts der grauenhaften Umstände war dies nicht geheuchelt, sondern – zumindest bei den meisten – echte Anteilnahme. In dieser verhältnismäßig sicheren Großstadt stellt jeder Mord ein spektakuläres Ereignis dar, das zwar die übliche Sensationsgier nach Sex and Crime befriedigt, aber auch erschüttert, weil es deutlich macht, wie brüchig der urbane Friede ist, wie dünn die glatte Oberfläche der bürgerlichen Gesellschaft, egal ob die der berühmten Schickeria oder jedes anderen Milieus.

Adriana hatte sich für das großzügige Angebot ihrer Vorgesetzten bedankt, es aber abgelehnt. Allein zu Hause würde sie eher depressiv und sich in ihre Trauer hineinsteigern, so lautete ihre Argumentation, die Arbeit dagegen würde sie ablenken. Tatsächlich war sie seit dem Tod von Stefan Maar nervös und aufgewühlt, hatte zu Beruhigungsmitteln gegriffen und sich in die Welt des Traums und des Schlafs geflüchtet, wo ihr die Gespenster der Gegenwart dennoch auflauerten.

Sie hatte also keine Beschäftigung, zumal die Eltern ihres Freundes die Organisation der Trauerfeierlichkeiten allein übernehmen wollten. Diese standen Adriana immer ablehnend, zumindest distanziert gegenüber. Sie hätten es nicht zugegeben, aber Stefans Freundin war in ihren Augen nicht gut genug für ihren Sohn. Allein schon an ihrem bestenfalls durchschnittlichen Job störten sie sich. Ferner war Adriana weder sonderlich repräsentativ noch mondän und vor allem hatte sie keine Familie. Ihre Herkunft hatte sie nie genau erläutert, und man hatte aus Pietät auf Nachfragen verzichtet, denn Adrianas Eltern waren bei einem tragischen Autounfall in den Bergen ums Leben gekommen. Ein Reisebus war von seiner Spur abgekommen und hatte den Wagen abgedrängt, sodass auch die Leitplanke nicht mehr half. Das Auto stürzte einen Abhang hinab und blieb auf dem Dach liegen. Der Vater war sofort tot, die Mutter dagegen eingequetscht. Beide Beine waren zertrümmert, ebenso das Becken, Kopf und Oberkörper hingegen blieben unversehrt. Mit einer Ausnahme, eine Rippe brach und bohrte sich in den rechten Lungenflügel.

Die Mutter schrie nach dem Unfall, dass man es bis ins nächste Dorf hören konnte. Sie schrie erst aus Panik, dann um Hilfe zu holen und schließlich immer mehr aus Schmerzen. Und mit jedem Schrei spürte sie deutlicher, dass sich in ihrem Mund eine warme, zähe Flüssigkeit sammelte und herauszutropfen begann. Als die Rettungskräfte ankamen, konnten sie nur noch den toten Körper bergen. Und eine schwer traumatisierte Tochter, die den Unfall wie durch ein Wunder auf der Rückbank überlebt hatte.

Wenn Adriana diese Geschichte erzählte, verstummte jede Konversation. Weitere Nachfragen über ihre Familie kamen selten. Auch die Maars ließen es bei einigen Erkundigungen. So fragten sie natürlich nach der gesellschaftlichen und beruflichen Stellung des Vaters, ließen sich aber mit einigen vagen Angaben abspeisen. Sie wollten nicht gefühllos erscheinen, außerdem war Adriana nur eine Freundin und noch lange nicht die künftige Ehefrau des Stammhalters.

Die Bestattung des Sohnes sollte ein repräsentatives Ereignis werden mit einem Leichenschmaus für über hundert Gäste, der von der besten Cateringfirma Hamburgs ausgerichtet wurde. Adriana ließ man außen vor, was dieser nicht unrecht war. Sie gab den Maars zu verstehen, sie habe die Beerdigung ihrer Eltern im Alleingang organisiert, an dieser Tätigkeit liege ihr nicht viel.

Viktoria Maar echauffierte sich zwar enorm über diese ihrer Meinung nach herzlose Aussage, war jedoch froh, die alleinige Regie übernehmen zu können. Also vertrieb sich Adriana ihre Zeit der Trauer mit stillen Beschäftigungen wie einsamen Spaziergängen im Wald. Gute Freundinnen, mit denen sie sich austauschen konnte, die ihr tröstend zur Seite standen, hatte sie kaum.

Deshalb erstaunte es sie, dass es an jenem Tag gegen Abend an der Tür klingelte. Sie erwartete niemanden, spontaner Besuch kam praktisch nie und mit Hausierern musste man zu dieser Tageszeit nicht mehr rechnen. Mit gemischten Gefühlen ging sie zur Sprechanlage und fragte, wer geklingelt habe.

»Ein alter Freund von Stefan«, kam als Antwort von einer hellen, noch jung klingenden Stimme, die Adriana nicht bekannt vorkam. Bevor sie eine Antwort geben konnte, hörte sie weitere Menschen reden. Offensichtlich hatten andere Mieter das Haus verlassen. Der späte Gast nutzte die Gelegenheit und ging hinein. Wenige Augenblicke später klingelte er an der Wohnungstür.

Adriana sah durch den Spion einen Mann, jünger als Stefan, ein südländischer Typ mit schwarzen kurzen Haaren, die elegant nach hinten gekämmt waren. Ein Latino, der die Frauenherzen zum Schmelzen bringen konnte. Adriana öffnete einen Spalt die Tür und grüßte distanziert.

»Ich bin José«, stellte sich der Junge vor. »Stefan und ich kennen uns von der Arbeit. Seit ich von seinem Tod erfahren habe, bin ich vollkommen am Boden zerstört. Ich muss mit dir reden.«

»Danke, aber ich kann nicht. Ich brauche Ruhe«, wehrte Adriana ab. Ihr war der Mann nicht geheuer, zumal er behauptete, mit Stefan zusammengearbeitet zu haben. Sie wusste ja mittlerweile, dass seine Firma eine einzige Luftnummer war.

»Das verstehe ich, aber es ist dringend.« José blieb hartnäckig. Er blickte Adriana fest in die Augen und machte keinerlei Anstalten, wieder zu gehen. Als die junge Frau versuchte, die Tür zu schließen, schnellte er mit dem rechten Bein nach vorne und zwängte seine eleganten Slipper in den Spalt.

»Nicht so schnell. Lass mich wenigstens mal aufs Klo.« Bevor Adriana reagieren konnte, drückte José die Tür etwas weiter auf und zwängte sich an ihr vorbei. Adriana war zu überrascht, um zu protestieren, doch ihr war mulmig. Der Mann war ihr nicht geheuer. Sie wies ihm den Weg zur Toilette und ging dann in die Küche. Schnell öffnete sie eine Schublade und entnahm ein scharfes Messer. Kaum hatte sie es eingesteckt, hörte sie eine Stimme hinter sich.

»Was machst du da?« José klang hart und bedrohlich.

»Nichts«, stammelte Adriana. »Ich ordne nur mein Besteck.«

»Du musst keine Angst vor mir haben. Stefan und ich waren Freunde, sehr gute Freunde, die viel gemeinsam unternommen haben. Privat und geschäftlich, verstehst du?«

Adriana nickte. Sie spürte, wie sich ihr die Kehle zusammenzog, sodass keine Worte mehr über ihre Lippen kamen.

»Du willst doch auch, dass Stefans Mörder entlarvt wird?«

Wieder nickte Adriana.

»Aber dafür brauche ich etwas. Und das hat er bei dir deponiert.«

»Ich weiß von nichts«, hauchte Adriana, deren Angst zusehends größer wurde.

José verschränkte die Arme, sein Gesicht gefror zur Maske. »Schatzilein, das kann schon sein, aber ich werde nicht eher verschwinden, bevor ich nicht gefunden habe, was ich suche. Und du hilfst mir dabei.«

Adriana starrte den Eindringling an. Ihr Herz raste, ihr Mund trocknete aus.

»Und als Erstes legst du dein Gemüsemesser zurück in die Schublade. Dann gibst du mir dein Handy. Das fehlt mir noch in meiner Sammlung.« Er griff in seine hintere Hosentasche und holte das Festnetztelefon hervor.

Als Barbara Tischler in Werl ankam, fühlte sie sich eigentlich reif für eine Dusche und eine kühle Radlermaß. Stattdessen stand sie vor den dicken und bis zu sechs Meter hohen Mauern der JVA Werl, einem der sichersten Gefängnisse Deutschlands. Obwohl schon 1906 erbaut – damals nannte man es noch martialisch Zuchthaus – und obwohl einige Teile schon unter Denkmalschutz stehen, besitzt die Anstalt ein hochmodernes Sicherheitssystem, das zum großen Teil nicht einmal sichtbar ist. Vor wenigen Jahren wurde das Hochsicherheitsgefängnis mit Lichtwellenleitern und zahlreichen Sensoren ausgestattet, die alle aufeinander abgestimmt sind und ein dichtes Netz bilden. Selbst eingeschmuggelte Handys können so erkannt werden.

Die Kommissarin war schon oft im Knast, eine logische Folge ihrer Arbeit, sie hatte aber immer einen gehörigen Respekt davor, auch vor der Arbeit der Vollzugsbeamten. Als man sie an dem hohen Metalltor abholte, fühlte sie sich klein und fast ein wenig schuldig. Erst nach der netten Begrüßung der beiden Mitarbeiter, die sie als Kollegin anredeten, taute sie auf und verlor ihre Scheu.

Schnell schritten sie über den menschenleeren Innenhof, der von Backziegelmauern und Wachtürmen umgeben war. Gefragt nach dem Häftling Karl Blanck, verweigerten die Beamten jedoch jegliche Auskunft. Sie waren zu absoluter Verschwiegenheit verpflichtet. Ihr Weg führte sie über einen hellen, sterilen Gang in einen unerwartet hellen und freundlich gestalteten Raum.

»Mein Büro schaut mehr nach Knast aus als das hier«, bemerkt Barbara und entlockte ihren Kollegen ein Schmunzeln.

»Bei Gefallen kannst du gern deinen Aufenthalt hier verlängern. So für drei oder vier Jahre«, meinte ein Wärter scherzend zurück. Er blieb bei der Kommissarin, und sie hielten einen gepflegten Small Talk. Seltsamerweise kam er Barbara bekannt vor. Wieder hatte sie ein Déjà-vu, das sie sich nicht erklären konnte. Wie schon bei Beatrice Blanck. Dabei konnte sie beide nicht kennen. Bei dem Aufseher hörte man auch vom Dialekt, dass er Rheinländer war.

Wenige Minuten später kam die Anstaltsleiterin herein und stellte sich vor. Sie erläuterte Barbara, dass sie aus Sicherheitsgründen der Vernehmung beiwohnen wollte, sie allerdings Karl Blanck für einen der harmlosesten Insassen hielt. »Ein geläuterter, aber gebrochener Mann«, so charakterisierte sie den verurteilten Mörder.

Wenige Augenblicke später wurde der Häftling von zwei Vollzugsbeamten hereingeführt. Er trug weder Hand- noch Fußfesseln und auch keine Sträflingskleidung, sondern ein schwarzes T-Shirt und eine blaue Stoffhose. Karl Blanck war immer noch eine imposante Erscheinung. Ein Mann von Welt, einst ein erfolgreicher Filmproduzent und Partylöwe, dessen markante Gesichtszüge sich einem schnell einprägten. An diesem Menschen sah man nicht einfach so vorbei. Doch in ihm war das Feuer erloschen. Eine leere Hülle, ein Mensch, der mit seinem Leben abgeschlossen hatte, der sein Fegefeuer auf Erden erlebte und ein irdisches Jammertal durchschritt.

Sein Händedruck war fest, doch er grüßte nur mit einem geflüsterten Hallo und blickte die Kommissarin flüchtig an. Barbara bedankte sich für Blancks Kooperation, was dieser mit einem kaum merklichen Nicken quittierte.

»Herr Blanck, ich habe einen Doppelmord aufzuklären, einen grausamen, blutigen Doppelmord. Und es gibt deutliche Hinweise, dass diese Taten mit Ihnen und Ihrer Frau in Verbindung stehen. Ich muss Ihnen noch ein paar Fragen stellen, die möglicherweise belastend für Sie sind und alte Wunden aufreißen.«

»Diese Wunden sind nie verheilt. Sie sind offen. Auf ihnen wird sich nie eine Kruste bilden.« Blanck sprach leise und bedächtig, fast unbetont, was seine Worte umso eindringlicher machte.

Tischler berichtete ihm von den Morden an Stefan Maar und Goran Randovic, allerdings nur, was auch in der Zeitung stand. Denn das eigentlich Diffizile diese Vernehmung war nicht die Verschlossenheit, die problematische Gemütsverfassung von Blanck. Die größte Schwierigkeit bestand darin, dass er einerseits ein wichtiger Zeuge sein konnte, ein Schlüssel zu beiden Fällen, gleichzeitig aber auch ein Verdächtiger war. Denn man konnte ihn als Drahtzieher der Morde nicht ausschließen. So war es möglich, dass er – wie auch immer – erfahren hatte, welche Mitschuld die Viererbande an seiner persönlichen Tragödie trug. Und er beauftragte aus dem Gefängnis heraus einen Killer, der seinen Rachefeldzug ausführte. Geld spielte für Blanck keine Rolle. Er besaß immer noch seine Millionen. Die Kommissarin durfte ihm also keine Hintergrundinformationen geben, beispielsweise Enrico DiCosta als mögliches Mitglied der Bande erwähnen.

»Ich weiß, es wird Sie eine enorme Überwindung kosten, aber können Sie mir erklären, warum Sie Ihre Frau umgebracht haben.«

Blanck leckte sich die Lippen und räusperte sich. Dann richtete er sich auf und blickte Tischler unverwandt mit ausdruckslosem Gesicht an. »Mir war klar, dass Sie das fragen. Und da ich zugestimmt habe, muss ich Ihnen Auskunft geben. Sonst wären Sie den ganzen Weg hierher umsonst gefahren.« Zu Tischlers Erstaunen klang der verurteilte Mörder plötzlich rational und aufgeräumt. »Ich habe die Geschichte, von einem Freund abgesehen, bisher nur Gott erzählt. Er hat mir aber noch nicht geantwortet. Das müssen Sie auch nicht tun. Vergebung finde ich nicht mehr in diesem Leben.« Da war wieder die Resignation.

»Ich weiß nicht, wo ich beginnen soll. Vielleicht mit den Drogen. Ich habe

einiges weggeputzt früher. Koks, Amphetamine, Speed. Ich war ein Partykö-
nig, und da gab es das Zeug oft wie Sekt oder Amuse-Gueule auf der Silber-
schale. Du glaubst, der Mist putscht dich auf, macht dich noch leistungsstär-
ker, unwiderstehlicher, erfolgreicher, aber er macht Löcher in dein Hirn. Und
in deine Seele. Er verstärkt deine negativen Eigenschaften. Schauen Sie, ich
war immer impulsiv, jähzornig. Mit mir konnte man gut auskommen, feiern,
lachen, die Puppen tanzen lassen. Aber wehe, es kam mir einer richtig blöd.
Der hatte schnell die Faust in der Fresse. Und es war mir egal. Scheißegal.
Ich sagte mir nur, hey, ich mache Filme und verdiene jede Menge Schotter,
also kann ich machen, was ich will. Das war meine Einstellung. Meiner Frau
gefiel sie nicht besonders.«

Da hatte deine Frau was mit mir gemeinsam, dachte sich die Kommissarin, die mit einer solch groben Machoattitüde ihre Probleme hatte.

»Wir haben uns in den letzten Jahren voneinander entfremdet«, fuhr
Blanck fort. »Ich denke, daran bin ich schuld. Ich war abgehoben, lebte in
einer Scheinwelt, in der ich der König war und die anderen meine Knechte
und Vasallen. Und dann ist es passiert. Ich war wieder einmal randvoll mit
irgendwelchen Pulvern und kam früher von der Arbeit nach Hause als üblich.
Da fand ich Beatrice im Wohnzimmer vor. Sie hatte blutunterlaufene Augen
und machte einen verzweifelten Eindruck. Als sie mich jedoch sah, klappte
sie schnell ihren Laptop zu und spielte die Unbekümmerte. Ich roch sofort
den Braten, ging auf sie zu und stieß sie einfach vom Stuhl. Sie jammerte
und weinte, aber es war mir egal. Alles war mir egal. Das sind die Drogen.«

Blanck hielt kurz inne. Er blickte zu Boden, sammelte sich und fuhr dann
weiter. Tischler hatte den Eindruck, als spräche er von einer anderen Person,
von einem Fremden, nicht von sich selbst.

»Dann loggte ich mich in ihren Laptop ein. Ich wollte sehen, womit sie
sich beschäftigte. Beatrice schrie, flehte mich an, ich solle aufhören, sie könne mir alles erklären. Das heizte mich nur an. Mir wurde klar, dass sie Mist
gebaut hatte. Und ich war eifersüchtig, rasend eifersüchtig. Sie wollte mit
Gewalt den Laptop zuklappen, doch ich stieß sie wieder nur weg wie ein läs-
tiges Tier. Schließlich öffnete ich die Datei, die sie mir vorenthalten wollte.
Sie bestand aus einem Brief und einem Video. In dem Schreiben forderten
irgendwelche Leute 500 000 Euro. Beatrice sollte das Geld auf ein Offshore-
konto überwiesen. Cayman Islands oder so eine Gangsteroase. Ansonsten

würden diese Leute ihren Ruf ruinieren und mir alles stecken, was sie so getrieben hat und mit wem.«

Tischler horchte auf. Erpressung! Das also war das miese Geschäft der Viererbande.

»Schon in diesem Moment brannten in mir alle Sicherungen durch. Dennoch klickte ich die Videodatei an. Und ich sah Beatrice beim Sex mit einem anderen Mann. Sie wälzten sich und schrien vor Lust.«

»Können Sie sich an den Liebhaber erinnern? Wie sah er aus? Wie alt war er?«

»Wie könnte ich diesen Anblick je vergessen«, fuhr Blanck fort. »Ein junger Mann, höchstens 20, würde ich sagen. Sehr attraktiv, dunkle Locken, Latino auf jeden Fall, am ehesten Italiener, vielleicht aber auch Spanier oder Südamerikaner.«

Enrico DiCosta, eindeutig. Damit war geklärt, welche Schuld der junge Barkeeper mit seinem freiwilligen Leben auf der Straße büßen wollte.

»Was dann geschah, weiß ich nicht mehr genau. Ich sehe mich in meiner Erinnerung wie durch einen blutroten Schleier, dass ich das Samuraischwert von der Wand riss und auf meine geliebte Frau einschlug. Immer und immer wieder. Bis Jessy ins Zimmer kam und mich durch ihren markerschütternden Schrei zur Besinnung brachte. Als ich das Ausmaß meiner Raserei begriff, wollte ich mich erst selbst umbringen. Aber Jessy stand noch im Raum. Und das konnte ich ihr nicht auch noch antun. Sie hatte den Mord an ihrer Mutter miterlebt. Wie sollte sie es da verkraften, den Selbstmord des Vaters zu sehen.«

Tischler musste nach dieser Geschichte erst einmal um Worte ringen. Sie bewunderte, wie gefasst und klar Blanck von sich und seiner Mordtat sprach.

»Das ist meine Geschichte, mein persönliches Drama. Und meine große Schuld. Ich habe mein Leben verwirkt. Im ersten Jahr hier dachte ich nur darüber nach, wie ich endlich meinem traurigen Dasein ein Ende bereiten könnte. Dann aber beschloss ich, nicht so feige zu sein und mich in den Tod zu flüchten. Leben mit der Erinnerung ist für mich die größere Strafe. Heute denke ich darüber nach, wie ich etwas Gutes tun kann. Ich rede nicht von Wiedergutmachung, das ist unmöglich, weil man die Toten nicht auferwecken kann. Einfach Gutes tun. Den Armen helfen, den Einsamen, den Hungernden. Und den Drogensüchtigen. Ich bin derzeit am Einrichten einer

Stiftung, soweit das von hier aus geht. Eine Million an Startkapital kann ich sofort einzahlen. Vielleicht kann ich damit sogar eine solche Bluttat verhindern. Das ist auch der Grund, warum ich mit Ihnen spreche. Zwei Menschen sind ermordet worden, und wenn ich Sie richtig verstanden habe, halten Sie es für möglich, dass es zwei weitere Tote geben könnte.«

Die Bedeutung der Zeichen, die in der Brust der Opfer eingeritzt waren, stand in allen Zeitungen. Deshalb hatte es Tischler auch Blanck erzählt. Das Wachpersonal und auch die Anstaltsleiterin waren der Erzählung des Häftlings interessiert und wortlos gefolgt. Für sie waren es neue Erkenntnisse über einen ihrer Insassen, schließlich hatte Blanck bei dem Prozess und auch vorher gegenüber der Polizei nicht ausgesagt.

»Ich habe noch eine Frage«, hob Tischler an. »Eine heikle Frage. Die beiden Morde sehen aus wie Racheakte.«

Blanck stutzte und kniff die Augenbrauen zusammen.

»Können Sie sich vorstellen, dass jemand in Ihrem Namen Vergeltung übt?«

»Sie meinen, dass ein Killer für mich das Schwert der Nemesis führt?« Blanck schüttelte den Kopf. »Ausgeschlossen. Ich habe keine Freunde mehr. Abgesehen von einem, der mich ab und zu besucht. Ihm habe ich alles erzählt, aber er hätte kein Motiv, überhaupt keinen Grund, mich zu rächen. Und meine Verwandten haben sich von mir abgewandt.«

»Und Jessy?« Tischler hatte den Fall studiert, aber nichts von einer Tochter gelesen.

»Sie ist ein liebes Mädchen und könnte niemanden töten.« Blanck nahm seine Tochter in Schutz, der natürliche Reflex eines Vaters.

»Und wo lebt sie jetzt? Was macht sie?«, wollte Tischler wissen.

Blanck schüttelte unmerklich den Kopf. So gefasst er während seiner Beichte war, so betrübt, so lebensunlustig wurde er sofort, als die Sprache auf seine Tochter kam. »Keine Ahnung. Seit jenem schrecklichen Tag will sie nichts mehr von mir wissen. Sie hat jeglichen Kontakt abgebrochen. Soviel ich weiß, hat sie sogar ihren Namen geändert.«

»Wie heißt sie jetzt?«

Blanck zuckte nur mit den Schultern, wieder völlig verhärmt und verbittert. Den Mord an seiner geliebten Frau hatte er nach zwei Jahren offensichtlich verarbeitet und Trost gefunden in der Idee, mit seinem Geld Gutes zu tun. Aber der Verlust der Tochter war weiterhin eine offene Wunde, bei der die geringste Berührung schmerzte.

Tischler hatte genug gehört. Sie erklärte die Vernehmung für beendet und bedankte sich für die Kooperation.

»Wenn Sie diesen jungen Latino finden und den Letzten aus dem Quartett, dann sagen Sie ihnen, ich habe ihnen verziehen.« Mit diesen Worten verabschiedete sich der Häftling. Ein Wachmann begleitete ihn nach draußen.

»Für wie glaubwürdig halten Sie Blanck?«, fragte Tischler die Anstaltsleiterin.

»Ich habe es in meiner Laufbahn mit kleinen und großen Gangstern aller Art zu tun gehabt. Trauen konnte man keinem. Aber ganz ehrlich, bei Blanck würde ich eine Ausnahme machen.«

Das war ein Wort. Auch die Kommissarin war von der Aufrichtigkeit des Häftlings überzeugt, wenngleich sie letztlich niemandem vollkommen vertrauen durfte. Allerdings war eine neue Verdächtige in den Brennpunkt gerückt. Jessica Blanck, oder wie sie auch immer heißen mochte, hatte ein Motiv, den Racheengel zu spielen.

16

Als der Wecker um sieben Uhr klingelte, fühlte sich die Kommissarin nicht angesprochen. Sie war mit gehörigem Bleifuß die Strecke durchgefahren. Freilich hatte sie eine Kaffeepause eingelegt, um wach zu bleiben. Das führte allerdings dazu, dass sie gegen zwei im Bett lag und eine Zeitlang nicht einschlafen konnte, zu aufgekratzt war sie von der Fahrt. Und auch von der Vernehmung.

Diese hatte den entscheidenden Hinweis darauf gebracht, womit sich Stefan Maar seine Brötchen verdiente: mit Erpressung. Die Aufgaben waren in diesem Quartett genau verteilt: Enrico DiCosta, der Beau, der verführerische Latino, betörte im Magnol reiche, aber verheiratete Damen. Wenn sie seinem Charme erlagen, wurden sie gefilmt und erpresst. Der Mann fürs Grobe dabei war Goran Randovic. Er konnte schlagkräftige Argumente für eine Zahlung liefern oder bei Auseinandersetzungen die Fäuste sprechen lassen. Stefan

Maar war der Computerexperte, der beispielsweise für den Geldtransfer und die Geldwäsche zuständig war. Dann blieb aber noch der unbekannte Vierte übrig. Tischler konnte sich nur einen Reim darauf machen: Mr X war der Kopf der Bande. Von ihm wusste sie nur eins: Er ist oder war Gast im Magnol, vermutlich sogar Stammgast. Oder Wirt?

Harry Kron war Verdächtiger Nummer eins. Er kannte seine Gäste am besten, wusste also, bei wem etwas zu holen war. Außerdem hatte sich das Quartett offensichtlich nach Betriebsschluss getroffen, Türsteher und Barkeeper waren ja bis dahin beschäftigt. Die Argumentation war schlüssig, dennoch hatte Tischler ihre Bedenken. Der Wirt war ein alter Bekannter der Blancks. Es fiel ihr schwer zu glauben, dass er ausgerechnet mit einem befreundeten Pärchen seine Erpressungen begann. Ausgeschlossen konnte es freilich nicht werden. Tischler beschloss, Kron am nächsten Tag einen weiteren Besuch abzustatten.

Während der Fahrt hatte sie lange mit Ralf Mangel telefoniert und die neuen Erkenntnisse mit ihm diskutiert. Wie so oft hatte er eine andere Sicht der Dinge. Er konnte sich nur schwer eine junge Frau als Drahtzieher der Morde oder möglicherweise sogar als Vollstreckerin vorstellen und gab zu bedenken, dass die Bande um Stefan Maar auch nach dem Ausscheiden von DiCosta weitere Erpressungen unternommen haben dürfte. Es könnten also auch andere Erpressungsopfer einen Rachefeldzug gestartet haben. Da man nicht wusste, wer noch von der Bande geschröpft worden war, gab es letztlich eine unbekannte Menge an unbekannten Verdächtigen.

Natürlich ließ Mangel eine Reihe von Spekulationen los. So konnte die Bande versehentlich die Mafia erpresst haben oder ehemalige Söldner. Tischler konnte diese Theorien nicht widerlegen, hielt aber dagegen, dass offensichtlich auch DiCosta glaubte, die Blanck-Erpressung, die zur Ermordung der Frau führte, würde gesühnt. Außerdem gab sie zu bedenken, dass sich das Erpresserquartett nach dieser Katastrophe neu orientieren musste. Engagierte es einen weiteren Beau, der betuchte Ladys verführte? Oder änderte es seine Strategie? Maar war ein glänzender Hacker. Er konnte fremde Computer ausspionieren und die Leute mit kompromittierenden Inhalten erpressen. Kinderpornografie, Steuerhinterziehung, geheime Briefe, all das konnte er von den Festplatten braver Bürger fischen und sich sein Stillschweigen bezahlen lassen.

Für die These, Maar habe den Falschen erpresst, sprach natürlich, dass der Mörder die Computer des Opfers zerstört hatte, was bei Rache für Beatrice Blanck keinen Sinn ergeben würde. Der Killer war also vermutlich das letzte Ziel der Bande. Maar muss etwas Gravierendes, etwas Monströses entdeckt haben, etwas, für das man mordet, weil niemand davon erfahren durfte. Tarik, durchfuhr es Tischler. Das könnte die Verbindung der beiden Fälle sein. Maar hatte entdeckt, wer den syrischen Jungen ermordet hatte, und musste deshalb sterben.

Für Tischler war das das Bindeglied zwischen den beiden scheinbar unabhängigen Fällen, Mangel hielt diese Hypothese jedoch für zu weit hergeholt und die Tatsache, dass man zweimal dasselbe japanische Öl gefunden hatte, für puren Zufall. Für seine Mafiatheorie sprachen auch die abgeschlagenen Hände. Das sei ein üblicher Hinweis darauf, der Ermordete habe in fremde Taschen gegriffen, was Tischler bereitwillig einräumte.

Die beiden Polizisten debattierten leidenschaftlich weiter, ohne auf einen gemeinsamen Nenner zu kommen. Tischler konnte jedoch länger nicht einschlafen, zu viele Gedanken schwirrten ihr im Kopf herum. Der Fall hatte etwas an Klarheit gewonnen, andererseits ließen die Indizien widersprüchliche Theorien zu.

Erst nach einer ausgiebigen Dusche und einem extrastarken Kaffee kehrten Barbaras Lebensgeister wieder zurück, und sie war imstande, sich in den Münchner Morgenverkehr zu stürzen. Im Freien empfing Barbara schon der frühwarme Sommermorgen. Die letzten heißen Tage hatten die Stadt so aufgeheizt, dass sogar die übliche Frische der frühen Stunden fehlte. Die Kommissarin verzichtete dennoch auf die Klimaanlage, kurbelte das Fenster herunter und genoss den Fahrtwind.

Im Kommissariat warteten jede Menge Akten und Papiere auf sie, aber auch eine Nachricht von Herbert Franken, ihrem Vorgesetzten, der ihr nie sonderlich gewogen war. Er hatte sie um 18 Uhr zum Rapport vorbestellt, allerdings am Vortag. Tischler schlich also mit einem mulmigen Gefühl zu Franken. Wieder einmal musste sie zu Kreuze kriechen und sich erklären, was sie absolut hasste.

Franken gab sich bei der Begrüßung einsilbig. Er hatte natürlich bereits erfahren, warum Tischler seiner Vorladung nicht Folge geleistet hatte und war erwartungsgemäß von der langen Fahrt nach Werl nicht begeistert. Die

Kommissarin rechtfertigte ihre nächtliche Tour jedoch mit ihren Ergebnissen, die einen enormen Fortschritt darstellten. Außerdem konnte sie ihm nun eine Theorie liefern, wie die beiden Fälle zusammenhingen. Maar habe sich in einen Computer eingehackt und dort zumindest Hinweise auf Tariks Mörder entdeckt. Deshalb musste er sterben.

Franken reagierte ähnlich wie Mangel und hielt die Geschichte für konstruiert und wenig plausibel. Er verlangte konkrete Ergebnisse, handfeste Beweise, dass die Morde wirklich zusammenhingen. Ansonsten müsste sie einen Fall abgeben. Sie hatte bis 18 Uhr am nächsten Tag Zeit. Damit war das Gespräch beendet.

Barbara musste sich von jeder Unterredung mit Franken erst einmal erholen. Der Kriminalrat war ein Bürokrat vor dem Herrn. Das allein stellte noch kein Problem dar. Aber Tischler fühlte sich Franken ausgeliefert. Durch seinen höheren Rang war er weisungsbefugt und sie ihm hörig. Widerspruch war im Beamtentum nicht vorgesehen und wurde als Insubordination gewertet.

Barbara holte sich einen Kaffee und ein Twix. Ein süßes Frühstück war besser als gar keins. Dann schrieb sie Walter eine Gutenmorgen-SMS. Sie hatten gestern im Auto telefoniert, aber die übliche Nähe wollte sich nicht einstellen. Lucie stand zwischen ihnen. Walter begriff das natürlich auch, aber er verlangte Zeit, die ihm Barbara nicht gewähren wollte. Sie drängte darauf, dass er seine Nochfrau aus der Wohnung warf, was er ablehnte, schließlich könne Lucie nicht auf der Straße leben. Barbara bot ihm daraufhin an, den Kontakt zu Jesus und seinen Aposteln herzustellen, dann wäre sie nicht allein. Walter fand den Vorschlag alles andere als komisch. Die Verabschiedung fiel ungewohnt frostig aus. Auch dieses Zerwürfnis trug dazu bei, dass Barbara schlecht schlief. Eine versöhnliche SMS konnte da die Laune schon steigern. Tatsächlich musste sie nicht lange auf eine Antwort warten, auf eine untypische. Walter geizte nämlich nicht mit Emoticons und Liebesbeteuerungen. Er hoffte, sie könnten den Abend miteinander verbringen, wohl wissend, dass Barbara das nicht versprechen konnte, zu sehr nahmen sie die beiden Fälle in Anspruch.

Sie fühlte sich nach dem kleinen digitalen Austausch und dem Twix jedoch wesentlich besser. Der Arbeitstag konnte beginnen. Und das tat er mit einem Ralf Mangel, der sein Obdachlosen-Outfit dabeihatte.

»Du willst noch einmal zu Jesus?« Tischler war nicht sonderlich begeistert. Sie benötigte ihren wichtigsten Mitarbeiter vor Ort.

»Wir brauchen unbedingt weitere Hinweise auf DiCostas Aufenthaltsort. Die Brüder haben zugesichert, sie würden sich umhören.«

Seufzend gab Tischler nach. Dann erzählte ihr Mangel stolz, was er über das Schlechtwetterrefugium des Italieners erfahren hatte.

»DiCosta schwärmte vom wunderbaren Blick auf eine tolle Kirche, die Jesus eine Freude bereiten würde, weil sie nach dem Oberapostel benannt ist«, sinnierte Tischler. »Nur zwei Wochen im Jahr wäre es dort die reinste Hölle. Seltsam, klingt nach Oktoberfest. Aber der Oberapostel ist Petrus. Ich gehe davon aus, dass der Alte Peter gemeint ist. Respekt, da hat DiCosta aber einen hübsch zentrale Wohnung. Wahrscheinlich auch noch mit Blick auf den Viktualienmarkt.«

»Vielleicht, vielleicht auch nicht«, orakelte Mangel. »Ich habe ein wenig recherchiert. Es gibt in Großhadern eine spätgotische Kirche namens Sankt Peter. Außerdem gibt es drei Sankt Peter und Paul-Kirchen, und zwar in Allach, Feldmoching und Kirchtrudering.«

»Das macht die Suche nicht leichter.« Tischler trommelte mit den Fingern auf dem Tisch und überlegte. »Die letzteren sparen wir mal aus. Schick zwei Trupps zu den beiden Peterskirchen. Die sollen sich umhören, ob den Anwohnern DiCosta aufgefallen ist. Zumindest in Großhadern würde ein Obdachloser auffallen, im Zentrum eher nicht. Aber versuchen müssen wir's.«

»Wird erledigt«, entgegnete Mangel.

»Und Jessica Blanck? Gibt es da schon etwas?«

»Die Anfrage an die betreffenden Ämter ist gestellt. Wir sollten bis Mittag Bescheid bekommen. Dafür haben wir diesen Heiko Fürstner schon gecheckt.«

»Das war der, den uns Kron als möglichen Vierten im Bunde genannt hat, oder?« Tischler war sich selbst nicht mehr sicher. Die Flut an Informationen war so groß, dass sie sich nicht mehr jeden Namen merken konnte.

»Der passt ins Profil. Aufwändiger Lebensstil, obwohl er als Automechaniker sicher nicht den Teufel verdient. Seine Eltern besitzen allerdings jede Menge Schotter. Der Sohnemann war wohl immer ein Sorgenkind. Auf dem Gymnasium zweimal durchgefallen, hat er den Quali mit Ach und Krach geschafft. Nichts auf dem Konto, aber mordsmäßig den dicken Max spielen.

Fette Autos und die ganze Palette, die zum Angeber gehört. Er hat wohl auch mit Maar um hohe Beträge gezockt.«

»Und du meinst, das könnte unser Mann sein?«, fragte Tischler zögerlich.

»Klar. Zwei Kollegen durchleuchten ihn und seine Finanzen. Nachmittags habe ich ihn zu einer Vernehmung vorgeladen. Es passt doch alles. Warum bist du schon wieder so skeptisch?« Mangel ärgerte sich, dass seine Chefin so oft seine Einschätzungen nicht teilte.

»Welche Funktion innerhalb der Bande soll dieser Fürstner gehabt haben? Brauchten die einen Mechaniker, um die Fluchtautos zu frisieren?« Tischler zog die Augenbrauen nach oben und blickte Mangel fragend an.

»Bist du oberflächlich. Du beurteilst eine Person nur nach dem Beruf.«

»Ist in Ordnung«, beschwichtigte Tischler. »Sprich mit ihm, fühle ihm auf den Zahn, nimm ihn in die Mangel …«

»Mach ich. Das Wortspiel hast du schon lange nicht mehr gebracht«, grinste der gebürtige Niederbayer. Auch Tischler musste lachen.

Dann erstellten die beiden Polizisten einen Tagesplan mit Aufgabenverteilung, nicht wissend, dass dieser das Papier nicht wert war. Denn kaum waren sie damit fertig, platzte Martin Sennberger herein. Der ansonsten so besonnene und ruhige Polizist wirkte aufgewühlt, fast ein wenig verstört. Offensichtlich war er von seinem Arbeitsplatz einen Stock tiefer hergelaufen.

»Es ist unglaublich«, keuchte er. »Wir haben gerade den Namen hereinbekommen, den Jessica Blanck nach der Ermordung ihrer Mutter angenommen hat.«

»Spann uns nicht auf die Folter, raus damit«, forderte Tischler.

»Jessica Blanck ist niemand anderer als Adriana Bellinghaus.«

Die drückende Julihitze sollte sich an diesem Tag noch in einem gewaltigen Gewitter entladen, so prognostizierte es zumindest der Wetterbericht. Aber es war bereits spürbar. Die Heiterkeit des Sommers wich allmählich einer schwülen Schwere.

»Das hätten wir früher herausfinden können«, ärgerte sich Tischler während der Autofahrt. »Mir kam Beatrice Blanck von Anfang an so bekannt vor. Na klar, wegen der Ähnlichkeit mit ihrer Tochter.«

»Sie ist der jüngere Klon der Mama«, pflichtete Mangel bei. »Und mir ist klar, warum sie nur neue Sachen zu Hause hat und auch keine Familienfotos.

Nach der Tragödie mit den Eltern hat sie mit ihrem alten Leben gebrochen.«

»Und den Maars hat sie die herzzerreißende Geschichte vom Unfalltod erzählt. Das dürfte ihre offizielle Version gewesen sein.«

Als die Polizisten vor der Wohnung von Adriana Bellinghaus aus ihrem Dienstwagen sprangen, klebte das Hemd schon trotz der Klimaanlage an ihnen. Sie hatten es eilig. Der Festnetzanschluss der Verdächtigen war permanent besetzt und das Handy ausgeschaltet. Da Flucht- und Verdunkelungsgefahr bestand, hatten sich die Polizisten darauf verständigt, dass Gefahr im Verzug sei. Nur mit dieser Begründung konnten sie sich Zugang zu der Wohnung verschaffen, wenn ihnen nicht geöffnet würde. Ein richterlicher Durchsuchungsbeschluss hätte viel zu lange gedauert.

Wie erwartet reagierte Adriana Bellinghaus nicht auf das Klingeln. Also sperrten die Kommissare mit einem Generalschlüssel die Haustür auf und eilten in den ersten Stock. Sicherheitshalber läuteten sie noch einmal, warteten kurz ab und verschafften sich dann auch Einlass in die Wohnung. Sie gaben sich zu erkennen und riefen laut nach Adriana Bellinghaus, aber es kam keine Antwort.

Ralf Mangel zückte seine Pistole und ging mit ausgestreckten Armen voran. Sicher war sicher. Sollte Adriana Bellinghaus tatsächlich die Mörderin sein, könnte sie sich überführt und in die Enge getrieben fühlen. Und das machte sie gefährlich und unberechenbar. Tischler verließ sich mehr auf ihre Nahkampftechnik und ihr Mundwerk, hatte aber nichts dagegen, dass ihr Kollege die Waffe im Anschlag hielt.

Schweigend drangen sie in das Wohnzimmer vor. Es war seit ihrem ersten Besuch kaum mehr wiederzuerkennen. Denn die Kommoden und Schränke standen offen, Unterlagen lagen verstreut auf dem Boden, das Sofa war zerwühlt. Hier hatte jemand etwas gesucht. Und diese Person war sicher nicht die Mieterin. Auf dem Wohnzimmertisch stand ein halb volles Glas Weißwein.

»Sie hat nicht ausgetrunken«, flüsterte Tischler. »Könnte sein, dass sie überfallen wurde.«

»Oder sogar entführt«, ergänzte Mangel.

»Oder entführt«, wiederholte Tischler und deutete mit dem Kopf an, sie sollten weitergehen.

Die Küche schien von der Durchsuchung unberührt. Offensichtlich hatte der Eindringling dort nicht das gesuchte Objekt vermutet. Allerdings lagen auf dem Küchentisch Handy und Festnetztelefon von Adriana. Und daneben deren Akkus.

Tischler und Mangel schlichen weiter zum Schlafzimmer. Vorsichtig nahm Mangel die Klinke in die Hand und öffnete dann blitzschnell die Tür. Doch auch dieser Raum war menschenleer. Und durchwühlt. Der Kleiderschrank war komplett ausgeräumt. Auf dem Bett und dem Boden stapelten sich Hosen, Pullover, Socken, Unterwäsche. Auch das Nachttischkästchen war durchsucht worden, eine Schublade lag herausgerissen auf dem Kleiderstapel.

»Da hat einer aber gewütet«, brummte Mangel.

»Und ich habe sogar eine Idee, was er gesucht hat.« Tischler wischte sich den Schweiß von der Stirn. In dem Schlafzimmer, das Fenster war lediglich gekippt, hatte sich die Hitze der letzten Tage angestaut.

»Und was?«, fragte Mangel nach. Bevor die Kommissarin antworten konnte, wurde ihre Unterredung jedoch unterbrochen. Sie vernahmen ein leises Stöhnen. Von einer Frauenstimme.

»Das kam aus dem Bad«, sagte Mangel und verließ das Schlafzimmer. Tischler ging ihm hinterher.

Die Tür zum Bad war nur angelehnt. Deshalb konnten sie auch das Stöhnen hören. Und es wiederholte sich. Vorsichtig öffnete Mangel die Tür und erschrak. Auf dem Vorleger neben der Badewanne lag Adriana Bellinghaus alias Jessica Blanck. Sie versuchte, mit letzter Kraft den Kopf zu heben. Ihr Gesicht war verschmiert von dem Blut, das von einer klaffenden Wunde auf der Stirn kam. Sie atmete schwer und brachte kaum mehr als ein Röcheln und Wimmern hervor.

Mangel rief sofort den Notarzt, während sich Tischler auf die Suche nach Verbandszeug machte. Der Anblick, obwohl sie weit Schlimmeres gewohnt war, hatte sie erschreckt. Die junge Frau sah erbarmungswürdig aus. Aus ihrem Gesicht war jegliche Farbe gewichen, die Haare klebten ihr strähnig an der Stirn. Wie lange mochte sie dort schon gelegen haben? Sicher einige Stunden, das Blut war bereits verkrustet.

Nachdem Tischler einen Erste-Hilfe-Kasten gefunden hatte, ging sie zurück ins Bad. Vorsichtig brachte sie Adriana in die stabile Seitenlage. Sie sprach der wimmernden Frau Trost zu und streichelte sie am Arm. Dann säuberte sie ihr behutsam die Wunde. Erst mit warmem Wasser, dann mit einem Antiseptikum, das Adriana vor Schmerz zucken ließ.

»Können Sie mir sagen, was passiert ist?«, fragte Tischler schließlich, als sie den Eindruck hatte, Adrianas Zustand würde sich stabilisieren. Doch die junge Frau schüttelte nur unmerklich den Kopf und fing an zu weinen. Daraufhin verlegte sich die Kommissarin wieder aufs Trösten.

Der Notarzt ließ nicht lange auf sich warten. Kurz untersuchte er Adriana, dann gab er ihr eine Beruhigungsspritze, und die Sanitäter legten sie behutsam auf die Trage, um sie abzutransportieren. Tischler bestand auf eine Befragung noch an diesem Tag, die ihr der Arzt jedoch nicht zusichern wollte.

Allein in der Wohnung führten die beiden Polizisten ihre Durchsuchung fort. Da es sich nun offiziell um einen Tatort handelte, riefen sie die Spurensicherung. Vor allem das Bad warf bei näherer Betrachtung jede Menge Fragen auf. So lag in der Ecke neben dem Waschbecken ein Gegenstand, der nicht dorthin gehört, und zwar eine Crêpepfanne. Tischler streifte sich Plastikhandschuhe aus Adrianas Verbandskasten über und drehte das Küchengerät um. Am Boden klebten dunkle kurze Haare und Blut.

»Adriana hatte hier im Bad eine Auseinandersetzung. Vermutlich mit einem Mann«, sinnierte Tischler und zeigte Mangel ihren Fund.

»Du meinst wegen der kurzen Haare?«

Tischler nickte. »Und ich bin mir sicher, sie gehören entweder unserem Freund Enrico DiCosta oder unserem unbekannten Vierten. Einer von den beiden hat Adriana aufgesucht, ist in die Wohnung eingedrungen und hat sie durchwühlt. Als er schließlich fand, was er suchte, schlug ihn Adriana mit einer Crêpepfanne nieder, was allerdings nicht reichte, den Eindringling auszuschalten. Er rappelt sich wieder auf und haut wiederum Adriana nieder. Dabei knallt diese gegen die Badewanne und bleibt bewusstlos liegen.«

»Klingt plausibel«, gab Mangel zu. »Aber wie sollen die erfahren haben, dass Adriana Bellinghaus eigentlich Jessica Blanck ist?«

»Ich vermute sogar«, fuhr die Kommissarin fort, »dass sie das gar nicht wussten.«

»Was wollten sie dann von ihr?«

»Darüber kann ich natürlich auch nur spekulieren, aber ich bin mir doch ziemlich sicher. Und ich denke, das Objekt der Begierde befand sich hier drin.«

Tischler deutete auf einen schwarzledernen Kulturbeutel im Waschbecken.

»Schau genau hin. Der Toilettenbeutel hat drei Fächer, allerdings sind nur zwei geöffnet. In dem mittleren schaut eine blaue Flasche Davidoff-Rasierwasser hervor. Dieselbe habe ich im Bad von Stefan Maar entdeckt.«

»Du meinst, das sind die Utensilien unseres ersten Opfers?«

Tischler nickte. »Und was der Eindringling suchte, befand sich in dem Seitenfach. Deshalb wurde das dritte auch gar nicht erst geöffnet.«

»Klingt logisch. Aber was die wollten, ist mir immer noch nicht klar. Jetzt spannst du mich auf die Folter. Darüber regst du dich bei mir immer auf.«

»Ja, du hast recht«, räumte die Kommissarin ein und fuhr dann fort. »Ich war mir relativ sicher, dass Stefan Maar ein Backup gemacht hat. Zumindest von seinem aktuellen Coup. Und das hat er bei seiner Freundin deponiert.«

»In seinem Kulturbeutel?«

»Warum nicht? Ein USB-Stick fällt zwischen Zahnbürste und Rasierpinsel nicht auf.«

»Und wieso soll der DiCosta oder seinen Kumpel so interessiert haben?«, fragte Mangel skeptisch.

»Zum einen wollten sie ihre Spuren verwischen. Da bin ich mir ganz sicher. Ein zweiter Aspekt drängt sich mir aber noch auf. Was ist, wenn sich Maar auf eigene Faust in einen PC eingehackt und etwas Belastendes gefunden hat. Beispielsweise über Tariks Ermordung.«

»Du mit deiner Theorie«, winkte Mangel ab.

»Dann hat er halt entdeckt, dass jemand ein paar Millionen unterschlagen hat.«

»Das lasse ich mir schon eher eingehen. Soll in Bayern ja gelegentlich vorkommen.«

»Der springende Punkt ist, dass ich glaube, Maar hat seine Mitstreiter nicht in seine Pläne eingeweiht. So bin ich davon überzeugt, dass Goran Randovic keine Ahnung hatte, wer ihm nach dem Leben trachtete.«

Mangel nickte. »Allein schon, weil er seinen Mörder bereitwillig in die Wohnung gelassen hat.«

»Richtig. Wenn nun aber DiCosta und unser Mr X das Backup haben, dann wissen sie vermutlich, wer ihre beiden Kumpel abgestochen hat.«

»Scheiße«, entfuhr es Mangel. »Dann ist ihnen klar, wer ihnen an den

Kragen will.«

»Das vermute ich auch. Und für sie gibt es nur eine Rettung: Sie müssen dem Mörder zuvorkommen.«

»Da jagen sich jetzt drei Leute und wollen sich gegenseitig killen. Und wir Deppen wissen nichts«, ärgerte sich Mangel.

»Ganz so schlimm ist es nicht«, beruhigte ihn Tischler. »Wir haben einige Spuren. Aber ich fürchte, wir haben nicht viel Zeit.«

»Eins ist mir allerdings bei deinem ganzen Szenario überhaupt nicht klar. Wenn der Mörder das letzte Opfer von Stefan Maars Hackerangriffen ist, wie passt dann Jessica Blanck in dieses Bild?«

»Ganz ehrlich, Ralf«, seufzte die Kommissarin. »Ich habe nicht den geringsten Schimmer.«

17

Die letzte Nacht war für Jesus ein voller Erfolg. Er hatte exzessiv mit alten Kumpels gefeiert. Wein und Bier waren im Überfluss vorhanden, sodass er und seine Jünger jede Menge Flaschen bunkern und ihre Vorräte aufstocken konnten. Außerdem gab es reichlich zu essen. Steaks, Käsekrainer, Kartoffelsalat, Knoblauchbaguette. Und als Krönung eines göttlichen Abends schaffte er es noch, die Freundin des Gastgebers zu einer schnellen Nummer im Gebüsch zu überreden. Rose war zwar eine heiße Braut, aber täglich Schweinsbraten war nicht sein Ding.

Seine Gefährtin hatte das allerdings spitzbekommen und ihm eine Riesenszene geliefert. Sie schrie so laut, dass die Nachbarn die Polizei verständigten. Bis diese eingetroffen war, hatten sich Jesus und Rose allerdings wieder lieb, was die anderen live mitansehen durften.

Verkatert, aber glücklich trafen sich die Obdachlosen gegen Mittag auf dem Monopteros. Wenig später tauchte ihr neuer Bruder auf. Columbo wurde von Jesus mit einer Umarmung empfangen, von den anderen allerdings eher frostig. Dass er eine Flasche Weißwein dabeihatte, besserte die Stimmung jedoch merklich. Nur nicht beim Berber. Er forderte Columbo auf, mit ihm mitzukommen.

»Willste ihn plattmachen?«, fragte Rose.

»Halt's Maul«, entgegnete der Berber, packte Mangel an seinem Mantel, den er trotz der schwülen Hitze anhatte, und zog ihn zum Abgang, der hinter in den Englischen Garten führte. Erst im Schatten der Bäume blieb er stehen.

»Du bist ein Scheißbulle«, krächzte er.

Mangels Leugnen war zwecklos.

»Ich habe dich gestern schon erkannt. Als wir bei dieser Tischler waren, habe ich dich in der Bullenstation gesehen. Die anderen aber nicht. Ich wollte dich nicht verraten, sondern mir einen Spaß daraus machen. Deshalb habe ich dich zum Klauen geschickt. Wir machen das nämlich normal nicht. Wir sind vielleicht Säufer und haben nicht die besten Manieren, aber wir sind keine Diebe. Nur Rose mopst immer wieder mal was. Aber zu sehen, wie ein Scheißbulle einen Geldbeutel klaut, das war für mich der Spaß des Jahres.« Laut lachte der Berber auf. Mangel dagegen lief rot an. Es war ihm hochnotpeinlich, dass er von Anfang an durchschaut worden war, dabei war er so stolz auf seine Verkleidung.

»Ich habe den anderen bis jetzt nichts verraten, aber ich will, dass du verschwindest.« Der Berber hatte wieder sein düsteres Gesicht aufgesetzt.

»Es tut mir leid«, entgegnete der Polizist, »aber das kann ich dir nicht versprechen. Denn ich muss euren Bruder Leonardo finden. Dringender als je zuvor.«

»Er war gestern da. Kaum warst du weg, ist er aufgetaucht.«

»Mist«, ärgerte sich Mangel.

»Er wollte sich von uns verabschieden, es wäre die Zeit gekommen, wieder in sein altes Leben zurückzukehren. So einen Scheiß laberte er daher. Wir haben ihm erzählt, dass wir bei der Polizei waren, er wollte sich aber auf keinen Fall stellen. Er hat was gesagt von wegen, er würde schon herausbekommen, wer seine Kumpel umgebracht hätte.«

Das bestätigte Tischlers Theorie, dachte sich Mangel.

»Ich habe ihm allerdings gestanden, dass wir einem Bullen gesteckt hätten, wo er wohnen würde. Die anderen haben gar nicht geschnallt, dass ich von dir geredet habe. Leonardo aber hat sich ziemlich eingeschissen und mich gefragt, woher ich wissen würde, wo er seine heimliche Wohnung habe. Dann habe ich das von der tollen Kirche und dem Apostel erzählt. Das hat ihn wohl beruhigt. Er hat abgewinkt und gegrinst. ›So erwischt mich keiner, ich hab mich mit dem Apostel getäuscht.‹ So was in der Art hat er gesagt.«

»Weißt du etwas Genaueres?«

»Pennerehrenwort. Ich hab keine Ahnung«, entgegnete der Berber. »Übrigens, er sieht wieder total spießig aus. Wie ein Versicherungsvertreter.«

»Wenn er sich wieder blicken lässt, meldest du dich.«

»Vielleicht. Aber du schleichst dich jetzt auf deine Bullenstation und lässt uns in Ruhe.«

Auf Tischler warteten einige Neuigkeiten im Kommissariat. Die Kollegen, die die Finanzen der Opfer überprüften, hatten herausgefunden, was Randovic mit seinem Anteil am Erlös bei den Erpressungen anstellte. Der Serbe unterstützte damit seine Familie in der alten Heimat. Monatlich flossen 3 000 Euro an die Sippe, die in einem kleinen Dorf in der Wojwodina lebten. Da sein Vater wegen eines Arbeitsunfalls schwer gehbehindert war, brauchten die einfachen Bauern die Unterstützung des Sohnes aus dem reichen Deutschland.

3 000 Euro, dachte sich Tischler, erhielt Randovic monatlich überwiesen. Der Schläger bekam also einen geringeren Anteil an der Beute als der Informatiker. Auch Erpresserbanden funktionierten nach marktwirtschaftlichen Kriterien.

Außerdem, und das bedeutete einen Durchbruch, konnte man eine Transaktion nachweisen. Endlich. Im Dezember des letzten Jahres hatte Maar 500 000 Euro erhalten und auf ein geheimes Konto eingezahlt. Das Erpressungsopfer, ein Mann namens Benny Schwamm, hatte sich offensichtlich nicht an die Zahlungsvorgaben Maars gehalten. Er bestand darauf, das Geld in bar zu übergeben, vermutlich weil er noch jede Menge Schwarzgeld besaß. Dennoch war er damals den Finanzermittlern aufgefallen. Doch man hatte nichts gegen Schwamm in der Hand, beobachtete ihn allerdings weiterhin. Als man bei ihm aufgrund der jüngsten Ereignisse nachhakte, gestand er, erpresst worden zu sein, verschwieg jedoch, aus welchen Gründen, und berief sich darauf, die Aussage verweigern zu dürfen, um sich nicht selbst zu belasten. Der Kommissarin war es auch in diesem Moment egal, welche Leiche Schwamm im Keller hatte. Er identifizierte auch Goran Randovic als den Mann, der das erpresste Geld abgeholt hatte. Schwamm hatte es sich nämlich nicht nehmen lassen, den Ort, an dem er den Koffer mit den 500 000 Euro deponieren sollte, mit einer Kamera zu versehen. Kein Wunder, Schwamm war ein erfolgreicher Filmproduzent.

Tischler runzelte die Stirn. Wieder ein Produzent. Erst Blanck, dann Schwamm. Konnte das Zufall sein? Wer sollte es auf diese Spezies abgesehen haben? Es sei denn … Tischler kam eine Idee. Sie erschien im ersten Moment abstrus, aber nicht völlig unmöglich. Auf jeden Fall wollte sie ihr nachgehen.

Im Büro zurück wusste sie nicht, was sie als Erstes erledigen sollte. Tausend Akten wollten studiert, tausend Dinge erledigt werden. Sie erteilte einige Arbeitsaufträge, einen an Vera Dresch, der diese erstaunte. Sie versprach jedoch, sich gewissenhaft darum zu kümmern. Dann fuhr die Kommissarin ins Magnol. Das hatte in den Sommermonaten ab 14 Uhr geöffnet, der Chef ließ sich jedoch nicht vor 19 Uhr sehen. Tischler wollte allerdings auch nicht Kron treffen, sondern einen seiner Angestellten. Diego, der junge Latino, war als Barkeeper der Wiedergänger von Enrico DiCosta. War es nicht denkbar, dass er auch dessen Stelle übernommen hatte und nun reiche Ladies verführte, die dann von Maar und Randovic erpresst wurden? Das würde den Fall in ein völlig neues Licht rücken. Dann hätte sich DiCosta geirrt und der vierte Mann, auf den es der Killer abgesehen hatte, wäre nicht er, sondern einer seiner Nachfolger. Und das Schwert der Rache wurde nicht wegen der Tragödie um Beatrice Blanck geschwungen, sondern wegen einer anderen Erpressung.

Der Garten des Magnol war bereits gut gefüllt. Eine bunte wie illustre Mischung an Menschen hatte sich eingefunden, um Aperol Sprizz und Weißwein, Radler und überteuertes französisches Mineralwasser zu trinken und damit die zunehmend schwüler werdende Hitze erträglicher zu gestalten. So fand die Kommissarin auch im klimatisierten Innenraum einige Gäste vor. Und Diego. Professionell mixte er einen Drink, als sich Barbara zu ihm setzte.

Sie bestellte eine Johannisbeerschorle und gab sich sogleich als Polizistin zu erkennen. Viele Menschen fühlen sich sichtlich unwohl und auf seltsame Weise schuldig, wenn sie mit einem Gesetzeshüter reden. So auch der junge Barkeeper, der überrascht fragte, ob er etwas falsch gemacht habe. Im selben Atemzug versicherte er, dass sein Visum in Ordnung sei und er sogar eine unbefristete Aufenthaltsgenehmigung erwarte.

»Ich wille heirate«, sagte er mit deutlich spanischem Akzent, bei dem ein lang gezogenes E die einzelnen Wörter verband. Und er erzählte, dass er wegen Magdalena, seiner großen Liebe, vor drei Jahren nach Deutschland gekommen sei.

»Magda werde im Herbst fertig mit die Studium. Und dann ist Zeit für Ehe. Werde balde 24, und in diese Alter hat meine Mama schon zwei Kinder.« Diego zuckte mit den Schultern und grinste dann. »Aber ich wolle noch üben ein paar Jahre.«

»Ist Magdalena nicht eifersüchtig, wenn Sie hier arbeiten? Ich meine, es sind jede Menge attraktiver Frauen hier, die auf einen hübschen Latino stehen?« Tischler beschloss, keine großen Umschweife zu machen, schließlich hatte sich die Frage aus dem Gespräch heraus ergeben.

»Si. Magda iste sehr eifersuchtig. Sie komme und hole mich ab jede Nacht, wenn ich habe Schluss.«

Diese Behauptung musste Barbara nachprüfen, denn sie machte ihre Theorie zunichte, Diego könnte Enricos Nachfolger als Verführer der Reichen und Schönen sein.

»Und Sie wollen nach der Hochzeit noch Barkeeper bleiben?«

»Si. Harry bezahle gut, mit Trinkgeld verdiene sogar sehr gut. An lange Abend 300 Euro, vielleicht mehre.«

Tischler rechnete die Angabe auf einen Monat hoch und kam sich grausam unterbezahlt vor. Sie wusste aber, dass sie keinen anderen Job machen wollte.

»Lydia Wollinger gibt sicher auch ein fettes Trinkgeld«, entgegnete Tischler.

»Si.« Diegos Miene hellte sich bei dem Namen sofort auf. »Sie trinke viel Champagner und iste sehr großzugig.« Dann legte er seine Stirn in Falten. »Aber iste nicht glucklich.«

»Wie kommen Sie darauf?«, fragte Tischler nach, die jedoch dasselbe Gefühl bei der Multimillionärin in spe hatte.

»Ich weiß nicht, wie solle sage. Sie meint, sie iste Schauspielerin, aber sie iste keine. Sie spielt Schauspielerin. Und die anderen Schauspieler spielen nicht mit ihr.« Tischler amüsierte sich innerlich ein wenig, weil der Latino kein richtiges »sch« sprechen konnte, also immer »Sauspielerin« sagte. Inhaltlich war seine Aussage aber Wasser auf ihre Mühlen. Lydia Wollinger und ihre gescheiterte Karriere, über das Problem hatte die Kommissarin schon nachgedacht. Und das behielt sie auf ihrem Schirm. Dann fragte sie ihn nach Goran Randovic, aber Diego gab vor, ihn praktisch nicht gekannt zu haben, sein Tod habe ihn jedoch sehr erschüttert. Stefan Maar dagegen war ihm geläufig. Und er wusste auch von dessen Beziehungskrise.

»Adriana was eine Woche allein in Urlaube und hat wenig gesproche mit Stefan. Er war wutend.« Diego beugte sich zu Tischler vor und flüsterte. »Und habe auch Streit mit Harry. Er schimpfe, Kron seie scharf auf Adriana.«

Mehr und vor allem Konkretes wusste Diego nicht zu berichten, weil sich die beiden Männer offensichtlich zu einer Aussprache verzogen hätten. Dass Kron tatsächlich mit Adriana angebandelt hätte, wies der Barkeeper brüsk zurück. Für seinen Chef galt – ganz im Gegenteil zu manchen Angestellten – die Devise, nichts mit den Gästen anzufangen. Tischler kam der Vorwurf auch absurd vor, also fragte sie nicht weiter nach.

»Und wie ist Harry Kron als Chef?«

»Super. Nur manchesmale …« Diego geriet ins Stocken. Er rang um Worte, wusste aber auch, dass er den Satz beenden musste, weil die Kommissarin nicht locker lassen würde. »Wie solle ich sage. Manchesmale er iste schwierig. Kann sein wegen Kleinigkeit impulsivo, ja aggressivo, dann komme er wieder und fahre mir durch Haare und streichle mich wie kleine Junge.« Allerdings erzählte Diego noch von seinem Arbeitgeber in einer Bar in Lima, wo er Magdalena kennengelernt hatte, wie grob und laut dieser war. Dagegen sei Harry Kron ein Chorknabe.

»Und Harry iste großer Kunstler.«

»Was macht er denn? Malen? Bildhauern?« Tischler wusste nichts von Krons Kreativität, aber so genau kannte sie ihn auch nicht.

»No. Er mache Fotos.« Dann zeigte Diego auf all die Bilder im Raum. »Iste alles von Harry.«

Tischler ließ ihren Blick umherschweifen. Die Fotos waren, soweit sie das beurteilen konnte, von hoher Qualität. Die Schärfe und Auflösung waren brillant, ebenso die Drucke. Aber auch die Motive. Kron kehrte das Innere seiner Modelle nach außen und präsentierte sie mit ihren Sehnsüchten und Ängsten, ihren Wünschen und Träumen. Doch plötzlich hielt die Kommissarin inne. Sie ging auf die Wand zu, an der sich die Toiletten befanden. Dort hing ein Bild mit einem Mann, der einen Schlüsselbund in der Hand hielt. Viele der Modelle hielten ein bestimmtes Accessoire aus ihrem Berufsleben. Und diesen Mann kannte sie. Mit ihm hatte sie gestern ein wenig geplaudert und geflachst. Es handelte sich eindeutig um den Beamten aus der JVA Werl. Nun wusste sie auch, warum ihr dieser so bekannt vorgekommen war.

Enrico DiCosta zitterte. Sein Kopf fühlte sich an, als habe er einen Mann mit einem Presslufthammer drin sitzen. Der Schlag mit der Crêpepfanne war hart, verdammt hart. Er hatte davon auf jeden Fall eine leichte Gehirnerschütterung davongetragen. Zu einem Arzt konnte und wollte er jedoch nicht gehen, zumindest noch nicht. Deshalb pumpte er sich mit Schmerztabletten voll, deren Wirkung aber noch ausblieb. Die Wunde selbst war nicht so schlimm und konnte mit einem größeren Pflaster abgedeckt werden.

Das Zittern hatte jedoch noch eine weitere Ursache. Er hatte Angst. Angst um sein Leben. Jemand brachte alle Mitglieder einer Bande um, der er nur kurz angehörte. Er hatte gebüßt, seine besten Jahre gebüßt. Damit musste nun Schluss sein. Es wurde Zeit für ihn, wieder in sein altes Leben zurückzukehren, allerdings musste er den Mörder entlarven. Der Polizei traute er das nicht zu. Zumindest nicht, dass sie es rechtzeitig schaffte. Dieser Bastard wusste offensichtlich, wer damals bei der unseligen Erpressung der Blancks beteiligt war. Aber er wusste nicht, wer ihn bedrohte. Ein ungleiches Spiel. Und dieser USB-Stick sollte die Karten neu mischen. Das Bild hätte Maar, dem alten Zocker, gefallen, dachte sich der junge Italiener. Er war selbst ein wenig von sich überrascht, wie schnell er das Büßergewand abgestreift hatte. Seine Schuld war getilgt. Er hatte einer Frau, einer leicht zu bezirzenden Frau, eine unvergessliche Liebesnacht bereitet und sie danach zur Kasse gebeten. Das war schändlich, aber was konnte er dafür, wenn ihr Mann deshalb ausrastete und sie im Drogenrausch abstach? Zu lange hatte er dafür Asche auf sein Haupt gestreut, nun musste er sich verteidigen. Und nötigenfalls den Killer zur Strecke bringen.

DiCosta saß in seiner spärlich eingerichteten Bleibe, die er seit seinen Jahren auf der Straße im Winter oder bei schlechtem Wetter, und davon gab es in cold old Germany genug, aufsuchte. Sie war ihm kostenlos überlassen worden, solange er Buße tun wollte. Der Laptop war allerdings erst gestern dazugekommen. Für so ein Gerät hatte er bislang keine Verwendung.

Ja, Enrico DiCosta zitterte, als das Gerät hochfuhr und er den USB-Stick anschloss. Er war mit TrueCrypt verschlüsselt, Enrico besaß jedoch alle Zugangsdaten.

Auf dem Stick befanden sich wie erwartet sechs Ordner. Sie waren mit Kürzeln und Datum versehen. Unter BB2011 musste er nicht nachschauen, tat es aber dennoch. Mit Genuss dachte er an die heiße Nacht mit Beatrice Blanck und sah sich ein wenig das Video an, das ihm wie ein Softporno vorkam. Er hatte zwar auch in den letzten Jahren nicht mönchisch gelebt, aber nicht mit der Regelmäßigkeit Sex gehabt, die sein Appetit verlangt hätte. Und nicht nur quantitativ, auch qualitativ ließen die letzten drei Jahre zu wünschen übrig. Die Szenemiezen oder aufgebrezelten Societyladies aus dem Magnol waren schon ein ganz anderes Kaliber als die abgestürzten oder romantischen Mädchen, die sich mit Obdachlosen einließen.

Nicht ohne Reue schaute er sich beim Liebesspiel mit Beatrice Blanck zu, schaltete das Video aber nach kurzer Zeit aus. Seine Kopfschmerzen ließen allmählich nach, sein Zittern nicht. Interessant war für ihn lediglich die neueste Datei, die Ordner zwei bis fünf beinhalteten die Coups, die das Trio nach seinem Ausscheiden landete und ihnen über zwei Millionen einbrachten. Gescheitert war nur der erste Versuch, das Drama mit den Blancks. Als Ausgleich hatte er von den anderen dreien die Notfallwohnung bekommen und ein kleines Taschengeld, wenn er etwas brauchte. Der Kontakt war über all die Jahre nicht abgerissen. Die anderen hatten seine Entscheidung respektiert, sich aber nach einer Zeit des Schocks vorgenommen weiterzumachen. Professioneller, anonymer und mit anderen Mitteln. Maar hackte sich in Computer und durchforstete sie auf illegale oder anrüchige Inhalte. Wurde er fündig, schaltete er die anderen ein, und sie entwickelten eine Strategie.

Normalerweise wählte der Kopf der Bande die Opfer aus. Allerdings drängte sich Maar immer mehr in den Vordergrund und wollte selbstständig entscheiden, wer gemolken werden sollte. Das hatte zu Verstimmungen geführt. Maar hatte darauf mit Alleingängen reagiert, die von den anderen beiden nicht goutiert worden waren. Das Zerwürfnis stand bevor, aber man raufte sich noch einmal zusammen. Persönlich motiviert hackte sich Maar allerdings vor einigen Wochen in einen Computer, wo er auf eine Bombe stieß. Er verriet den anderen jedoch nicht, um wen es sich handelte, offensichtlich war er unschlüssig, wie man mit dem oder der Ausgespähten verfahren sollte. Außerdem, davon war Goran überzeugt, hatte Maar Angst. Sogar höllische Angst. Deshalb schreckte er davor zurück, aus seinem Fund Kapital zu schlagen.

DiCosta öffnete also den jüngsten Ordner. Dort fand er nach dem Windows-Prinzip die Bibliotheken mit den Bildern, Dokumenten und Filmen. Maar hatte also den kompletten PC leer geräumt, auf dem Stick aber nur ausgewählte Dateien gespeichert. Unter Bilder fand DiCosta Ordner mit Männernamen. Er klickte einen mit dem Namen »Rodrigo« an und entdeckte einen jungen Mann, der ihm selbst nicht unähnlich war. Ein südländischer Typ mit vollen Lippen, die ein wenig ins Negride gingen. Er trug ein eng anliegendes, weißes Seidenhemd, das weit aufgeknöpft war und seine muskulöse, trotzdem noch knabenhafte Brust zeigte. Sein Blick war spöttisch von unten nach oben gerichtet, lasziv, selbstbewusst bis zur Arroganz. Ein junger Adonis, dem die Welt offen stand.

Bei den folgenden Fotos verlor der Schönling immer mehr an Kleidung, bis er schließlich nackt auf einer roten Felldecke lag und mit seinem erigierten Glied spielte. Gleichzeitig fasziniert und angewidert klickte sich DiCosta durch diesen Ordner. Das waren pornografische Aufnahmen, aber das Model dürfte zumindest an der Grenze zur Volljährigkeit gestanden haben. Außerdem handelte es sich lediglich um Onanieszenen, nicht um einen Geschlechtsakt.

Für wen sollten diese Bilder anrüchig sein, ja ein Mordmotiv ergeben, fragte sich DiCosta. Priester fielen ihm aufgrund der vielen Pädophilieskandale als Erstes ein, aber diesen traute er diese brutalen Morde nicht zu. Ein Lehrer, der seinen Schüler auf diese Weise fotografierte, würde seinen Job verlieren, mehr aber auch nicht. Waren das wirklich Gründe zu töten? Würde Maar Angst haben vor diesen Leuten? Kaum, Stefan war ein Mann mit starken Nerven, der nicht so schnell die Contenance verlor.

Auch »Ricardo« war ein hübscher Knabe, etwas muskulöser als »Rodrigo«, aber mit gröberen Gesichtszügen. Seine Posen waren nicht so filigran, so grazil, er streckte seine aufgepumpten Oberarme in die Kamera, erst angezogen, dann nackt, bis auch er schließlich onanierte. DiCosta klickte sich schnell mit abnehmender Erregung durch den Ordner und auch durch die folgenden mit den Namen »Lolo«, »Manuelito« und »Danielle«. In ihm reifte die Vorstellung, dass eigentlich nur ein gut situierter Mann, der in der

Öffentlichkeit stand und nach außen hin das Bild des liebenden Familienvaters pflegte, mit solchen Fotos erpresst werden konnte. Der bayerische Kultusminister, DiCosta hatte keine Ahnung, wie der hieß, wäre für ihn so ein Kandidat gewesen. Ihn hätten diese kompromittierenden Bilder privat und beruflich erledigt. Aber auch hier galt dasselbe wie bei seinen Überlegungen über die Priester: Maar hätte keine Angst vor einem Politiker gehabt, dieser aber vor ihm. Die bisherigen Bilder hatten auch keinen Aufschluss gegeben, wer sie gemacht hatte, DiCosta musste also weitersuchen.

Die nackten Jungs hatten den Hetero DiCosta ermüdet, und er hatte eigentlich keine Lust mehr, sich den letzten Ordner anzuschauen. »Prinz« unterschied sich von den anderen Jungs. Nicht vom Alter, das kam hin, nicht von seinem Aussehen, wenngleich er eindeutig arabischer Herkunft war, sondern von seiner Ausstrahlung. Sein Blick verriet eine tiefe, gleichzeitig von Melancholie und Hingabe geprägte Leidenschaft, wie man sie nur bei Menschen antraf, deren Seele vernarbt von Demütigungen, Entbehrungen und Peinigungen war, die aber dennoch einen unstillbaren Heißhunger nach Liebe und Erfüllung besaßen. Etwas faszinierte DiCosta an Prinz, sodass er sich die Fotos weiter anschaute, wenngleich es deutlich mehr waren als bei den anderen. Der junge Italiener wollte schon aufgeben, als auch das letzte Model mit dem unvermeidlichen Onanieren anfing, aber irgendetwas trieb ihn weiter und weiter. Bis zum letzten Bild. Enrico DiCosta stieß einen Schrei des Entsetzens aus. Der Anblick war zu grausam, die toten aufgerissenen Augen, das Blut, das ihm aus dem Hals quoll, in dem noch ein Messer steckte. Stefan Maar hatte also entdeckt, wer der Mörder von Prinz war, oder wie auch immer der Junge hieß, und hatte das mit dem Leben bezahlt. Das musste kein Lehrer, kein Pfarrer und auch nicht der Kultusminister sein.

18

Im Voralpenland hatten sich die Wolken zu Gewittern verdichtet, sodass man von jeder Dachterrasse in München wütende Blitze und einen unheilvoll drohenden Horizont erkennen konnte. In der Stadt selbst drückte die Schwüle zusehends aufs Gemüt. Auch Barbara Tischler, normalerweise nicht wetterempfindlich, fühlte sich angegriffen, vor allem verschwitzt. Die Bluse klebte an ihr, die Sommerhose kam ihr vor wie ein heißes Zelt. Aber sie mochte in der Arbeit nicht mit Shorts oder Rock herumlaufen, weil sie sonst einen Autoritätsverlust befürchtete.

Nicht nur die Hitze setzte ihr zu, auch die jüngsten Entwicklungen. Sie befürchtete, dass es in dieser oder in der nächsten Nacht zu einer Art Showdown zwischen dem Killer und der übrig gebliebenen Hälfte des Erpresserquartetts kommen würde. Und den galt es zu verhindern, es gab bereits genügend Leichen. Allerdings hatte sie keine Ahnung, wer sich duellieren würde und auch nicht, wo der Kampf stattfinden könnte.

Ferner beschäftigte sie ihre Entdeckung im Magnol. Was hatte die Fotografie des Beamten in Werl zu bedeuten? Harry Kron hat seinen alten Spezi Karl Blanck im Knast besucht. Das war klar. Tischler vermutete, der berühmte Gastronom könnte der Freund sein, dem der Produzent sein Herz ausgeschüttet hatte. Dann wüsste Kron über alles Bescheid. War er also der Rächer seines Freundes? Aber warum gerade jetzt? Außerdem kam ihr Blanck als geläuterter Sünder vor, der Abbitte leisten und sich nicht mit einem Rachefeldzug die Finger schmutzig machen will. Nein, das passte nicht zusammen. Vielleicht war der Produzent aber ein besserer Schauspieler als Lydia Wollinger.

Barbara traf Ralf Mangel vor der Werkstatt im Norden der Stadt. Heiko Fürstner betrieb sie mit einem älteren Freund, der den nötigen Meisterbrief in der Tasche hatte. Struppiges, strohiges Gras umkränzte den funktionalen Bau. Er bestand aus einer kleinen Halle mit zwei Hebebühnen, einem Lager und einem Büroraum. An der Nordseite standen mehrere Autos. Es handelte sich um VW Käfer aus den Siebziger- und Achtzigerjahren. Grüne, rote, gelbe, gepunktete und gestreifte mit blinkenden Felgen und blitzblanken Scheiben.

Barbara berichtete ihrem Kollegen von dem Bild. Dieser zeigte sich überrascht, für welch unbedeutende Kleinigkeiten sie sich mittlerweile interessierte. Mangel hatte Fürstner als Nummer vier der Erpresserbande fest im Visier und versprach eine Bombe, die er bei der Vernehmung hochgehen lassen würde.

Ihre Unterhaltung wurde jedoch jäh unterbrochen. Ein junger Mann in einem ölverschmierten Overall kam aus der Werkstatt und wischte sich seine Hände an einem Handtuch ab. Seine Frisur passte zu seinen Autos, sie stammte nämlich aus denselben Jahrzehnten des vergangenen Jahrhunderts, eine klassische Vokuhila, wie sie Tischler schon lange nicht mehr gesehen hatte. Der Pornoschnauzer fehlte allerdings, dafür hatte Fürstner einen Dreitagebart und einen goldenen Ohrring. Seine Augen waren verwaschen blau, sein Teint blässlich, aber er trug das Kinn nach oben gereckt und kaute auf einem dicken Kaugummibatzen herum.

»Na, wenn das nicht die angekündigte Kavallerie ist«, rief er laut aus. Dann streckte er Tischler und Mangel die Hand entgegen, vermutlich nur um sie ein bisschen ölig zu machen. Es ärgerte Barbara, dass sie aus Höflichkeit auf den Handschlag einging und nun nach Schmiere roch.

Mangel begann die Vernehmung mit einigen Routinefragen zu Maar. Er wollte ein Vertrauensverhältnis aufbauen und Fürstner erst einmal warm reden lassen. Dieser schwadronierte auch auf selbstgefällige Weise über heftige Abende im Magnol und den Thrill beim Pokern.

»Stefan war ein Gefrierschrank, ein Mann ohne Nerven. Hammer, da lagen 100 000 Mücken aufm Tisch und der bluffte mit einem Pärchen alle raus.«

Fürstners Schilderungen verfestigten das Bild, das die Polizisten von dem ersten Opfer hatten. Tischler hatte Schwierigkeiten, ihm zuzuhören, denn der Mechaniker kaute laut schmatzend auf seinem Kaugummi. Ein Geräusch, das die Kommissarin auf die Dauer verrückt machte.

»Kennen Sie Goran Randovic?«, fragte Barbara unvermittelt.

»Den Gorilla vom Eingang? Nein. Und ich will ihn auch nicht kennenlernen.«

Tischler stutzte. War Fürstner der einzige Mensch Münchens, der den grausamen Mord an dem gebürtigen Serben nicht mitbekommen hatte?

»Der Dreckskerl hat mich mal nicht reingelassen, nur weil ich ein bisschen Schmiere an den Pfoten hatte. Kommt mir mit dem Scheiß, heute nur für Stammgäste. Als wäre ich das nicht gewesen. In der miesen Pinte habe ich jede Menge Kohle versoffen. Gott sei Dank ist Stefan gekommen, sonst hätte ich dem Jugo eins übergezogen. Aber der hat dem Gorilla was gesteckt, und ich durfte rein.«

Fürstner wäre mit seiner Faust nicht einmal in die Nähe von Randovics Kinn gekommen, da wäre er schon im hohen Bogen auf die Straße geflogen.

Dessen war sich die Kommissarin sicher. Ansonsten wusste sie nicht genau, wie sie seine Aussagen einordnen sollte. Fürstner war ein Pokerspieler, die Kunst des Bluffens war ihm also vertraut. Tat er nur so, als habe er mit Randovic auf Kriegsfuß gestanden, weil er von seiner Komplizenschaft ablenken wollte? Tischler hatte ihre Zweifel, sah sich allerdings durch diese Anekdote darin bestätigt, dass Maar und Randovic miteinander speziell waren. Sie fragte Fürstner schließlich nach Lydia Wollinger, sehr zum Missfallen ihres Kollegen, der eigentlich die Vernehmung leiten wollte und sich hintergangen fühlte, es aber nur durch einen genervten Seitenblick zeigte.

»Wer soll das sein?« Tischler half ihm mit einer kurzen Beschreibung auf die Sprünge. »Ach, die Pute mit den Shakespeare-Zitaten!«, lachte Fürstner. »Die säuft Schampus wie ein Pferd.« Tischler schmunzelte innerlich über das schiefe Bild. »Mir ist diese doofe Nuss auf die Eier gegangen. Weiß nicht, die labert einfach so Scheiße daher. Aber Stefan hat sie gemocht und ein paar Mal mit ihr gequatscht. Nicht oft, meistens wenn es später wurde, also wenn man die Tür zumacht und quasi intim wird. Scheiße, Mann, was haben wir da an verrückten Partys in dieser verfickten Kaschemme gefeiert.« Fürstner lachte laut auf und gab einige zotige Anekdoten zum Besten, die Tischler wenig interessierten. Sie deutete Mangel an, sie habe noch eine Frage, worauf dieser nickte.

»Haben Sie mitbekommen, dass Stefan Maar und Adriana Bellinghaus in letzter Zeit Beziehungsprobleme hatten?«

»Scheiße, Mann, da hätte ich ja blind und taub sein müssen, um das nicht mitzukriegen. Die Alte war plötzlich voll die Zicke. Vorher so ein flotter Feger und Schmusekätzchen, und auf einmal wollte sie ihn nicht mehr ranlassen und war wegen dem kleinsten Mist sauer. Die ist sogar mal für ein paar Tage verschwunden. Einfach allein abgedampft. Ich hätte schon gewusst, wie ich das Biest zähme, aber Stefan war da der totale Warmduscher.«

»Und warum hat sich die Freundin plötzlich so seltsam benommen?«, fragte Mangel nach und grinste Tischler an. Er führte ihre Vernehmung weiter, schließlich hatte sie ihre letzte Frage gestellt.

»Keine Ahnung. Die Weiber reitet halt alle mal der Teufel, oder? Das sind die Hormone.« Tischler hätte ihm am liebsten den Kaugummi aus dem Maul geprügelt, hielt sich aber zurück. »Ich weiß nur, dass Stevie auf diesen Kron sauer war. Angeblich hat der seiner Alten was gesteckt, und darum war die plötzlich so ne Essiggurke.«

Tischler konnte sich denken, was ihr Kron erzählt hatte. Die ganze Wahrheit über ihr Familiendrama und damit auch über Stefan Maar. Kron kannte die Geschichte aus der Perspektive von Karl Blanck, und er hatte während der nächtlichen Ausschweifungen spitzbekommen, was Maar, Randovic, Di-Costa und ein Mr X so trieben. Vor ein paar Wochen hat er alles brühwarm Adriana Bellinghaus, die er von früher unter ihrem Mädchennamen kannte, erzählt. Doch warum? Was war der Anlass?

»Hatten Kron und Bellinghaus eine Affäre?«, fragte Mangel nach.

Fürstner schüttelte den Kopf. »Nie im Leben. Der Kron hat immer so getan, als würde er aus Prinzip keine Gäste flachlegen. Der wurde oft von Szenemiezen angebaggert und hat sie alle stehen lassen. Echt Klasseweiber. Denen hätte ich's allen besorgt.«

Tischler musste sich zusehends mehr bemühen, sich spitzer Kommentare zu enthalten.

»Und wie war das Verhältnis zwischen Kron und Maar in den letzten Tagen?« Barbara traute sich noch diese eine Frage, die Mangel mit einem Stirnrunzeln quittierte.

»So genau weiß ich es auch nicht. Hab ja keine Glaskugel. Stevie war so zwei Wochen was nicht im Magnol, aber vor ein paar Tagen wieder. Und da muss es wieder was gegeben haben. Ich bin erst später gekommen, weil ich noch ne Braut beglücken musste. Und dann haben sie mir erzählt, dass sich Stevie und Kron irgendwie in die Wolle gekriegt hätten. Stevie muss eine spitze Bemerkung über die Fotos in der Bar losgelassen haben, warum er denn nur Männer ausstellt. Irgendwie so was. Er wollte ihn halt anspitzen, warum er keine Weiber fotografierte. Daraufhin hat ihn Kron zu sich zitiert, und er muss ihm schön eingeheizt haben. Auf jeden Fall hat Stevie bald das Lokal verlassen, und Kron muss geschaut haben wie ein weißer Hai, der Blut gerochen hat.«

»Wann war das?« Tischler hatte schon ein schlechtes Gewissen, dass sie ihr Fragenbudget um zwei überzogen hatte, aber das musste sie noch wissen.

»Einen Tag vor seinem Tod. Ich weiß es genau, das war nämlich eine so geile Schnalle, die ich da in der Kiste hatte.« Fürstner erging sich noch kurz in Details über die Schärfe seines Gspusis, aber Mangel unterbrach ihn. Er wollte nun zu dem für ihn wichtigen Thema kommen, den Finanzen.

»Herr Fürstner, Sie haben einen recht aufwändigen Lebensstil.«

»Muss ich auch haben, sonst fahren die Miezen nicht auf einen wie mich ab.«

»Womit verdienen Sie Ihr Geld?«

Fürstner lachte auf und schmatzte dann noch ein wenig lauter auf seinem Kaugummi herum. »Sehen Sie das nicht? Mit meiner Werkstatt. Wir pimpen alte Käfer auf. Nur Originale, und die werden nach Wünschen des Kunden schön frisiert. Alles legal, können Sie gern nachprüfen. Das Geschoss da vorne«, Fürstner deutete auf einen roten Käfer mit einem weißen Streifen, auf dem die Zahl 6 stand, »macht 230 Sachen, wenn Sie das Gas bis zum Anschlag durchdrücken.«

»Und was kostet so ein Auto?«

»Mann, das könnt ihr Bullen euch nicht leisten«, winkte Fürstner spöttisch ab.

»Sie betreiben die Werkstatt mit Georg Zenger?«

»Klar. Schorschi hat den Meisterbrief, den braucht man hierzulande, um einen Betrieb aufzumachen. Und ich habe die Kohle, die Bude hier zu kaufen. So was nennt man Arbeitsteilung.«

Mangel korrigierte ihn und erklärte ihm das Prinzip der Arbeitsteilung, fuhr aber dann mit seinen Recherchen fort. »Finanziert wurde die Werkstatt jedoch nicht von Ihrem Vater oder Ihrem Privatvermögen, sondern von Stefan Maar. Ist das richtig?«

»Ja, er hat mir vor eineinhalb Jahren so was wie ein Darlehen über 100 000 Euro gegeben. Ist das ein Verbrechen?«

»Nein. Und vor neun Monaten erhielten Sie noch einmal dieselbe Summe.«

»Ja. So ein Betrieb braucht ne Zeit, um warmzulaufen. Mir saßen die Banken im Nacken, diese Schweine. Die geben nur Leuten Kohle, die es eh nicht brauchen. Da hat mir ein alter Kumpel ausgeholfen. Aber jetzt brummt die Bude.«

Tischler war völlig klar, auf was Mangel hinauswollte. Maar hatte Fürstner kein Geld geliehen, sondern ihm seinen Anteil an der Beute ausbezahlt. Vom Zeitrahmen würde es passen. Der Erlös der zweiten und dritten Erpressung wurde in Form eines Darlehens gegeben. Maar überwies sich das ergaunerte Geld als Monatslohn einer Scheinfirma, Randovic ließ sein Geld sofort nach Serbien transferieren, und Fürstner erhielt Geldspritzen für seine Werkstatt. Das war alles wasserdicht, perfekt geplant. Es gab keine Spur von Schwarzgeld. Maar wusch die Beute aus den Erpressungen und leitete sie über scheinbar legale Kanäle weiter. Das System hätte noch lange funktionieren können, wäre es nicht durch Maars Ermordung aufgeflogen.

»Fürstner ist unser vierter Mann«, sagte Mangel im Ton felsenfester Überzeugung. »Den nageln wir fest.«

Tischler seufzte. »Mach das, Ralf.«

»Hast du immer noch Zweifel?«, fragte Mangel leicht beleidigt zurück.

»Ja. Ich glaube, er mochte Randovic nicht und hätte mit ihm keine Bande gegründet.«

»Ich bitte dich!«, rief Mangel aus.

»Jaja, das ist dünn, ich weiß«, beschwichtigte die Kommissarin. »Aber Fürstner ist ein Edelproll, was soll der für eine Funktion gehabt haben?«

»Er kennt über seinen betuchten Vater und seine Werkstatt reiche Leute, die er ausspioniert und ihnen dann Maar auf den Hals hetzt. Oder auf den PC.«

Tischler wiegte den Kopf hin und her. »Kann sein. Aber ich glaube, dass das Magnol die Wiege der Bande ist und die Erpressungsopfer dort ausgesucht wurden. Und das von einem intelligenteren Wesen als diesem Fürstner. Von jemandem, der schlau genug ist, eine Bande zu gründen und perfide Erpressungen zu planen. Das erfordert Intelligenz, und zwar eine bösartige Intelligenz. Und die traue ich diesem Fürstner, sorry Ralf, einfach nicht zu.«

»Du bist auf dem Holzweg. Aber ich wette gern mit dir.«

»Okay, wenn ich gewinne, fliegst du Lucie persönlich nach Indien zurück. Oder von mir aus auch auf den Mond oder nach Beteigeuze.«

Mangel lachte. Es war ein versöhnliches Lachen. »Und wenn ich recht habe, dann bringst du Jesus und seinen Jüngern ein paar Flaschen Wein und eine Brotzeit und feierst mit ihnen.«

»Ist gebongt«, willigte Tischler ein und streckte Mangel die Hand hin.

Enrico DiCostas Kopfschmerzen waren zurückgekehrt und er fürchtete, keine Tabletten der Welt würden ihn davon befreien. Auch sein Zittern hatte sich wieder verstärkt. Der Anblick des toten Jungen hatte ihn traumatisiert.

Er vergrub sein Gesicht in seinen Händen und begann zu weinen. Warum hatte er sich damals nur zu dieser Erpressung hinreißen lassen? Es war das Geld, sicher, aber auch die Macht, das Gefühl, es diesen snobistischen Ladys, die meinten, sie müssten nur mit den Scheinen wedeln und er wäre ihnen zu Diensten, so richtig zu zeigen.

Niedere Beweggründe also, die er jahrelang bereut hatte. Und nun sah er sich von einem Killer bedroht, der grausam junge Männer abschlachtet und dazu noch einen nach dem anderen seiner alten Gefährten. Wann würde der Mörder ihn aufspüren? Wenn er wirklich das komplette Quartett kannte, würde er auch diese Wohnung in Erfahrung bringen. DiCosta kam zu der Überzeugung, dass er nur eine Überlebenschance hatte. Er musste dem Killer zuvorkommen. Allein schaffte er das nie. Doch er war nicht allein. Zu zweit hatten sie eine Chance. Aber nur eine kleine. Sie mussten ihn überraschen und umbringen. Und zwar noch heute. In dieser Nacht musste Blut fließen, und es sollte nicht seines sein.

DiCosta stand auf und ging unruhig in der Wohnung auf und ab. Er war aufgewühlt wie das Meer bei einem Taifun. Er sah die Unausweichlichkeit, den Killer, der ihnen auf den Fersen war, zu töten. Andererseits hatte er schreckliche Angst davor. Er war schon in der Schule einer, der nach Möglichkeit jeder Schlägerei aus dem Weg ging. Und wenn er bedachte, wie sehr ihn der Tod von Beatrice mitgenommen hatte, obwohl er bestenfalls mittelbar eine Mitschuld daran trug, dann wusste er nicht, wie er es über das Herz bringen sollte, einen Menschen kaltblütig zu ermorden. Vielleicht musste er ja auch nicht töten, vielleicht reichte es, wenn er ein wenig mithalf. Er musste nicht den Abzug betätigen, sie waren schließlich zu zweit.

Der junge Italiener ging in die Küche und nahm eine weitere Schmerztablette, schluckte sie mit einem Glas Leitungswasser hinunter. Dann schlenderte er zurück, stellte sich aber erst an das Westfenster. Von dort sah man Teile des Viktualienmarktes, wo das Leben den ganzen Sommer über tobte, wo Einheimische und Touristen Ochsenflecken aßen, Bier tranken und nicht eben billige, aber hochwertige Lebensmittel kauften. Enrico wünschte sich, er könnte einfach dort herumflanieren, mit Knoblauch gefüllte Oliven probieren, in Chiliöl eingelegte Garnelen oder überreifen Brie de Meaux. Und das Ganze mit einem Schluck kühlem Pinot Grigio hinunterspülen. Was gäbe er dafür, wieder ein normales Leben führen zu können. Aber wenn alles gut ging, war er morgen ein freier Mann, der sich nicht mehr verfolgt fühlen musste. Wenn es schlecht ging, war er jedoch ein toter Mann. Oder er saß im Gefängnis. Auch das war möglich, konnte jedoch vermieden werden, wenn man beweisen konnte, wer der Killer war und sich auf Notwehr hinausredete. Dabei fiel ihm ein, dass er vor Schreck nicht nachgeprüft hatte, von wem die Fotos stammten.

Also setzte er sich wieder an den Laptop, schloss die Bibliothek mit den Bildern und öffnete die mit den Dokumenten. Dort mussten sich Dateien finden, die einen Aufschluss auf den Besitzer gaben. DiCosta schaute unter »Briefe« nach, in der Hoffnung, diese seien zumindest teilweise mit Adresse oder Überschrift versehen. Er musste nicht lang scrollen, um den Namen des Besitzers zu entdecken. Und das dumpfe Unbehagen, das sich bei dem Gedanken an den unausweichlichen Mord einstellte, wuchs sich zu einem entsetzlichen Grauen aus.

19

Barbara Tischler sperrte die Bürotür zu, nicht ohne vorher sicherheitshalber noch ein »Nicht stören«-Schild anzubringen. Außerdem schaltete sie das Handy auf stumm und leitete die Anrufe auf Mangels Anschluss um. Sie wollte in Ruhe nachdenken, die vielen neuen Hinweise, Eindrücke und Informationen sacken lassen und darüber meditieren. Normalerweise fläzte sie sich dafür in ihren Stuhl und schloss die Augen. Das unterließ sie diesmal, weil sie fürchten musste, sonst einzuschlafen. Die letzten Nächte waren zu kurz. Die Müdigkeit spürte sie allerdings nicht, wenn sie Zeugen befragte oder sich mit den Kollegen beriet. Sehr wohl aber, wenn sie nur dasaß und nachdachte.

Fürstner passte, was die Finanzen anbelangte, perfekt als fehlendes Mitglied des Quartetts, aber nicht als Kopf der Bande. Was aber, wenn Maar der Chef war und sein Kumpel nur bestimmte Handlangerdienste verrichtete? Die Frage war nur, welche. Autos dürften bei den Erpressungen keine Rolle gespielt haben. Was also könnte Fürstner beigetragen haben? Die Kommissarin kam auf keine Idee, wollte ihn aber als Verdächtigen nicht ausschließen, zumal sie selbst keine heiße Spur hatte.

Tischler stand auf und ging in ihrem engen Büro auf und ab, als es behutsam an der Tür klopfte. Gereizt öffnete sie, verbiss sich jedoch einen spitzen Kommentar, als sie in das unsichere wie schuldbewusste Gesicht von Vera Dresch blickte, die sich sogleich für die Störung entschuldigte.

»Ich verzeihe dir nur, wenn du wichtige neue Nachrichten auf Lager hast«, sagte Barbara lächelnd.

Und damit konnte die junge Polizistin aufwarten. Fast ungläubig überflog die Kommissarin ein paar Papiere, lobte dann ihre Mitarbeiterin und machte sich aufbruchbereit. Vera Dresch nahm sie kurzerhand mit.

Als sie vor BavarImmo ankamen, hatten sich die ersten Gewitterwolken wieder Richtung Alpen verzogen, aber es blieb drückend schwül. Am Empfang kannte man Barbara schon und winkte sie einfach zum Büro des Chefs durch. Sie hatte sich telefonisch bereits angekündigt und nachgefragt, ob auch die Tochter im Hause sei. Als sie bei der Chefsekretärin, einer adretten, wenngleich etwas molligen Mittvierzigerin, ankam, hörte sie bereits laute Worte aus dem Büro.

»Sie werden erwartet«, sagte sie ernst. Dann stand sie auf und öffnete kaum hörbar die Tür.

»Wie sollst du jemals diesen Betrieb führen, wenn du dich nicht einmal auf der Baustelle durchsetzen kannst?« Der Firmenpatriarch hatte einen hochroten Kopf, und das nicht wegen der Hitze, der Raum war nämlich angenehm klimatisiert.

Lydia Wollinger war sichtlich den Tränen nahe und stammelte Erklärungen für ihre Probleme mit dem Polier, die ihr Vater als Gewäsch abtat.

»Was gibt's?«, herrschte er seine Sekretärin an, als er ihrer gewahr wurde, veränderte beim Anblick der Kommissarin aber sofort seinen Ton. Er entschuldigte sich für seinen Disput und bat die Polizisten herein.

»Ich hätte gern unter vier Augen mit Ihrer Tochter gesprochen«, sagte Tischler. »Meine Kollegin dagegen hätte ein großes Anliegen. Ich weiß, dass Sie ein viel beschäftigter Mann sind, aber vielleicht könnten Sie ihr behilflich sein.«

Gern kam Wollinger dieser Bitte nach und bot Vera Dresch einen Stuhl und ein Weißbier an, das diese dankend ablehnte. Die Tochter dagegen ging auf Tischler zu, krampfhaft darum bemüht, ihre Gesichtszüge nicht entgleiten zu lassen.

»Gehen wir in mein Büro«, schlug Lydia Wollinger vor. »Da ist es ruhiger.« Das war sicher als Scherz gemeint, Tischler ging jedoch nicht darauf ein.

Das Büro war ein Kontrapunkt zu dem des Vaters. Lydia Wollinger hatte einen Ficus und zwei Zimmerpalmen auf dem Boden stehen, die mit ihrem fröhlichen Grün eine angenehme Atmosphäre schafften. Außerdem hingen aufwändig gerahmte Filmplakate an den Wänden. Hollywood-Klassiker und zeitgenössische deutsche Produktionen. »Fack ju Göhte« war sogar mit einer Widmung versehen.

»Sie kennen Elyas M'Barek?«, fragte die Kommissarin, als sie das Plakat bestaunte.

»Jaja«, antwortete Lydia, sie klang aber nicht halb so selbstsicher, wie sie es vorhatte. »Wir Schauspieler sind eine große Familie.«

»Ach, wirklich?« Barbara klang bewusst spöttisch. Sie wandte sich mit einer schnellen Drehung Lydia Wollinger zu und schaute sie provozierend an. »Dann hat sie diese Familie offensichtlich zur Adoption freigegeben.«

»Was … was meinen Sie?« Sie blickte verstört und kniff die Augenbrauen zusammen.

»Dass Sie gescheitert sind als Schauspielerin.« Tischler verzichtete auf jegliches Feingefühl. Sie wollte verletzen und ihr Gegenüber in die Enge treiben.

»Es gibt kein Scheitern als Künstler«, entgegnete Lydia Wollinger trotzig, hob dann eine Hand und deklamierte: »Immer probiert, immer gescheitert, macht doch nichts. Versuche es wieder. Scheitere noch mal und scheitere besser. Samuel Beckett.« Lydia Wollinger lächelte. Sie hatte Tischlers Angriff gekontert und sich wieder in ihre Rolle eingefunden.

»Das glaube ich gern, dass Sie Beckett-Fan sind. Sie warten Ihr Leben lang auf Godot in Gestalt eines Agenten, der Sie entdeckt. Oder besser noch eines Filmproduzenten. Und wenn sie nicht gestorben ist, dann wartet sie noch heute«, sagte Tischler spitz und grinste spöttisch.

»Was erlauben Sie sich?« Lydia Wollinger war erzürnt. Bereits von den Vorhaltungen des Vaters zermürbt, verlor sie schneller wieder die Fassung, als ihr lieb war. Ein solch respektloses Verhalten von einer Polizistin hatte sie auch nicht erwartet. »Was wollen Sie denn von mir? Mich beleidigen?«

»Nein«, wehrte Tischler ab, zog dann aber die Augenbrauen hoch und meinte provokant. »Ein bisschen vielleicht.«

»Alle Beleidigungen, gnädigster Herr, kommen vom Herzen. Shakespeare aus Heinrich V. Und woher kommen Ihre?«

»Von meinen Recherchen«, entgegnete die Kommissarin nüchtern. »Ich will Ihnen eine kleine Geschichte erzählen.« Unaufgefordert setzte sich Barbara in den Besucherstuhl. Auch Lydia Wollinger nahm Platz.

»Dann lassen Sie mal hören. Ich bin ganz Ohr!«

»Es war einmal ein Mädchen aus reichem Elternhaus, nennen wir sie Lilli, damit sie auch einen Namen hat. Da sie das einzige Kind war, sollte sie den elterlichen Betrieb, der viele Millionen wert war, übernehmen.«

»Ein schweres Schicksal«, seufzte Lydia Wollinger sarkastisch.

»Ja, denn Lilli hatte keine Lust auf den Betrieb, übrigens eine große Baufirma.«

»Ich weiß nicht warum, aber das habe ich mir glatt gedacht.«

»Lilli graut es vor dem Gedanken, nach der Pfeife des patriarchalischen Vaters zu tanzen. Also will sie sich emanzipieren und schert sich nicht um ihr Erbe. Die Millionen können ihr gestohlen bleiben, damals zumindest.«

»Lassen Sie mich raten. Lilli entdeckt ihre künstlerische Ader und beschließt, Schauspielerin zu werden.«

»Sehr gut. Ich hätte Malerin vorgeschlagen, aber wir können gern variieren. Lilli wird leider nicht von der Otto-Falckenberg-Schule genommen, sondern von einer kleinen Privatschule, die so ziemlich jeden nimmt, der zahlen kann.«

Lydia Wollinger schüttelte den Kopf. »Stimmt nicht. Sie würde man aber mit Handkuss nehmen, so toll wie Sie Märchen erzählen können.«

»Jedes Märchen hat einen realistischen Kern«, entgegnete die Kommissarin. »Auf jeden Fall schwebt Lilli zweieinhalb Jahre lang in den Wolken und träumt von einer großen Karriere als Leinwandstar. Dann aber erlebt sie eine Bauchlandung. Alle größeren Bühnen schlagen ihr die Tür zu, beim Film wird diese nicht einmal geöffnet. Und warum?«

»Sie haben es schon gesagt. Wenn man nicht von einer dieser renommierten Institute wie der Otto-Falckenberg-Schule kommt, ist es schwierig, Fuß zu fassen.«

»Das redet sich Lilli ein. Die Wahrheit ist jedoch noch weitaus dramatischer. Sie hatte das schauspielerische Talent eines Grottenolms. Außerdem eine Nase, an der man drei Unterhosen zum Trocknen aufhängen könnte. Und bei den Speckröllchen um die Hüfte käme sie lediglich für eine Rolle als Michelin-Weibchen in Frage.«

»Sie sind ekelhaft«, schrie Lydia Wollinger. »Wie kommen Sie dazu, mich so zu erniedrigen?«

»Ach, das war doch nur ein Zitat. Oder haben Sie das vergessen?« Tischler kramte einen Zettel aus ihrer Aktentasche, strich ihn gerade und legte ihn auf den Schreibtisch. »Das hat Karl Blanck wortwörtlich zu Ihnen gesagt. Sie hatten bei einem Casting vorgesprochen, bei dem der Produzent persönlich anwesend war. Aber denken Sie sich nichts, er war sicher randvoll mit Koks und hat das alles nicht so gemeint.«

Lydia Wollinger blickte die Kommissarin mit funkelnden Augen an, aus denen purer Hass sprach.

»Obwohl wir zumindest noch einen zweiten Fall Blanck haben. Benny Schwamm war noch gemeiner. Als sie sich für eine Rolle als Liebhaberin bewarben, hat er gesagt, er würde lieber …«

»Einen Ochsenmaulfrosch ficken als mich. Danke, dass Sie mir meine schlimmsten Erniedrigungen um die Ohren hauen. You're welcome. Was habe ich getan, um das zu verdienen?«

»Sie haben Blanck und Schwamm erpresst. Der eine hat dabei nur Geld verloren, der andere aber seine Frau und im Prinzip auch sein Leben.«

Lydia Wollinger lachte hysterisch auf. »Jetzt erzählen Sie aber Märchen ohne realistischen Kern.«

»Warten Sie's ab, ich bin noch nicht fertig. Unsere frustrierte Lilli muss ihren Traum von der Schauspielkarriere allmählich begraben. Alles, was sie bekommt, sind schlecht bezahlte Rollen in Off-Theatern oder Bauernbühnen. Da ihr das Geld ausgeht, kehrt sie reumütig in den Schoß der Familie zurück, der Vater hält sie aber weiter finanziell kurz und lässt keine Gelegenheit aus, ihr Feuer unter dem Hintern zu machen und sie zu schikanieren.«

»Er ist nicht immer so wie eben«, schränkte Lydia Wollinger ein.

»Glaube ich durchaus. Aber kehren wir zurück zu Lilli. Sie ist besessen von der Schauspielerei und wird Stammgast im Magnol, wo viele Stars und Sternchen verkehren. Nur gibt sich kaum jemand mit dem gefallenen Theaterengel ab. Diese Schmach nagt an ihr, Stunde für Stunde, Minute für Minute und frisst sie innerlich auf. Bis sie irgendwann die Chance wittert, sich zu rächen. Denn sie lernt einen smarten Informatiker kennen, nennen wir ihn der Einfachheit halber Stefan Muur. Der hat einen aufwändigen Lebensstil, aber keine große Lust zum Arbeiten, dafür verbringt er seine Tage zockend in irgendwelchen Hinterzimmern oder vor dem Computer. Dieser Muur ist ein begnadeter Hacker. Und als Beatrice Blanck im Magnol auftaucht und hemmungslos mit dem jungen italienischen Barkeeper flirtet, nennen wir ihn der Einfachheit halber Enrico DaCosti, und Lilli bewusst wird, dass dies die Frau jenes Producers ist, der sie auf unerträgliche Weise erniedrigte, kommt ihr eine teuflische Idee.«

»Jetzt platze ich aber gleich vor Neugier«, meinte Lydia Wollinger sarkastisch.

»Erpressung. Enrico verführt Beatrice Blanck, alles wird auf Video aufgenommen und dann von Muur an die Frau geschickt mit dem Hinweis, sie solle zahlen oder man werde alles ihrem Mann verraten. Sollte sich eines der Opfer wehren, holt man sich sicherheitshalber noch einen Vierten ins Boot, einen schlagkräftigen Mann.«

»Nennen wir ihn der Einfachheit halber Goran Rondavic.«

»Ausgesprochen gelungene Namenswahl.«

»Auch gescheiterte Künstlerexistenzen lesen Zeitung«, meinte die junge Firmenerbin bitter. Tischler tat es fast leid, dass sie so grob zu ihr war, aber sie wollte sie provozieren, um sie aus der Reserve zu locken.

»Nur lief alles anders als geplant. Karl Blanck entdeckte die Erpressung und tötete seine Frau im Drogenrausch.«

»Das Märchen hat kein Happy End. Da bin ich aber enttäuscht.«

»Ich bin immer noch nicht fertig. Das neu formierte Erpresserquartett wird durch diese Katastrophe gesprengt. Der schöne, aber sensible Italiener geht zur Buße auf die Straße. Die anderen drei machen jedoch weiter.«

»Und wie? Verführt Stefan Muur jetzt die Schickeriamiezen?«

»Nein. Er hackt sich in den PC von bestimmten Leuten, bei denen etwas zu holen ist. Und zumindest in einem Fall hat auch Lilli eine offene Rechnung mit einem Opfer, und zwar mit Benny Schwamm.«

»Der mich so beleidigt hat, welch Zufall! Da hat es wohl nicht den Falschen getroffen«, grinste Lydia. »Das ist keine schöne Geschichte, die Sie mir da aufgetischt haben. Nur frage ich mich, welche Beweise Sie haben.

Vor allem natürlich gegenüber Lilli. Als Frau identifiziere ich mich ein wenig mit ihr.«

»Da habe ich schon einiges in der Hinterhand«, log Tischler. »Mein stärkster Trumpf ist aber Enrico, der schöne Italiener. Sie bieten ihm seit knapp drei Jahren eine Wohnung, in die er sich nach Bedarf zurückziehen kann. BavarImmo hat zahlreiche Immobilien, da können Sie problemlos eine unterschlagen und für sich nutzen. Meine Kollegin durchforstet gerade Ihre Bestände und ich bin mir sicher, in weniger als einer halben Stunde haben wir DiCosta.«

»Sie meinen DaCosti«, verbesserte Lydia Wollinger, die nun spöttisch, fast schon gehässig lachte. »Viel Spaß bei der Suche.«

Barbara Tischler hätte am liebsten mit dem Kopf gegen die Wand geschlagen. Sie hatte eben einen unverzeihlichen Fehler begangen, aus dem einfachen Grund, sie war sich zu sicher. Zu sicher, dass Enrico in einer Wohnung aus dem Bestand von BavarImmo versteckt war. Das selbstgefällige, höhnische Grinsen von Lydia Wollinger signalisierte jedoch, dass ihre Annahme falsch war. Und sie hatte der Verdächtigen ihren wichtigsten Trumpf verraten. Welch Anfängerfehler! Tatsächlich hatte sie nichts, aber wirklich gar nichts gegen Lydia Wollinger in der Hand. Keinen Beweis, nur Vermutungen und Schlussfolgerungen, die logisch waren, aber nicht stichhaltig.

Barbara Tischler riss sich am Riemen. Sie wollte um jeden Preis verhindern, dass ihr Gegenüber etwas über ihren Ärger erfuhr. Die Kommissarin stand auf und beugte sich über den Schreibtisch ganz nahe zu Lydia Wollinger, so dass es dieser unangenehm wurde und sie ein wenig zurückwich.

»Aber eines ist Ihnen nicht klar: Der Killer weiß, wo Enrico ist. Und er weiß, wo Sie sind. Wenn Sie reden, kriege ich Sie wegen Erpressung dran, aber ich kann Sie schützen. Wenn Sie aber meinen, Sie müssen mauern, dann kann ich nichts mehr für Sie tun. Und ich fürchte, morgen haben die Boulevardblätter eine schöne neue Schlagzeile mit einem Foto von Ihnen.«

»So viel Publicity für eine gescheiterte Schauspielerin?« Wollinger schüttelte affektiert den Kopf. »Das bin ich doch gar nicht wert. Vielleicht bringt mal jemand einen Artikel über gescheiterte Polizisten und den Mist, den sie von sich geben? Echter Bullshit!« Wieder grinste sie spöttisch. »Und jetzt verlassen Sie bitte mein Büro, ich habe zu tun.«

Tischler hob den Zeigefinger und deutete drohend auf Lydia Wollinger.

»Passen Sie auf sich auf.« Dann wandte sie sich um und verließ den Raum. Sie musste sich beherrschen, die Tür nicht laut zuzuknallen und den Metallkorb auf dem Gang nicht einfach über den Haufen zu treten, so wütend war sie über sich selbst. Ihre Laune besserte sich nicht, als Vera Dresch aus dem Chefbüro kam und Tischlers böse Ahnung bestätigte. Sie hatten den Bestand von BavarImmo durchforstet, aber keinen Hinweis auf eine leer stehende Wohnung entdeckt, die von der Juniorchefin als Refugium für DiCosta genutzt werden könnte.

»Egal. Dann müssen wir Enrico anderweitig finden«, sagte die Kommissarin trotzig. »Aber eins weiß ich sicher: Lydia Wollinger ist unsere Mrs X.«

Das Schwert war frisch geschliffen und behutsam eingeölt. Er konnte damit einen Apfel in eine Handvoll Ringe zerschneiden. Oder einen Kopf mit einem Schlag abtrennen. Dieser musste nur sauber und präzise durchgeführt werden. Seine Hand war ruhig, sein Atem flach, sein Puls war regelmäßig. Für ihn gab es keinen Zweifel, er würde diese letzte Schlacht heute schlagen und gewinnen. Die Würfel waren gefallen. Lydia Wollinger und Enrico DiCosta wussten, wer er war und warum er Stefan Maar töten musste. Und aus demselben Grund würden sie heute noch sterben. Durch kalten Stahl, der ihre Gurgeln durchbohrte. Allerdings wollte er sich nicht auf die Macht des Schwertes verlassen, es war nur das Instrument des Henkers. Er brauchte eine Distanzwaffe, denn Wollinger und DiCosta waren gewarnt, der Überraschungsmoment war dahin.

Am liebsten hätte er seine Armbrust genommen. Es handelte sich um die detailgetreue Nachbildung einer Waffe aus dem spätmittelalterlichen England. Doch sie war zu groß, zu auffällig. Seine Glock 9 mm dagegen passte problemlos in die Jackentasche und notfalls sogar in die Hose. Er war gerüstet. Nun musste er nur noch den Köder auslegen und warten, bis die Falle zuschnappte.

Als Barbara Tischler und Vera Dresch die Geschäftszentrale von BavarImmo verließen, fielen die ersten schweren Tropfen vom Himmel, Vorboten eines zornigen Gewitters. Die Kommissarin blieb kurz vor dem Auto stehen, hob den Kopf an und ließ sich das Gesicht vom Regen nässen. So kühlte auch der Ärger über sich selbst ein wenig ab.

Noch während der Fahrt kommandierte sie zwei erfahrene Polizistinnen ab, um Lydia Wollinger zu beschatten. Sie sollten sie nicht aus den Augen verlieren und ihr notfalls auf die Toilette folgen. Dann beantragte sie einen Haftbefehl für Enrico DiCosta. Dem Italiener konnte man, im Gegensatz zur Immobilienerbin, die Mittäterschaft bei einer schweren Erpressung nachweisen. Dazu war er dringend verdächtig, Adriana Bellinghaus überfallen und bestohlen zu haben.

Die Suche nach ihm verlief bislang erfolglos, was nicht verwunderte bei den unpräzisen Angaben und der damit verbundenen breiten Streuung möglicher Aufenthaltsorte. Doch man durfte nicht aufgeben. DiCosta selbst rechnete laut Aussagen des Berbers nicht damit, gefunden zu werden. Aber auch diese Selbsteinschätzung musste nicht richtig sein.

»Und ich war mir so sicher, dass Enrico in einer Wohnung von BavarImmo haust«, lamentierte Tischler.

»Ich auch. Allerdings ist mir ein Gedanke gekommen«, entgegnete Vera Dresch, während der Regen immer grimmiger auf die Windschutzscheibe eindrosch und die Scheibenwischer kaum mehr für klare Sicht sorgen konnten. »Stefan Maar hat sich ein paar Wochen lang um die Software der Immobilienfirma gekümmert. Es wäre für ihn ein leichtes Spiel gewesen, eine Wohnung gewissermaßen verschwinden zu lassen. Aus dem System, meine ich.«

Tischler nickte. »Das könnte hinhauen. Nein, das ist wirklich gut«, lobte sie ihre Mitarbeiterin. »BavarImmo hat eine freie Bude in bester Lage. Nach dem Desaster mit der Blanck-Erpressung beschließt der schöne Latino, zur Buße auf der Straße zu leben, aber letztlich ist er nicht hart genug, um das konsequent durchzuziehen. Also helfen ihm seine alten Freunde, indem sie ihm ein Refugium für kalte Nächte und regnerische Tage bieten.«

»Genau. Aber die Wohnung darf weder vermietet noch verkauft werden. Also muss sie aus dem Bestand getilgt werden.«

»Und wer könnte das besser erledigen als unser Stefan Maar, das Hackergenie. Wir schicken sofort zwei Computerexperten zu BavarImmo, die in den Tiefen der Firmen-EDV nach Spuren der verschwundenen Wohnung suchen sollen. Wir haben doch da ein paar Jungs, die das können.«

Wenige Minuten später war alles arrangiert. Ein Spezialist für Computerkriminalität würde gegen 17 Uhr bei BavarImmo aufschlagen, flankiert von einem Kollegen von der Betrugsabteilung, der sich parallel um die Bücher kümmern sollte, sollten diese frisiert sein. Diese Untersuchung war mit dem Seniorchef abgestimmt. Denn für einen Durchsuchungsbeschluss hätte die dünne Beweislage nicht ausgereicht. Das hatte zwar den Nachteil, dass auch die Tochter von der polizeilichen Maßnahme erfuhr und gewarnt wurde. Tischler hoffte auf den Nebeneffekt, dass diese Suche Lydia Wollinger aufschrecken würde. Aus Angst, die Polizisten entdeckten die Wohnung, würde sie ihren Schützling aufsuchen und zur Flucht überreden. Und dann würden sie zuschlagen. Das war Tischlers Kalkül. Die Schlinge um Enrico DiCostas Hals zog sich immer enger und bald würde er in der Falle sitzen.

Ralf Mangel konnte den antiseptischen Geruch in Krankenhäusern nicht ausstehen. Er bildete sich immer ein, er würde davon auf die Dauer unsäglich müde und könne kaum mehr die Augen aufhalten. Adriana Bellinghaus lag in einem Einbettzimmer im Krankenhaus rechts der Isar. Als Ralf Mangel sie besuchte, sah sie blass aus wie ein Schneeglöckchen im Januar. In ihrem rechten Arm steckte eine Kanüle, durch die eine Kochsalzlösung in ihre Blutbahnen floss. Ihre Platzwunde war genäht und mit einem weißen Pflaster bedeckt worden.

Mangel fand, dass sie so leidend wie am ersten Tag aussah, nur diesmal aus einem anderen Grund. Ansonsten glich sich die Szenerie. Wieder war ein Arzt anwesend, wieder war Adriana Bellinghaus eigentlich nicht in der Verfassung, drängende Fragen der Polizei zu beantworten, erklärte sich aber dennoch dazu bereit. Allerdings war es ihr Wunsch, nur mit Ralf Mangel allein zu reden, da ihr die Kommissarin zu fordernd und anstrengend sei. Da Barbara sowieso zu beschäftigt war, schluckte sie die Kröte und ließ ihren engsten Vertrauten die Befragung allein durchführen.

Zunächst schilderte sie die Ereignisse des gestrigen Abends. Sie berichtete, wie es klingelte und sich ein junger Latino Eintritt verschaffte. »Ich hatte von Beginn an ein beklemmendes Gefühl. Aber was hätte ich tun sollen?«

Mangel gab ihr ein paar Tipps zur Verbrechensprophylaxe und bestärkte sie darin, energischer gegen unerwünschte Gäste vorzugehen. Daraufhin erzählte sie, wie der Eindringling ihr die Telefone abnahm und die Akkus daraus entfernte.

»Da war mir klar, dass dieser Abend für mich böse enden würde. Ich glaubte und glaube es immer noch, dass es sich um den Mörder von Stefan handelt.« Hier konnte Adriana nicht mehr an sich halten und fing an zu weinen. Mangel beruhigte und tröstete sie, bis sie sich schließlich wieder gefangen hatte.

»Er sah mich mit bösen, kalten Augen an und drohte mich umzubringen, wenn ich einen Mucks von mir geben würde«, fuhr die junge Frau fort.

»Womit? Hatte er eine Pistole oder ein Schwert dabei?«

»Wie?« Adriana schien verwirrt ob der Nachfrage. »Ein Messer. Er hatte ein Messer dabei.«

»Was für ein Messer? Entschuldigen Sie, aber das interessiert mich persönlich. Ich habe selbst eine große Sammlung an Messern, darunter auch einen türkischen Dolch aus dem 15. Jahrhundert.«

»So genau habe ich nicht aufgepasst.«

»Eins zum Aufschnappen wahrscheinlich ohne feststehende Klinge.«

»Ja«, bestätigte Adriana. »So eins hatte er. Auf jeden Fall durchwühlte er systematisch meine Wohnung. Und ich musste immer in seiner Nähe bleiben.«

»Was suchte er?«

»Einen USB-Stick oder eine externe Festplatte von Stefan.«

Das Backup, dachte sich Mangel, wie es Tischler auch vermutete. Er hob es nicht in seiner Wohnung und nicht in einem Schließfach auf, sondern in seinem Kulturbeutel, den er bei seiner Freundin deponiert hatte.

»Und nachdem er meine Wohnung auf den Kopf gestellt hatte, war er im Bad fündig geworden. Ich bekam es mit der Angst zu tun, denn ich dachte, jetzt, da er hatte, was er wollte, würde er mich töten. Also nutzte ich seine Unachtsamkeit, er war nämlich völlig auf seinen Fund fixiert, und schlich mich weg. Blitzschnell bin ich in die Küche, schnappte mir die Pfanne, die auf der Anrichte stand, lief zurück und schlug sie ihm über den Kopf. Ich war mir sicher, dass er k.o. war. Er ging zwar stöhnend zu Boden, doch richtete er sich wieder auf und blickte mich hasserfüllt an. Ich hatte schreckliche Angst, dass er mich töten würde, aber er schlug mir mit der Faust ins Gesicht, sodass ich umfiel und mit dem Kopf gegen die Badewanne knallte. An mehr kann ich mich nicht erinnern.« Den letzten Satz hauchte Adriana Bellinghaus nur noch.

»Sie können von Glück sagen, dass wir gekommen sind«, sagte Mangel.

»Sonst hätte die Geschichte ein böses Ende für Sie nehmen können.« Dann öffnete der Polizist seine Aktentasche und zog ein Foto von Enrico DiCosta heraus, das er Adriana vorlegte. »Ist das der Mann, der sie gestern überfallen hat?«

Die Patientin nahm das Bild in ihre rechte Hand und erschauderte. »Ja«, flüsterte sie ängstlich, »das ist er. Dieses Schwein. Ich …« Sie brachte keinen Ton mehr heraus. Mangel musste sie erst einmal beruhigen. »Wer ist das?«, fragte sie schließlich.

»Das ist ein junger Italiener, dessen Namen ich nicht verraten darf. Aber er steht im Verdacht, dass er bei der Erpressung Ihrer Eltern vor drei Jahren mitwirkte?«

Adriana sah ihn erstaunt an und schüttelte ungläubig den Kopf. »Wovon reden Sie?«

Mangel erklärte, sie wüssten, dass Adriana Bellinghaus nicht ihr richtiger Name sei und sie eigentlich Jessica Blanck heiße.

Die junge Frau senkte den Blick und sogleich schossen heiße Tränen aus ihren Augen. Schluchzend schlug sie die Hände vors Gesicht und wandte sich von Mangel ab. Sofort schritt der Arzt ein und wollte die Befragung beenden, aber Adriana trocknete ihre Wangen und richtete sich wieder auf.

»Ist schon in Ordnung«, sagte sie, fuhr aber vorwurfsvoll fort. »Nur, wieso müssen Sie mich mit dieser alten Geschichte jetzt quälen? Haben Sie eine Ahnung, wie schmerzvoll es war, meine grausam ermordete Mutter zu sehen und dazu den Vater, der ein blutiges Schwert in der Hand hielt? Ich wollte nicht die Tochter des Samuraimörders sein, deshalb habe ich mir einen neuen Namen zugelegt. Ich wollte nur noch weg und vergessen.«

»Wollen Sie damit etwa behaupten, Sie wüssten nicht, dass Ihr Freund Mitglied der Bande war, die Ihre Mutter erpresste und die damit zumindest mittelbar an der Tragödie schuld war?«

Ungläubig starrte ihn Adriana Bellinghaus an. Ihre Augen waren blutunterlaufen, ihr weißes Gesicht lief plötzlich rot an.

»Was bitte reden Sie da?« Sie keuchte und wurde immer lauter. »Mein Stefan? Er soll nicht nur mich betrogen haben mit seiner Arbeit, sondern auch noch Mama erpresst haben?« Die junge Frau atmete immer schwerer und fing schließlich an, hysterisch zu schreien. »Sie sind doch verrückt. Ihr seid doch alle total verrückt. Und ich soll das gewusst haben?« Sie krallte ihre Hände an den Kopf und verfiel in ein schrilles Kreischen. Sofort schritt der Arzt ein und beruhigte Adriana. Zugleich wies er Mangel an, den Raum sofort zu verlassen, die Patientin brauche Ruhe. Der folgte der Aufforderung nicht ungern, da ihn heulende Frauen immer in Verlegenheit brachten und er nie recht wusste, was er tun sollte. Außerdem hatte er genug gehört.

20

Barbara Tischler war von den wenigen Metern, die sie im Regen vom Parkplatz zum Kommissariat zu gehen hatte, klatschnass geworden und rubbelte sich erst einmal mit einem einfachen Handtuch trocken. Sie musste nun ruhig bleiben und einen kühlen Kopf bewahren. Je länger sie über die Situation nachdachte, umso sicherer war sie sich, dass die Nacht der Nächte bevorstand, in der der Killer versuchen würde, die noch lebende Hälfte des Erpresserquartetts zu töten. DiCosta und Mr X aber vorgewarnt waren und vermutlich wussten, mit wem sie es zu tun hatten, würde diese letzte Konfrontation in ein blutiges Duell ausarten, das sie unbedingt verhindern musste. Nur wusste sie nicht, an welchem Ort der Showdown über die Bühne gehen würde und auch nicht, welche Protagonisten daran beteiligt wären. Ihr blieb nichts anderes übrig, als Lydia Wollinger zu beschatten, in der Hoffnung, sie würde die Polizei unbewusst zu der Konfrontation führen.

Oder sie würden Enrico DiCosta finden. Die Kommissarin stöberte in ihrem Papierhaufen auf dem Schreibtisch nach Mangels Protokoll von dem abschließenden Gespräch mit dem Berber. Zu ihrer Verwunderung fand sie es auch nach kurzer Suche. Darin stand, DiCosta sei beruhigt gewesen, als er von der Geschichte mit der tollen Kirche und dem Oberapostel gehört habe. Er sagte sinngemäß, so erwische man ihn nicht, er habe sich mit dem Apostel getäuscht. Damit war diese Spur auch erkaltet. Oder nicht? Tischler erinnerte sich an diese seltsame Angabe, zwei Wochen im Jahr wäre dort die Hölle los, es sei laut, aber noch nicht so kalt, dass er die Wohnung bräuchte. Spontan hatte sie damals sofort an das Oktoberfest gedacht. Zwei Wochen lang befinden sich die angrenzenden Viertel im Belagerungszustand und mutieren zur größten öffentlichen Toilette Mitteleuropas. Gleich neben der Theresienwiese steht die Paulskirche. Der neugotische Bau zählt zu den spektakulärsten und schönsten Kirchen Münchens. Was wäre, wenn DiCosta versehentlich Paulus als Oberapostel bezeichnet hatte und seinen Irrtum später eingesehen hätte? Dann würden alle seine Aussagen Sinn ergeben. Sogleich griff Tischler zum Telefon, zog alle Suchtrupps von den Peterskirchen ab und schickte sie ins Westend und die Ludwigvorstadt, wo sie alle Häuser mit Blick auf die Paulskirche nach DiCosta absuchen sollten.

Dann beschloss sie, das Chaos auf dem Schreibtisch zu bekämpfen und die einzelnen Mitteilungen, Akten und Berichte zu sortieren. Dabei teilte sie in unwichtig, das war vor allem bürokratischer Kram, den sie nach Abschluss der Fälle noch erledigen konnte, bekannt und unbekannt. So fand sie von einem Waffenladen in Schwabing eine Liste mit Personen, die bei ihnen das seltene Nugui-Öl bezogen. Tischler überflog das Papier und stolperte über einen bekannten Namen. Das konnte Zufall sein, purer Zufall. So wie sie es bei diesem Fall schon gewohnt war. Nichts musste etwas bedeuten, nichts ergab einen handfesten Beweis. Aber wofür brauchte Harry Kron ein spezielles japanisches Waffenöl? Die Antwort wollte sie am liebsten aus seinem Mund hören.

Da war er wieder, dieser Blick. Dieser gnadenlose Blick, der sie wie ein Pfeil durchbohrte und dem sie ihr Leben lang nicht standhalten konnte. Immer zwang er sie in die Knie, nur damals nicht, als sie sich für die Schauspielschule einschrieb. Am liebsten hätte sie seinen Weißbierstutzen genommen und gegen die Wand geworfen, doch Lydia Wollinger war wie gelähmt.

»Beschämend? Das soll beschämend sein? Ich sage dir mal, was beschämend ist. Wenn die Polizei bei einem auftaucht und behauptet, meine Tochter hätte sich eine Wohnung von uns gezwickt, um einem Penner und Kriminellen darin Unterschlupf zu gewähren. Das ist beschämend.« Claudius Wollinger blickte sie streng und unerbittlich an. Diskussionen mit dem Familienpatriarchen, der bei Freunden und Bekannten als leutseliger wie amüsanter Zeitgenosse bekannt und beliebt war, erübrigten sich.

»Nein, Papa, dass du den Bullen mehr glaubst als deiner Tochter, das ist beschämend und macht mich zutiefst traurig«, entgegnete Lydia mit bebender Stimme. Sie kämpfte mit ihrer ohnmächtigen Wut, gleichzeitig aber auch mit den Tränen. Diesen Triumph wollte sie ihm nicht gönnen. Diesmal wollte sie sich nicht unterkriegen lassen, keine Schwäche zeigen. Doch sie spürte, wie mit jeder Sekunde ihre Widerstandskräfte schwanden.

»Wenn du nichts zu verbergen hast, musst du keine Angst haben. Wenn du mich aber hintergangen hast«, Claudius Wollinger zog die Mundwinkel nach unten, kniff die Augen zusammen und erhob drohend den Zeigefinger, »wenn du mich wie so oft schon wieder enttäuscht hast, dann Gnade dir Gott.«

Lydia lachte bitter auf. »Wieder enttäuscht. Ja, mein ganzes Leben lang habe ich dich enttäuscht. Und weißt du warum? Weil ich eine Frau bin und nicht der weißbiersaufende, hemdsärmelige Sohn, den du dir immer gewünscht hast. Ich bin's einfach nicht.« Nun schoss doch eine Träne über ihre Wangen. Schnell wischte Lydia sie ab, doch nicht schnell genug, dass es der Vater nicht bemerkt hätte.

»Kommt jetzt wieder die Heulnummer?«, stöhnte er genervt. »Die kannst du bei deiner Mutter abziehen, bei mir zieht die nicht.«

Wie oft hatte Lydia solche Sätze schon gehört? Die alte Leier, immer und immer wieder. Das war die Tragödie ihres Lebens, dass sie es nicht geschafft hatte, ihrem dominanten Vater zu entfliehen. An Fluchtversuchen hatte es nicht gemangelt, doch sie waren allesamt jämmerlich gescheitert. Immer wieder musste sie aufgeben und in ihr elterliches Gefängnis zurück. In diesem Moment wurde ihr eins klar: Sie hasste ihren Vater. Abgrundtief und unüberwindlich. Und sie wünschte sich nichts sehnlicher als seinen Tod.

Als sie sich selbst dabei ertappte, wie sie sich in Mordfantasien erging, klopfte es an der Tür und die Sekretärin streckte ihren Kopf herein, um zwei Polizisten für die geplante Untersuchung anzukündigen.

Er war nicht erreichbar. Das Handy war ausgeschaltet, am Festnetz meldete sich nur der Anrufbeantworter, und im Magnol bekam Tischler die niederschmetternde Auskunft, der Chef sei vor einer Stunde im Restaurant gewesen, aber nur kurz, dann habe er sich für diesen Abend krank gemeldet. Harry Kron war verschwunden. Er konnte sich in Ruhe auf den Showdown vorbereiten und DiCosta und Lydia Wollinger töten. Oder wahlweise auch Heiko Fürstner, der als Vierter im Bunde noch in Frage kam und von Mangel favorisiert wurde. Eine Fahndung konnte Tischler nicht herausgeben, da sie keine Beweise in der Hand hatte. Wo könnte sich Kron aufhalten? Sie musste unbedingt seine Familie und seinen Freundeskreis überprüfen. Sogleich wies sie einige Kollegen an, die betreffenden Personen zu kontaktieren und ihnen mitzuteilen, wenn sich Kron bei ihnen meldete.

War es möglich, dass Kron der mysteriöse Lover von Tarik war, seine Chrysantheme? Mit dieser Blume hatte er ihn offensichtlich verglichen. Tischler dachte an die Bemerkung von Stefan Maar, mit der er Kron so provoziert hatte. Warum er nur Männer aufhänge. Und keine Frauen, so dachte man sich den Satz zu Ende. Was aber, wenn Maar sagen wollte, und keine Jungs? Denn er hatte Krons Computer gehackt und dort Fotos von jugendlichen Liebhabern entdeckt.

Das war nicht weit hergeholt, sondern durchaus realistisch, zumal Kron auch Diego wohl öfter über das Haar strich, als diesem lieb war. Der berühmte Gastronom stand also offensichtlich auf Jungs und junge Männer südländischen Typs.

War es aber möglich, dass Kron so unvorsichtig war und belastendes Material auf seinem PC hatte? Warum nicht? Niemand hatte ihn in Verdacht. Außerdem gab Kron Tischler gegenüber seine Leidenschaft für Film und Fotografie zu. Hatte er nicht einmal philosophiert, der Moment sei so flüchtig, das Leben ein wilder Strom, wenn er aber filme, dann gefriere er einen Moment ein. Und dieser Moment bleibe, auf Zelluloid oder auf Festplatte. Das hatte Kron gesagt.

Er lässt also belastendes Material auf seinem Computer, vielleicht sogar Bilder vom Mord, und Maar entdeckt das. Denn er ist wütend auf Kron, weil der, seiner Meinung nach, seine Freundin gegen ihn aufhetzt. Dann lässt Maar durchblicken, was er entdeckt hatte, und unterschreibt damit sein Todesurteil. Kron kennt das gesamte Quartett und beschließt, alle zu töten, er kann schließlich nicht wissen, wer noch von dem Hackerangriff in Kenntnis gesetzt wurde.

Und genau hier kommt meine Theorie wieder ins Straucheln, dachte sich Tischler. Warum vier? Auf Enrico DiCosta kann er normal nicht aus sein, der hat zu dem fraglichen Zeitpunkt unter Brücken gelebt. Gibt es also doch einen Nachfolger für ihn? Und der zweite Einwand betrifft den Mord an Randovic, für den Kron ein wasserdichtes Alibi hat. Sollte Kron also Maar umgebracht haben, dann muss jemand den Serben nach demselben Schema getötet haben. Der Gastronom hätte also einen Komplizen.

Schnell wühlte sich Tischler durch den Aktenberg und schnappte sich die beiden medizinischen Berichte, um sie zu vergleichen. Ausführlich studierte sie die Angaben und kämpfte sich durch die Fachbegriffe. An den Armstümpfen bei Randovic gab es mehrere Schnitte, bei Maar nur einen. Das heißt, der Mörder musste bei dem Serben mehrfach mit dem Schwert zuschlagen, während es bei Maar ein einziger sauberer Cut war. Auch die Einritzungen auf der Brust waren bei Randovic oberflächlicher, also weniger tief. Der Täter ging bei dem zweiten Opfer eindeutig mit weniger Kraft zu Werke. Oder die Täterin. Obwohl sie beide Berichte bereits ausgiebig studiert hatte, waren ihr diese Unterschiede nicht aufgefallen, sondern erst als sie nach Hinweisen auf einen anderen Täter suchte.

Schnell durchforstete sie auch noch den Bericht der Spurensicherung und entdeckte auch dort ein Detail, das sie stutzig machte. In der Toilette fanden sich Spuren von Erbrochenem. Da die Speiseröhre des Toten bei der Obduktion aber gewissermaßen sauber war, ging man davon aus, dass sich ein Gast, ob gebeten oder ungebeten, in Randovics Wohnung übergeben hatte. Krons Komplize oder Komplizin war kein erfahrener Killer, sondern ein Mensch, der zum ersten Mal in seinem Leben getötet hatte und danach erbrechen musste.

Mitten in ihre Überlegungen geschah etwas Unerwartetes. Ihr Handy meldete sich und zeigte einen Anruf von Harry Kron an.

»Was gibt's?«, fragte der Gastronom mit gepresster Stimme. »Sie haben es bei mir versucht.«

Tischler bejahte, musste sich aber erst einmal sammeln. Sie hatte nicht mehr mit dem Telefonat gerechnet, sondern war davon ausgegangen, dass Kron abgetaucht war.

»Ich bin beim Arzt. Blinddarmreizung. Ich habe schon spaßigere Momente erlebt, glauben Sie mir. Und der Doc meint, ich soll heute Nacht zur Beobachtung hierbleiben. Vorsichtshalber.«

»Die haben Betten bei dem Arzt?«, fragte Tischler überrascht. Im Hintergrund hörte sie den üblichen Praxisbetrieb mit Patienten an der Rezeption, klingelnden Telefonen und gestressten Sprechstundenhilfen.

»Ja, ist eine große Gemeinschaftspraxis. Da müssen die heute mal ihre Daiquiris ohne mich mischen. Aber Sie haben mir immer noch nicht verraten, was Sie von mir wollten. Sie wollten sich bestimmt nicht nach meinen

Zipperlein erkundigen.« Kron klang leidend, daran gab es keinen Zweifel. Aber war er wirklich krank? Wenn er über Nacht in der Praxis bliebe, würde das Tischlers komplette Vermutungen über den Haufen werfen.

Dann fragte sie ihn nach dem Nugui-Öl.

»Warum ich das benutze? Ganz einfach, weil es das beste Pflegemittel für alte Waffen ist. Und davon besitze ich einige: eine herrliche Armbrust, ein Hellebarde aus dem 16. Jahrhundert und ein altes Samuraischwert. Warum? Sie glauben doch nicht, dass ich etwas mit dem Tod von Stefan und Goran zu tun habe?«

»Wie kommen Sie darauf?«, fragte Tischler misstrauisch zurück.

»Na, ich bin des Zeitungslesens mächtig, und es hieß überall, die beiden seien mit einer größeren Klinge ermordet worden. Wieso hätte ich einen Stammgast und meinen langjährigen Türsteher ins Jenseits befördern sollen? Da wäre ich allerdings ein schlechter Wirt. Aber ich habe nichts zu verbergen. Wenn Sie wollen, dann kommen Sie in die Praxis und holen sich meine Wohnungsschlüssel. Sie dürfen gern alle Waffen abholen und untersuchen lassen. Kein Problem.«

Tischler dachte kurz über dieses Angebot nach. Vermutlich hatte Kron, so er wirklich der Täter war, alle Spuren beseitigt. Andererseits waren die technischen Möglichkeiten heute enorm, und Blutspuren ließen sich nachweisen, auch wenn sie nicht mehr mit dem bloßen Auge sichtbar waren.

»Ich überlege es mir noch«, antwortete die Kommissarin schließlich. »Was haben Sie am Montag zwischen 15 und 18 Uhr gemacht?«

»Frau Kommissarin, Sie verdächtigen mich wirklich? Das enttäuscht mich, ich fand Sie bislang so nett. So untypisch für eine Polizistin. Mir ist schon klar, was in diesem Zeitfenster passiert ist. Aber ich muss Sie enttäuschen. Ich war den ganzen Nachmittag hier in der Praxis. Doktor Hegenauer kann es bestätigen. Soll ich ihn ans Telefon holen?«

»Wenn es keine Umstände bereitet.«

»Für Sie tu ich doch alles.« Dann hörte sie Schritte und ein fideles Pfeifen. Kron klopfte an eine Tür und öffnete sie. Tischler vernahm Stimmen, verstand jedoch nicht, was gesprochen wurde, weil Kron offensichtlich das Handy bedeckte. Kurz darauf raschelte es wieder. »Doktor Hegenauer kommt sofort. Da habe ich noch eine Sekunde, um Ihnen etwas zu sagen: Wenn Sie den wahren Schuldigen gefunden haben, kommen Sie ins Magnol.

Ich gebe Ihnen einen Cocktail aus, und Sie erklären mir, wieso Sie mich verdächtigt haben.«

»Kron, Sie können mir den Starnberger See voll mit Mojito anbieten, und ich werde Sie für einen Mörder halten«, entgegnete Tischler unbeirrt. »Sie haben Tarik Shahal und Stefan Maar kaltblütig ermordet.«

»Tarik wer?«, entgegnete Kron, als hätte er den Namen noch nie gehört.

»Prinz Omar, Ihren Lover, für den Sie der Freund mit der Chrysantheme waren.«

Kron lachte, allerdings gekünstelt, wie die Kommissarin fand. »Ich? Ich stehe auf wohlproportionierte Ladies, nicht auf kleine Jungs.«

»Ich kriege Sie, Kron«, sagte die Kommissarin trocken. »Wie ich noch jeden gekriegt habe.«

»Jetzt bekomme ich es doch langsam mit der Angst zu tun«, entgegnete der Gastronom ironisch. Dann hörte Tischler wieder Schritte und ein Rascheln.

»Hier Hegenauer.« Die Stimme des Arztes knarzte wie ein alter Dielenboden. Er klang genervt und gestresst, vermutlich quoll das Wartezimmer über mit Patienten. Er bestätigte dessen Alibi vom Montag und auch, dass Kron die Nacht über zur Beobachtung in der Praxis bleiben würde. Ohne sich zu verabschieden, reichte er das Handy wieder zurück und ging in eines seiner Sprechzimmer.

»Ich bin schon ein bisschen beleidigt«, sagte Kron. »Sie schießen mit schweren Geschützen auf mich. Und das ganze Märchen, das Sie mir auftischen, klingt ein wenig paradox. Wenn dieser Tarik Dingsbums mein Geliebter war, wieso sollte ich ihn dann umbringen?«

»Weil er Sie mit HIV infiziert hat.«

»Ich benutze selbst beim Onanieren noch ein Kondom«, entgegnete Kron. »Und jetzt entschuldigen Sie mich, denn ich muss mich hinlegen, mein Blinddarm tobt.«

Mit diesen Worten beendete Kron das Telefonat. Tischler hätte im ersten Moment am liebsten ihr Handy gegen die Wand gefeuert. Sie hatte Zweifel, berechtigte Zweifel. Wenn Kron ein wasserdichtes Alibi für Montag hatte, brach ihre ganze Theorie zusammen wie ein Kartenhaus bei einem Erdbeben. Und sie stand vor dem Nichts.

Rastlos ging sie im Büro auf und ab und murmelte vor sich dahin. Das half ihr manchmal, die Gedanken zu ordnen und klarer zu sehen, aber je länger sie nachdachte, umso verworrener erschien ihr die ganze Geschichte. Und umso unsicherer wurde sie, ob Kron wirklich der Täter war. Oder doch Adriana Bellinghaus alias Jessica Blanck? Kron hatte ihr vor vier Wochen die schockierende Wahrheit über ihren Freund erzählt, woraufhin sie beschloss, sich an ihm und der ganzen Bande zu rächen. Sie konnte einen Killer engagiert haben, der für sie die Drecksarbeit erledigte. Möglich. All das war möglich. Und genau das ging der Kommissarin gehörig auf den Zeiger. Der ganze monströse Fall war nicht greifbar, ein Tanz auf dünnem Eis, als würde man Schmetterlinge mit einem Fischernetz fangen, sodass sie einem immer wieder durch die Maschen schlüpften, kaum dass man sie gefangen hatte.

»Hey, Kollege, freilich habe ich den gesehen. Oder mehr gerochen, verstehst du?« Der griechische Gemüsehändler grinste über das ganze Gesicht, sodass sich kleine Grübchen abzeichneten. »Der strolcht hier vor allem im Winter herum und stinkt wie eine Landschildkröte.«

Murat Yildiz durfte sich seit knapp einem Monat Kommissar nennen. Und dann führte ihn sein erster größerer Einsatz gleich in die Nähe seines Heimatviertels, des Westends. Mit seinem echten Kollegen Bertram Wiegler befragte er seit gut einer Stunde Passanten, Geschäftsinhaber und Anwohner, ob sie Enrico DiCosta in der Gegend gesehen hätten. Das Foto des Italieners sah qualitativ nicht gerade aus, als wäre es von Sebastião Salgado oder Helmut Newton aufgenommen worden, aber mit ein bisschen Fantasie erkannte man ihn. Der griechische Gemüsehändler war sich sicher, Enrico im Viertel gesehen zu haben, allerdings wusste er nicht, wo er wohnte beziehungsweise ob er überhaupt hier wohnte. »Er ist immer da zur Kirche hin.« Der Händler deutete die Landwehrstraße entlang hin zum St.-Pauls-Platz.

Yildiz freute sich über die Spur und wollte sofort das Kommissariat benachrichtigen, doch Wiegler hielt ihn zurück. Er wollte sich nicht auf eine Aussage verlassen, sondern erst auf eine Bestätigung warten, am besten auf einen konkreten Hinweis auf DiCostas Verbleib. Also beschlossen sie, gleich zum Kirchenplatz zu gehen, da die dortigen Wohnungen den besten Blick auf St. Paul boten.

Bei BavarImmo beackerten die beiden abgestellten Polizisten parallel Geschäftsbücher und alle Dateien, die älter als zwei Jahre waren. Man hatte dem alten Wollinger versprochen, keine Indiskretionen zu begehen und sich ausschließlich für die Frage zu interessieren, ob eine Wohnung aus dem Verzeichnis genommen worden sei oder nicht.

Lydia Wollinger schwirrte auffallend oft und lang im Büro ihres Vaters, der in der Zwischenzeit ein Treffen mit zwei Bauingenieuren hatte, herum. Sie bot an, Getränke und kleine Snacks zu holen, was die Polizisten dankend annahmen. Allerdings schaute sie ihnen auch über die Schulter, was diese letztlich nicht störte, zumal beide mit einem unerschütterlichen Selbstbewusstsein ausgestattet waren und der Juniorchefin prophezeiten, wenn etwas versenkt worden sei, und sei es auch in den tiefsten Tiefen des Firmennetzes, sie würden es bergen.

»Bei uns hat alles seine Richtigkeit und seine Ordnung«, versicherte Lydia Wollinger. Sie starrte auf den Bildschirm, auf dem Zahlenkolonnen und ganze Tsunamis an Zeichen abliefen, von denen sie nicht den geringsten Schimmer hatte, als sie ein Vibrieren spürte. Ihr Handy meldete sich, das Handy, dessen Nummer nur drei Menschen kannten. Genau genommen gekannt hatten, denn zwei von ihnen waren mittlerweile tot. Die Nachricht machte ihr jedoch deutlich, dass die Nummer mittlerweile ein Vierter in Erfahrung gebracht hatte. Dieser lud sie zu einem Treffen ein. So nannte er es zumindest. Lydia Wollinger bevorzugte den martialischeren Ausdruck Entscheidungsschlacht. Gedankenverloren blickte sie zu dem Polizisten, der die EDV nach einer ausradierten Wohnung durchforstete, als ihr siedend heiß etwas einfiel. Wenn ihre geheime Handynummer aufgeflogen war, dann kannte er auch den Aufenthaltsort von Enrico.

21

Barbara Tischler wusste eigentlich nicht genau, wie Chrysanthemen aussahen. Es gab sie in allen erdenklichen Farben, viele Arten hatten einen gelben Blütenstand, aber nicht alle. Und das japanische Kaiserhaus führte diese Blume als Symbol. Dass es sich bei der roten Blume, die mit schwarzen Blütenblättern unterhalb des Korbs unterfüttert war, auch um eine Chrysantheme handelte, darauf wäre sie nicht gekommen, hätte sie Vera Dresch nicht aufgeklärt. Sie hatte ein deutlich grüneres Händchen als ihre Vorgesetzte. Licht und Schatten waren auf kunstvolle und sehr exakte Weise verarbeitet. Hier war kein Wald- und Wiesenstecher, sondern ein Künstler am Werk, der sein Handwerk verstand. Tischler hatte auf jeden Fall schon deutlich schlechtere Tattoos gesehen.

»Du meinst also, die Chrysantheme des Herzbuben ist eine Tätowierung?«, fragte Tischler sinnierend.

»Das scheint mir die wahrscheinlichste Lösung«, entgegnete Vera Dresch. »Ein Rosenkavalier nur mit anderen Blumen, das kann ich mir beim besten Willen nicht vorstellen.«

»Das wäre wirklich old fashioned. Aber was sollen wir tun? Alle Tattoo-Studios von München und Umgebung abklappern und mal nachbohren, wem sie ein Chrysanthemenmotiv gestochen haben?«

»Ja, das dachte ich schon. Mir ist schon klar, dass das extrem aufwändig ist und wir momentan nicht genügend Leute haben.«

»Dazu kommt, dass es eine Menge Studios nur ein paar Jahre gab, bis sie den Weg alles Irdischen angetreten sind. Zudem kann das Tattoo taufrisch sein, aber auch uralt«, wandte Tischler ein.

»Wir sollten es trotzdem versuchen.«

»Erlaubnis erteilt. Allerdings sollten wir nicht in der Breite suchen, sondern gezielt.«

»Ich glaube, ich weiß, was du meinst«, lächelte Vera Dresch. »Und ich denke, ich kann dir dabei helfen.«

Sie kramte kurz in ihrer Aktentasche, entnahm eine Klarsichtmappe mit einigen Papieren und reichte sie der Kommissarin. »Das habe ich über Harry Kron in den letzten Stunden zusammengetragen.«

»Ein Leben auf drei Seiten«, meinte Tischler und studierte die Blätter. Die erste Seite bestand aus einer Ansammlung an Fakten vom Geburtsregister bis zur Ausweisnummer, scheinbar belanglose Daten, doch die Kommissarin merkte auf. »Hast du gesehen, was Krons Eltern beruflich gemacht haben?«

»Ja. Sie betrieben einen kleinen Schlüsseldienst, sind aber vor sieben Jahren in Rente gegangen.«

»Hast du schon mal deinen Schlüssel verschusselt oder innen stecken lassen?«

»Glücklicherweise nein.«

»Das kann ich leider nicht behaupten«, gab die Kommissarin zu. »Als ich noch auf der Polizeischule war, wollte ich eine kleine Party geben, da fiel mir ein, dass ich keinen Sekt im Hause hatte. Die Pizza war schon im Ofen, also flitzte ich schnell raus und rüber zum Tengelmann, allerdings – du ahnst es schon – ohne Wohnungsschlüssel. Was blieb mir anderes übrig, als einen Schlüsseldienst zu holen. Und weißt du, was der gemacht hat? Der musste nicht mal das Schloss genau inspizieren, der steckte sein Pickset rein und innerhalb von Nanosekunden war die Tür offen. Und dafür hat der damals 240 Mark verlangt. Das ist eine Form legaler Kriminalität.«

»Und du meinst, Kron könnte das professionelle Werkzeug der Eltern in seinen Besitz gebracht haben, sodass er problemlos bei Tarik Shahal und Stefan Maar einbrechen konnte.«

»Genau. Wir fanden keine Hinweise auf ein gewaltsames Eindringen oder einen Einbruch, aber der Zylinder zeigte winzige Spuren, die daraufhin deuteten, dass die Tür nicht mit dem Schlüssel geöffnet worden war. Das Problem war nur, dass diese auch älter sein oder von einer schlechten Kopie stammen konnten.«

»Oder von einem Werkzeug des Schlüsseldienstes Kron«, ergänzte die junge Polizistin.

»Wieder ein Hinweis, der etwas bedeuten kann, aber nichts beweist«, seufzte die Kommissarin. »Der Fall macht mich noch wahnsinnig.« Dann blätterte sie weiter, fragte aber trotzdem ihre Kollegin, was sie über Krons Liebesleben herausgefunden habe.

»Wenig. Er scheint mit seiner Bar verheiratet zu sein.«

»Haben wir Hinweise auf Homosexualität bzw. darauf, dass er auf Jungs steht?«

»Keine. Aber er hat schon seit mindestens sieben Jahren keine feste Freundin mehr.«

»Und die ist uns namentlich bekannt?«

Vera Dresch nickte.

»Dann ruf sie bitte an und frage nach, ob Kron ein Tattoo mit Chrysanthemenmotiv hat. Die müsste es ja wissen.«

»Außer er hat es sich in den letzten sieben Jahren stechen lassen«, wandte die Polizistin ein.

»Yepp. Dann sollten wir ein paar jüngere Affären ausfindig machen. Quetsch das komplette Personal des Magnol danach aus. Und wenn sie nicht reden wollen, dann drohe ihnen mit dem Verlust der Bürgerrechte oder – noch schlimmer – mit mir«, grinste Tischler.

In diesem Moment klopfte es kurz an der Tür, und Ralf Mangel trat ein.

»Störe ich?«, fragte der Kommissar.

»Seit wann so schüchtern, Ralf?«, fragte Tischler und deutete ihm an, sich zu setzen.

Mangel erzählte ausführlich von seinem Besuch bei Adriana Bellinghaus alias Jessica Blanck.

»Glaubst du ihr, dass sie nichts von Stefan Maars Schuld am Tod der Mutter wusste?«, fragte Tischler nach.

Mangel wiegte den Kopf hin und her. »Seltsam war, dass sie das Messer nicht erkannte. Ich meine, wenn ich bedroht werde, bleibt mir die Waffe doch in Erinnerung. Aber da hat sie nur herumgedruckst, als hätte DiCosta nur einen Zahnstocher dabeigehabt. Ansonsten kam sie mir so authentisch und ehrlich vor. Wenn sie keine oscarreife Schauspielerin ist, war die Bestürzung echt.«

»Vielleicht, vielleicht auch nicht«, sagte Tischler. »Ich möchte trotzdem, dass wir ihr richtig auf den Zahn fühlen.«

»Aber erst morgen, wenn sie wieder fitter ist«, gab Mangel zu bedenken. »Die hat's ziemlich erwischt.«

In diesem Moment klingelte das Telefon. Am Apparat war ein junger türkischstämmiger Kollege, den Barbara nicht einmal vom Namen her kannte. Schnell war das Gespräch beendet, und Tischler sprang auf, als hätte sie einen Schwarm Hornissen im Hintern.

»Sie haben DiCostas Wohnung ausfindig gemacht.«

Die Gewitterfront war weitergezogen, hatte aber keineswegs für klare, frische Luft gesorgt. Die Sonne blieb lähmend heiß und stechend, die Atmosphäre schwül und giftig. Ein weiteres Unwetter braute sich über dem Süden Bayerns zusammen und würde sich mit seiner vollen Wucht im Laufe der Nacht entladen.

Als Tischler und Mangel aus ihrem Auto sprangen, hatten sie bereits wieder Schweißflecken unter den Armen. Von ihrem Kriminalfachdezernat in der Hansastraße war es nur ein gefühlter Katzensprung zur Paulskirche. Der Feierabendverkehr, es war bereits halb sieben, konnte durch den einen oder anderen Schleichweg vollkommen umgangen werden, sodass die beiden leitenden Kommissare nach wenigen Minuten ankamen. Auf Blaulicht oder eine übertrieben rasante Anfahrt hatte Tischler freilich verzichtet, sie wollte die Pferde nicht scheu machen.

Ihre Kollegen standen am Eingang zu dem schmucklosen Eckhaus gegenüber der Paulskirche. Sie hatten dezent die Anwohner der umliegenden Häuser befragt und schließlich einen Treffer gelandet. Eine Frau im Rentenalter hat DiCosta identifiziert und die genau Lage seiner Wohnung angegeben. Am Türschild stand zur Überraschung der Name Stefan Maar.

»Dann hat Maar also keine Wohnung von BavarImmo aus dem System verschwinden lassen, sondern eine gekauft oder gemietet«, folgerte Tischler.

»Vielleicht hat er sie aber auf sich überschrieben«, wandte Mangel ein.

»Oder sie haben die Wohnung als ihr Hauptquartier benutzt«, gab Tischler zu bedenken. Dabei beließen sie es und besprachen den Einsatz. Yildiz sicherte den Haupteingang, Wiegler das Treppenhaus, während sich Tischler und Mangel zu der Wohnung schlichen.

Passend zu dem kastenförmigen Funktionsbau waren auch die Gänge kühl und nackt. Um kein Aufsehen zu erregen, gingen die beiden Kommissare so unauffällig wie möglich zur Wohnung mit dem Namensschild Maar an der Klingel. Tischler nahm ihr Pickset und schob es so leise wie möglich in das Schlüsselloch, während Mangel seine Pistole zückte, schließlich wussten sie nicht, ob DiCosta bewaffnet war.

Mit einem unmerklichen Klicken öffnete sie die Tür, und die Polizisten drangen ein. In der Wohnung stand die schwüle Luft des Gewittertages. Vorsichtig und nahezu geräuschlos schlichen Mangel und Tischler in den zentralen Raum, das Wohnzimmer. Es war schmucklos eingerichtet. Keine Designermöbel wie in Maars Bogenhausener Wohnung, keine Wohnfühlatmosphäre, keine Bilder an den Wänden.

Mangel deutete mit seiner Pistole auf den Resopaltisch vor der braunen Couch. Dort befand sich eine aufgeklappte Pizzaschachtel, in der noch ein Viertel der Salami-Champignon-Pizza lag. Das Zimmer war schnell gesichert. Mangel zeigte mit dem Kopf an, er glaube, DiCosta sei auf der Toilette. Zielstrebig ging er auf das Bad zu, öffnete die Tür mit einer blitzartigen

Bewegung und drang mit schnellen Schritten ein. Doch er überraschte niemanden beim Klogang. Das Bad war gähnend leer. Auch das Schlafzimmer und die Küche. Dort fanden sie Speisereste, Weinflecken und abgetragene Kleidung auf dem Boden, aber keinen Enrico DiCosta.

»Scheiße«, fluchte die Kommissarin. Dann ging sie in das Wohnzimmer zurück und legte zwei Finger auf das übrige Viertel Pizza.

»Hast du Hunger?«, fragte Mangel überrascht.

»Ralf, ich glaube, du warst zu lange mit Pennern unterwegs. Unser Gehalt reicht gerade so, um auf Essensabfälle generös verzichten zu können. Ich will nur die Temperatur testen. Die Pizza ist noch nicht ganz kalt. DiCosta muss sich erst vor Kurzem verdünnisiert haben.«

»Oder er ist vom Killer entführt worden«, wandte Mangel ein.

»Unwahrscheinlich. Der hätte ihn vor Ort getötet.«

Es gibt Hotels in München, die fragen nicht nach einem Ausweis oder einer Kreditkarte. Das Haus Edelhof im Norden der Stadt war von dieser Kategorie. Es befand sich unweit mehrerer Bordelle und wurde nicht selten von Freiern, die sich ein Wochenende mit Flatratesex gönnten, frequentiert.

Der Concierge nahm das Geld für zwei Nächte und händigte dem seltsamen Paar den Schlüssel aus. Warum der junge Mann auch im Gebäude eine Sonnenbrille und sie definitiv eine blonde Perücke trug, interessierte ihn nicht, zumindest stellte er keine Fragen.

Das Zimmer war schäbig eingerichtet und versprühte den muffigen Charme der Siebzigerjahre, aber es war sauber.

»Wir hätten doch ein Zimmer mit Klimaanlage nehmen sollen«, stöhnte DiCosta und öffnete das Fenster.

»Nein, hier sind wir sicher«, entgegnete Lydia Wollinger. »In besseren Hotels musst du den Ausweis herzeigen und eine Kreditkarte hinterlegen. Und damit finden uns die Bullen. Ich weiß, dass es Scheiße ist, aber deshalb müssen wir heute auch mit dem Taxi fahren. Wenn ich ein Mietauto nehme, schnappen sie uns sofort.«

»Ich weiß, wir dürfen keine digitalen Spuren hinterlassen«, seufzte DiCosta. Als erste Vorsichtsmaßnahme hatte Wollinger ihr offizielles Handy abgeschaltet und den Akku herausgenommen. Dabei hatte es ihr an diesem Tag einen unschätzbaren Dienst erwiesen. Sie ging nämlich erst mit einer

Flasche Wasser und zwei Gläsern zu den Polizisten in das Büro ihres Vaters und nahm dabei unbemerkt dessen schnurloses Telefon mit. Als sie kurz darauf mit Wurstsemmeln zurückkam, legte sie den Hörer mit der Digitalanzeige nach unten auf den Schreibtisch. So bemerkte niemand, dass das Telefon mit einem Handy verbunden war, mit Lydia Wollingers Handy natürlich, die auf diese Weise die Gespräche der Polizisten belauschen konnte. Dadurch erfuhr sie, dass die Polizei rund um die Paulskirche nach Enrico fahndete und auch dass sie beschattet und ihr Wagen in der Tiefgarage observiert wurde. Deshalb setzte sie ihre blonde Perücke auf und fuhr mit dem Taxi zu Enricos Versteck. Dort zeigten ihr kurioserweise zwei Polizisten ein Foto und fragten sie, ob sie den jungen Italiener auf dem Bild schon einmal gesehen habe. Lydia bejahte und schickte sie zurück zur Landwehrstraße, um sich Zeit zu verschaffen. Sofort rief sie Enrico von ihrem geheimen Handy aus an und teilte ihm mit, er solle sich beeilen. DiCosta war über die Flucht instruiert und hatte das Nötigste bereits gepackt, darunter seinen Laptop und den USB-Stick, seine Lebensversicherung. Dann waren sie mit dem Taxi in das zwielichtige Hotel gefahren. Allerdings mit einem Zwischenstopp bei einem Drogeriemarkt. Dank blondem Haarfärbemittel und falschem Bart sollte aus einem jungen Italiener ein schicker Deutscher werden. Die Hornbrille mit Fensterglas stammte aus Lydia Wollingers Theaterfundus, von dem sie für den Fall der Fälle einige Stücke in ihrem Büro deponiert hatte. DiCosta nahm die Packung mit der Farbe und atmete tief durch. Lydia bemerkte, dass er zitterte. Dann legte sie ihm die Hand auf die Schulter.

»Keine Angst, Rico. Heute sind wir die Stärkeren.« Zur Demonstration griff sie in ihre Handtasche und holte eine Zastava CZ-99 heraus. Die 9x19mm Pistole war ein Geschenk von Goran, damit sich Lydia immer sicher fühlte, auch wenn er nicht in ihrer Nähe war.

Tischler wusste nicht, ob sie toben oder weinen sollte, als sie erfuhr, dass ihnen auch Lydia Wollinger durch die Lappen gegangen war, zumal sie es sich nicht erklären konnte, wie die Juniorchefin von BavarImmo Wind von ihrer Beschattung bekommen hatte. Ihr Auto stand noch in der Tiefgarage, von ihr fehlte jedoch jede Spur. Sie war also untergetaucht. Besonders kompliziert wurde die Geschichte dadurch, dass auch noch Heiko Fürstner nicht mehr erreichbar war.

»Ich glaube nach wie vor, dass Fürstner der Drahtzieher ist«, meinte Mangel über seinen Verdächtigen Nummer eins.

»Und warum soll die Wollinger dann geflohen sein?«

»Die hat Angst. Angst vor ihrem übermächtigen Vater und Angst, dass die Kollegen irgendwelche Mauscheleien von ihr herausfinden.«

Diese Möglichkeit bestand, überzeugte Tischler jedoch immer weniger. Lydia Wollinger war der Kopf der Erpresserbande. Dessen war sich die Kommissarin mittlerweile sicher. Die gescheiterte Schauspielerin wollte sich zunächst an Produzenten für ihre Demütigungen rächen und hatte dann Gefallen daran gefunden, Macht über Leute der Schickimicki-Gesellschaft zu bekommen, zu der man ihr den Eintritt verwehrte, zumindest die Art von Eintritt, die sie anstrebte. Als Tochter des jovialen Baulöwen Wollinger wollte sie eben nicht wahrgenommen werden. Die Theorie war schlüssig, nur konnte Tischler weiterhin nichts beweisen. Sie musste DiCosta und Wollinger stellen, am besten mit dem Killer. Oder mit den Killern.

Doch wer war das? Nach wie vor kam jedes Erpressungsopfer des Quartetts in Frage, also eine beliebige Anzahl von Unbekannten. Jessica Blanck beteuerte, nichts von Stefan Maars Schuld am Tod der Mutter gewusst zu haben. Und das klang auch plausibel. Tischler konnte es sich auch schwerlich vorstellen, dass sie Maar gezielt aufgesucht und mit ihm eine Beziehung angefangen hat, nur um ihn zu töten. Dazu hätte sie nicht mit ihm ins Bett steigen müssen.

Jessica Blanck konnte sich also überzeugend weißwaschen, während Tischlers einziger Verdächtiger zwei wasserdichte Alibis hatte. Bei dem Mord an Randovic war er bis vier Uhr in seiner Bar, was mehrere Personen bezeugen konnten. Und beim Mord an Stefan Maar war er in einer Arztpraxis, was dieser Doktor Hegenauer bestätigte. Kron war damit aus dem Rennen, und sie stand mit leeren Händen da. Auch die neuen Erkenntnisse über Kron brachten sie nicht weiter.

»Seine letzte Freundin war eine international gefragte Musical-Darstellerin«, erklärte Vera Dresch. »Sie beschrieb Kron als charmanten, aber distanzierten Menschen. Während ihrer zweijährigen Beziehung hatte sie nie das Gefühl, zu Krons Herz vorzudringen. Sie wusste nicht, was ihr Freund wirklich dachte und fühlte, seine Seele blieb für sie ein verschlossener Schrein.«

»Wie poetisch«, merkte Tischler an.

»Das hat sie wortwörtlich gesagt. Pikanterweise hat sie sogar bestätigt, dass Kron ein Tattoo hatte, allerdings keine Chrysantheme, sondern einen Hai. Der Musicalstar war von diesem Motiv immer angewidert, Kron fand den Raubfisch jedoch faszinierend.«

»Dann könnte die Blume in späteren Jahren hinzugekommen sein«, warf Tischler ein.

»Ich verfolge die Spur weiter«, versprach Vera Dresch.

»Mach das. Obwohl jede Recherche eine müßige Angelegenheit bleibt, weil Kron zwei wasserdichte Alibis hat.«

»Die einzige Möglichkeit, Kron zu überführen, bestünde also darin, diese Alibis zu pulverisieren. Dürfte aber schwierig sein«, meinte die Polizistin und machte sich dann auf, weiter nach dem Chrysanthementattoo zu suchen.

Tischler nickte und dachte nach, was ihre Mitarbeiterin gesagt hatte. Es stimmte. Die Alibis mussten auf den Prüfstand. Genau genommen nur das eine. Sie musste sich vergewissern, ob Hegenauer lügen würde oder nicht. Das herauszufinden war allerdings eine schwierige, wenn nicht unmögliche Aufgabe. Doch Tischler kam eine Idee, eine gefährliche Idee. So gefährlich, dass sie ein wenig zu zittern begann. Aber hatte sie eine Wahl? Ihre Befürchtung, dass DiCosta und Lydia Wollinger in dieser Nacht ihre ultimative Konfrontation mit dem Killer hatten, wurde durch die Flucht der beiden bestätigt. Und der Verdacht gegen Kron war der einzige Strohhalm, an den sie sich klammern konnte. Also musste sie für Klarheit sorgen, koste es, was es wolle. Ihren Job oder ihr Leben. Sie musste das durchziehen. Und kein Kollege durfte etwas erfahren. Auch nicht Walter, der mehrfach versucht hatte, sie zu erreichen, doch sie hatte ihn immer weggedrückt. Sie musste sich jetzt konzentrieren und durfte sich nicht ablenken lassen von einer durchgeknallten Tantratante und ihrer Eifersucht.

22

Nur kurz blitzten die Sterne in dieser schwülheißen Julinacht auf, schon wurden sie von wütenden Wolkenhaufen bedeckt. Das zweite Gewitter des Tages zog auf und drohte, noch wilder, noch zorniger zu werden als das erste. Schnell leerten sich die Biergärten und Straßencafés, denn schon pfiffen Windböen durch alle Gassen und wirbelten Papiere und Zigarettenkippen umher. Die Gehsteige blieben so gespenstisch leer.

Auch rund um die Privatpraxis in Solln trieb sich kein Mensch mehr herum. Selbst Autos fuhren kaum in der Seitenstraße, in der ein Zivilwagen der Polizei parkte. Darin saß Kommissarin Tischler, die sich selbst offiziell zur Observierung abkommandiert hatte. Gegen halb zehn schlenderte ein Trio herbei, das so unauffällig war wie ein Schwarm Papageien im Neuschnee.

Barbara hatte sich nämlich einen tollkühnen Plan zurechtgelegt, für den sie die geeigneten Mitstreiter suchte. Und sie musste sie im wahrsten Sinne des Wortes suchen. Glücklicherweise trieben sich Rose, Jesus und der Berber im Englischen Garten herum. Es kostete Tischler eine gehörige Portion Überredungskunst, dass die drei Penner mitmachten. Letztlich musste die Kommissarin das Trio beschwören, es gehe um das Leben von Leonardo. In blutigen Bildern malte sie aus, wie ihr langjähriger Kumpel mit einem Samuraischwert abgeschlachtet würde.

Als Tischler die drei sah, stieg sie aus dem Polizeiauto aus und spürte schon die ersten Tropfen herabklatschen. Rose kicherte zur Begrüßung und bekundete, wie scharf Sex unter freiem Himmel bei einem warmen Regen sei. Der Berber forderte sie brummend auf, den Mund zu halten, was die Pennerin erwartungsgemäß nicht die Bohne interessierte. Ganz im Gegenteil, sie fing an, im Regen zu tanzen und eine sehr freie Version von »Raindrops Keep Falling' on My Head« zu singen. Jesus klatschte Beifall, hatte aber weniger Lust, nass zu werden und folgte Tischler und dem Berber.

Tischler dachte sich innerlich, was Rose an dem Satz, sie solle sich so unauffällig wie möglich benehmen, nicht verstanden hatte und zweifelte an ihrem gewagten wie schrägen Plan, atmete aber nur einmal tief durch und sperrte dann mit ihrem Pickset die Haustür auf. Die Gemeinschaftspraxis lag glücklicherweise im ersten Stock, sodass nicht viel Zeit für Radau blieb. Außerdem gab es keine Wohnungen in dem wuchtigen Gebäude, sondern nur Büros und Arztpraxen. Ohne diesen günstigen Umstand hätte es Tischler möglicherweise nicht gewagt, bei Doktor Hegenauer vorbeizuschauen.

Als die Vier am Praxiseingang angelangt waren, zog sich die Kommissarin einen schwarzen Strumpf über das Gesicht.

»Hey, wieso macht die Bullin einen auf Fasching und ich nicht?«, quäkte

Rose so laut, dass es die Spatzen in der Dachkammer noch mitbekamen.

»Weil niemand dein schönes Gesicht bedecken will, mein Engel«, entgegnete Jesus pathetisch mit seiner rauchigen Stimme und küsste seine Freundin leidenschaftlich.

»Na, so hässlich ist sie doch gar nicht, dass sie ihre Visage verschleiern müsste«, meinte Rose und schickte ein hämisches Lachen hinterher.

Tischler bereute ihr Vorhaben und schickte, obwohl nur mäßig gläubig, Stoßgebete zum Himmel. Dann verschaffte sie sich Eintritt in die Praxis, schloss aber die Tür sofort wieder. Ihr Plan war einfach, so einfach, wie es mit den drei Obdachlosen sein konnte. Die Kommissarin hatte die Pläne der Praxis genau studiert. Ihr Ziel war der Computer am Empfang. Wie sie gehofft hatte, wurde dieser erste Raum von Dunkelheit umhüllt. Schnell hatte sie den PC gefunden und hochgefahren. Eine spezielle Software zur Erkennung von Passwörtern hatte nach einer knappen Minute bereits das gewünschte Ergebnis gebracht, und Tischler konnte sich einloggen. Ihr Job war schnell erledigt, da sie nur eine Datei interessierte: die Krankenakte von Harry Kron, dem Spezl von Doktor Hegenauer.

Tischler hatte sich schlaugemacht über den Arzt. Diesem hing nach einer langen Nacht im Magnol eine Anklage wegen Vergewaltigung an, doch die Frau zog ihre Anzeige zurück, wie man munkelte auf Intervention und Vermittlung des Barbetreibers persönlich, der dafür auch noch tief in die Tasche griff. Harry Kron hatte also, wenn die Gerüchte stimmten, seinen Hausarzt und Freund vor einer langjährigen Haftstrafe bewahrt. Wenn eine Hand die andere wäscht, war nun Hegenauers Waschtag gekommen. Nur half die persönliche Bande zwischen den beiden der Kommissarin nicht, das doppelte Alibi zu Fall zu bringen. Sie brauchte handfeste Beweise, Leute, die unerlaubterweise in die Praxis eindrangen und bezeugen konnten, dass sich Kron nicht dort aufhielt. Und das mussten zudem Leute sein, die notfalls keine Angst vor einer Anzeige hatten. Die Obdachlosen würden erst einmal versuchen, die Aufmerksamkeit des Nachtpersonals zu wecken und eine schwere Krankheit bei Rose vortäuschen. Sollten sie so keinen Einlass erhalten, würden sie durch die von Tischler geöffnete Tür spazieren und behaupten, sie hätten Schreie gehört. In jedem Fall sollten sie in die Zimmer, in denen die stationären Patienten lagen, ausschwärmen und für ein wenig Radau und Chaos sorgen. Letzteres dürfte ihnen am leichtesten fallen, da war sich Tischler sicher. Das reichte im schlimmsten Fall für eine Anzeige wegen Hausfriedensbruchs. Im Falle einer Verurteilung hatten die drei ein paar Wochen lang kostenloses Essen und ein trockenes Plätzchen, natürlich in Stadelheim und nicht im Bayerischen Hof.

Der Plan war hochriskant, das war Barbara klar, nur fiel ihr nichts Besseres ein. Als sie die Akte Kron öffnete, hörte sie von draußen schrilles Geschrei. Rose konnten ihren Mund und, wenn Tischler richtig verstanden hatte, auch ihr Wasser nicht halten. Der Lärm hielt nicht lange an, da öffnete sich eine Tür. Blitzschnell schaltete die Kommissarin den Monitor aus und machte sich hinter der Rezeption so klein wie möglich. Albrecht Hegenauer war aufgeschreckt worden und schaute nach dem Rechten. Kaum hatte er die Praxistür geöffnet, überkam sie ein schwer zu verstehendes Redegewirr. Die gelbliche Pfütze am Boden nahm sie jedoch deutlich wahr.

»Meiner Frau ist die Fruchtblase geplatzt«, beteuerte Jesus.

»Aber sie ist doch gar nicht schwanger«, entgegnete Hegenauer entgeistert.

»Seit wann bin ich deine Frau? Eher heirate ich ein Nilpferd«, kreischte Rose und schlüpfte blitzschnell an dem verdutzten Arzt vorbei.

»Halt, hier dürfen Sie nicht herein!«, rief Hegenauer vergebens. Er drehte sich zu Rose um, was der Berber und Jesus dazu nutzten, ebenfalls in die Praxis zu marschieren.

Rose verfiel in ein dauerhaftes Kreischen, das sich nach Schmerzen anhören sollte, für Hegenauer aber eher nach einer Vorstufe klinischen Wahnsinns klang. Der Arzt lief dem Eindringling hinterher und versuchte ihn aufzuhalten, doch die Obdachlose war nicht zu bändigen.

»Mein Bauch tut saumäßig weh. Hier muss doch so ein verschissener Arzt sein. Die schwören doch so einen bescheuerten Eid, dass sie einem helfen müssen!« Rose schrie, dass man sie bis zum Starnberger See hörte. Für ihre Verhältnisse zielstrebig steuerte sie auf die Tür zu, die zu den stationären Zimmern führte. Hegenauer hatte sie offen stehen lassen, schließlich wollte er nur kurz nach dem Rechten sehen.

Der schmale weiße Gang war hell erleuchtet. Auf der anderen Seite führte er zu der Praxis, mit der sich Doktor Hegenauer die kleine Station teilte. Rose platzte in das erste Zimmer. Es war unbeleuchtet, aber ihre Hand ertastete schnell den Lichtschalter. Obwohl es leer war, schrie sie nach einem

Arzt. Mittlerweile hatte sie Hegenauer eingeholt. Er versicherte ihr, sie zu untersuchen, wenn sie sich endlich beruhige. Dann fragte er sie nach ihren Schmerzen und Symptomen. In der Zwischenzeit drangen der Berber und Jesus in die anderen beiden Zimmer ein. Tischler hatte ihnen Fotos von Harry Kron gezeigt. Diese waren überflüssig, denn es befand sich kein Patient auf der ganzen Station.

Schnell kamen sie in das erste Zimmer zurück, wo sich Rose auf das Bett gelegt hatte, um sich von Doktor Hegenauer untersuchen zu lassen. Der Arzt tastete ihr den Bauch ab, froh, dass seine späte Patientin endlich halbwegs ruhig war. Leise zu sprechen war eine Gabe, die Rose nicht besaß, aber wenigstens kreischte sie nicht mehr.

Doktor Hegenauer diagnostizierte Verhärtungen im Unterleib und riet zu einer eingehenden Ultraschalluntersuchung. Rose nahm das Angebot dankend an, verwies jedoch darauf, dass sie keine Krankenversicherung hatte, was den Arzt nicht sonderlich verwunderte. Er nannte ihr eine Adresse, wo sich Menschen in sozialen Schwierigkeiten auch untersuchen lassen konnten. Rose bedankte sich für die Tipps und stand auf. Der Tumult hatte sich gelegt, und Jesus bat um Verzeihung für die Störung.

»Was tun Sie eigentlich hier, wo gar keine Patienten da sind?«, fragte er noch, als sie bereits an der Tür angekommen waren.

»Nur eine Vorsichtsmaßnahme«, entgegnete Doktor Hegenauer stotternd. Dann verabschiedete er sich von den Eindringlingen und ging in das Zimmer zurück. Der Tumult hatte ihn aufgewühlt. Kurz kamen ihm Zweifel, ob er immer noch guten Gewissens seinem Freund ein Alibi verschaffen konnte, doch dann beruhigte er sich damit, dass die Obdachlosen niemandem von dem Vorfall erzählen würden, niemand also davon erfahren würde, vor allem nicht diese neugierige Kommissarin.

Tischler erwartete die drei Obdachlosen. Sie tat so, als wäre sie bei der Observation aufgeschreckt worden und fragte nach dem Grund des Radaus. Da es aus Kübeln schüttete, winkte sie die drei ins Auto. So erfuhr sie, dass sich Harry Kron nicht in der Praxis aufhielt. Diese Aussagen protokollierte sie mit und ließ sie von Jesus und dem Berber unterschreiben. Dann fuhr sie die drei Obdachlosen an den Platz ihrer Wahl, bedankte sich und verabschiedete sich.

Der Berber brummte etwas, das nicht nach einem Wiedersehenswunsch klang, Rose dagegen kreischte, dass ihr die Aktion mächtig Spaß gemacht hatte, und Jesus drückte noch seine Hoffnung aus, Leonardo geholfen zu haben. Kaum waren die drei ausgestiegen, rief Tischler Doktor Hegenauer auf dem Handy an und fragte ihn, wo Harry Kron sei.

»Ich habe ihm ein Schlaf- und Schmerzmittel gegeben, sodass er jetzt schläft«, flüsterte der Arzt.

»In einem ihrer Stationszimmer?«, fragte Tischler nach.

»Sicher. Wo sonst?«

Dann eröffnete ihm Tischler, dass sie die Wohnung den ganzen Abend observiert hätte. Aufgeschreckt von dem Radau habe sie mit drei Obdachlosen gesprochen, die zu Protokoll gegeben hätten, dass die ganze Station leer sei. Hegenauer versuchte es mit allerlei Ausflüchten, doch die Kommissarin bremste ihn aus und drohte ihm mit schrecklichen Konsequenzen. Von Verlust der Approbation bis Mithilfe zum Mord. Schließlich bekam der Arzt weiche Knie und gestand, dass er Kron einen Freundschaftsdienst erweisen wollte, indem er ihn deckte. Er räumte auch ein, dass Kron am Montag nicht den ganzen Nachmittag bei ihm war, sondern nur etwa eine Stunde. Nachgerade auf Knien bettelte er Tischler an, ihm nicht die Zulassung zu nehmen oder ihn anzuklagen.

»Wenn Sie heil aus der Sache rauskommen wollen, müssen Sie mir sagen, was Kron vorhat und wo er sich befindet«, sagte die Kommissarin streng.

»Ich weiß es doch nicht«, winselte Doktor Hegenauer. »Er wollte nur kurz weg und spätestens um Mitternacht wieder kommen. Er sagte nur so etwas wie, er müsse noch einmal zurück an seine alte Wirkungsstätte.«

»Mit welchem Wagen? Ich habe vorhin die Tiefgarage gecheckt und seinen Audi Coupé entdeckt.«

»Er hat sich meinen silbergrauen 3er BMW geborgt«, gestand Hegenauer und nannte noch sein Kennzeichen.

Enrico DiCosta betrachtete sich immer wieder im Spiegel. Nicht aus Narzissmus, obwohl Eitelkeit selbst in seinen Jahren auf der Straße kein Fremdwort für ihn war, sondern weil er sich erst an sein neues Aussehen gewöhnen wollte. Blondiert mit Bart und Brille, so gefiel er sich zwar nicht, doch selbst seine Mutter hätte genau hinschauen müssen, um ihn zu erkennen. Nervös fuhr er sich immer wieder durch seine Haare, wobei er darauf achtete, nicht seine wunde Stelle zu berühren. Die Kopfschmerzen nach dem Schlag mit der Crêpepfanne hatten wenigstens dank der Schmerzmittel nachgelassen.

Lydia Wollinger saß kaugummikauend am Laptop und spielte Spider Solitaire. Das beruhigte sie, lenkte sie ab. Auf das große Treffen fühlte sie sich bestens vorbereitet. Einzig Enricos Nervosität bereitete ihr Kopfzerbrechen. Gutes Zureden half allerdings auch nicht in so einer Situation. Da musste Enrico durch. Außerdem brachen sie in einer halben Stunde auf. Sie waren um 23 Uhr zu einem klärenden Gespräch unter Freunden geladen. So stand es in der SMS. Lydia schmunzelte ob dieser Wortwahl. Wie nannte man im Deutschunterricht eine solche Beschönigung? Euphemismus? Dabei ging es bei diesem Treffen um Leben oder Tod. Er oder sie, das war die Frage. Das Gespräch würde mit Waffen ausgetragen werden. Schwert gegen Pistole, da wusste sie, wer gewinnen würde. Und dann würde sie diesem Schwein die Hände abhacken. Aus Rache für das, was er mit Goran und Stefan gemacht hatte. Aber auch, um ihn als drittes Opfer des verrückten Killers zu präsentieren. Und sie wusste auch, wer das vierte werden würde. Der schöne Enrico würde diesen Abend nicht überleben. Mit ihm wäre das Erpresserquartett komplett und niemand konnte ihr etwas nachweisen, schon gar nicht diese ekelhafte Kommissarin, die sie zutiefst beleidigt hatte. Niemals würde sie herausfinden, wer alles von ihnen erpresst worden war. Das Schwert der Rache konnte also von vielen Unbekannten geführt worden sein. Die Polizei würde niemals den Täter überführen und sie, Lydia Wollinger, hätte es allen gezeigt. Ein wohliger Schauer durchzuckte ihren Körper, ein Gefühl der Befriedigung überkam sie, wie sie es viel zu selten in ihrem Leben verspürt hatte.

Der kurze Aufenthalt im Freien hatte genügt, um die Kommissarin zu durchnässen, so heftig tobte das Gewitter. Also beschloss sie, kurz nach Hause zu fahren und sich trockene Kleidung anzuziehen. Aber sie musste sich beeilen. Wenn Kron wirklich zur Geisterstunde wieder in der Praxis sein wollte, stand der Showdown bevor. Es eilte also, deshalb parkte Barbara auf dem Gehweg vor ihrer Wohnung und hastete die Treppe hinauf. Vor ihrer Tür erlebte sie allerdings eine Überraschung. Lucie Bechthold saß davor, mit dem Kopf an der harten Tür lehnend, und schlief.

Behutsam sperrte die Kommissarin auf und nahm die Nochfrau ihres

Freundes an den Schultern, damit sie nicht mit dem Kopf auf den Boden knallte. Doch so vorsichtig sie auch zu Werke ging, Lucie schlug die Augen auf und murmelte unverständliche Brocken. Barbara ging nicht auf sie ein, sondern stieg einfach über sie hinweg und eilte ins Schlafzimmer. Schnell entledigte sie sich ihrer nassen Kleidung und warf sich trockene über. Dazwischen zog sie sich jedoch ein selten getragenes Teil an, eines der moderesistenten Stücke, nämlich eine kugelsichere Weste. Man konnte nicht behaupten, dass sie die Figur vorteilhaft betonte, aber Tischler hatte kein Rendezvous der amourösen Sorte vor sich.

»Was hast du da an?«, fragte eine schlaftrunkene Lucie, die plötzlich im Türrahmen auftauchte.

»Ein Korsett für Polizisten«, entgegnete Barbara trocken. Schnell warf sie sich noch ein T-Shirt über, schnappte sich eine Sommerjacke und einen Knirps und war aufbruchbereit. Mit schnellen Schritten ging sie an Lucie vorbei. »Ich muss los. Sorry, wir können ein anderes Mal schnacken.«

»Nein, ich muss jetzt mit dir reden«, bettelte Lucie, die Barbara hinterherlief.

Die Frau ist wie Lippenherpes, die kriegste nicht mehr los, dachte sich die Kommissarin, als sie bei ihrem Auto angekommen war und immer noch Lucie im Schlepptau hatte. Die Gewitterfront hatte sich verzogen, was blieb, war ein moderater warmer Regen. Vergeblich versuchte Barbara ihren ungebetenen Gast abzuschütteln. Kaum hatte sie das Auto aufgesperrt, saß Lucie schon auf dem Beifahrersitz. Es half kein Zureden, keine Warnung vor dem gefährlichen Einsatz, Walters Nochehefrau schlug Wurzeln. Also ließ Barbara ihren Wagen aufheulen, drückte das Gaspedal durch und legte einen astreinen Kavalierstart hin.

Gut zehn Minuten und etwa 20 Verkehrsvergehen später parkte sie vor dem Magnol. Sie war sich sicher, dass die Bar der Ort der Wahrheit sein würde. Kron war nicht umsonst nachmittags kurz dort aufgetaucht, er hatte seine Waffen deponiert und möglicherweise einen Raum präpariert. Tischler stieg aus und marschierte schnurstracks in das Lokal, nicht aufgehalten von einem Türsteher, der Posten war nach Gorans Ableben noch vakant. Lucie schärfte sie inzwischen ein, sich nicht von der Stelle zu rühren.

Im Magnol herrschte Vollbetrieb, da die Freiflächen wegen des Gewitters nicht genutzt werden konnten. Weder Harry Kron noch Lydia Wollinger hatte einer der Angestellten in den letzten Stunden gesehen. Tischler schaute sich auch im Innenhof um und suchte die Straßen in einem kleinen Umkreis ab, fand aber Hegenauers BMW nirgends.

Also ging sie zurück zu ihrem Wagen, um zu warten, eine Tätigkeit, die nicht kompatibel mit ihren Genen war. Doch was blieb ihr anderes übrig? Zu allem Überfluss war sie nicht allein, sondern hatte Miss Erleuchtung an ihrer Seite, die auf ein Gespräch drängte.

»Gut«, seufzte Tischler, »aber ich bin eine Polizistin und als solche primär an der Wahrheit interessiert. Und die hast du uns bisher verschwiegen.«

Lucie sprach von Chakren, vom Meditieren und von ayurvedischer Küche, alles recht zusammenhanglos, dafür in einem Schwall, der einem Sturzbach gleichkam.

»Was spielst du uns allen vor?«, unterbrach sie Barbara plötzlich. »Warum bist du wirklich zurückgekommen?«

Lucie atmete tief durch. »Es ist schwer in Worte zu fassen.«

»Versuch's einfach.«

»Wahrscheinlich glaubst du, dass etwas Dramatisches passiert ist. Eine Vergewaltigung oder eine Fehlgeburt oder irgendein Schicksalsschlag.«

»Oder du hast heilige Kühe zu Hamburgern verarbeitet.« Barbara wollte die Tristesse etwas durchbrechen, doch der Scherz blieb ohne Resonanz.

»Ich kann es nicht erklären. Es begann an einem Abend, als wir eine dynamische Atemmeditation machten. Mein Körper atmete wie wild, aber mein Geist blieb davon völlig unberührt. Ich begann, die anderen zu beobachten, was ja eigentlich das Gegenteil von Meditieren ist. Und so erging es mir Tag für Tag. Es wurde immer schlimmer, schließlich nahm ich mich beim Yoga und den anderen Übungen wahr, als würde ich mich selbst von außen betrachten. Ich wurde mir fremd. Lange wollte ich das nicht wahrhaben und log mir in die Tasche, aber irgendwann musste ich es mir eingestehen.« Lucie wurde immer leiser. Barbara spürte, welche Überwindung ihr diese Worte kosten mussten.

»Was eingestehen?«, fragte die Kommissarin so einfühlsam wie möglich nach.

»Dass ich aufgewacht war. Ich hatte das Gefühl, ganze Jahre in Trance verbracht zu haben. Und plötzlich sah ich, dass diese meditierende Frau nicht ich war.«

Wer dann? Lucie Lama? Oder Frau Bechthold in der Astralversion 2.0? Barbara hatte keinen Nerv auf die Lebensgeschichte ihrer Konkurrentin, denn als solche betrachtete sie Lucie. Und in dieser Situation schon gleich dreimal nicht. Mit wachen Augen beobachtete sie die Bar und jeden, der sich ihr näherte. Sie erwartete, dass sich Lydia Wollinger und Enrico DiCosta verkleidet oder auf jeden Fall das Aussehen verändert hatten.

»Und plötzlich wurde mir alles fremd. Nicht nur das Meditieren, auch das Essen und Trinken, die Regeln, die Kleidung. Und ich begann, wieder Schweinefleisch zu essen, Wein zu trinken. Der erste Schluck Pinot Noir war einfach göttlich, eine Offenbarung.«

»Hast du dir zu Hause einen kleinen Weinkeller angelegt?«

»Nein«, winkte Lucie ab. »Auf keinen Fall. Da hätte jeder gewusst, was ich mache. Der Alkohol liegt in der Luft, wenn man etwas trinkt. Ich musste alles auswärts tun, um Spuren zu vermeiden.«

Zu Hause hinterlässt man Spuren, die auf einen selbst als Täter hinweisen, dachte sich die Kommissarin und runzelte die Stirn.

Sie waren auf die Minute pünktlich, was ein wenig Zufall war, denn das Taxi hielt nicht vor der Wohnung in Bogenhausen, sondern einige Querstraßen zuvor. Lydia Wollinger wollte nicht, dass sie der Fahrer mit den Vorkommnissen in Verbindung brachte, die sicher übermorgen in allen Zeitungen standen. Enrico DiCosta trug eine Sonnenbrille, seinen falschen Bart und eine Baskenmütze, sodass er nicht wiederzuerkennen war. Die letzte Strecke gingen sie zu Fuß, nicht unfroh über den Regen, der für Anonymität sorgte. Zumindest befanden sich außer ihnen kaum Passanten auf der Straße.

Klopfenden Herzens gingen sie in das Haus, als der Summer ertönte, und eilten die Stufen in den dritten Stock hoch. Vor Stefan Maars Wohnung befanden sich weiterhin ein Absperrband der Polizei und ein Siegel, das allerdings bereits aufgebrochen war. Kurz bevor Lydia Wollinger und Enrico DiCosta die Tür erreichten, wurde diese von innen geöffnet und ein sardonisch lächelnder Harry Kron bat sie herein. Er war elegant gekleidet und trug ein blütenweißes Hemd, dazu einen beigen Leinenanzug.

»Ciao, Enrico. Schön, dich mal wieder zu sehen, Bello«, sagte er galant. Der junge Italiener grüßte nervös zurück.

»Kommen wir gleich zum Geschäftlichen«, forderte Lydia Wollinger. Sie trug eine weite Bluse, unter der sie die Pistole verbergen konnte. Sie steckte in ihrer Hose, sodass sie das Metall auf ihrer Haut spürte, was ihr ein Gefühl der Macht und Sicherheit vermittelte. Darüber hatte sie einen dünnen Sommermantel geworfen, dessen rechte Innentasche präpariert war. Sie hatte ein großes Loch herausgeschnitten und konnte so jederzeit ihre Zastava ziehen.

»Lydia, wo ist dein Savoir-vivre geblieben? Ich habe extra für dich ein Flasche Taittinger Comtes de Champagne Blanc de Blancs kalt gestellt. Wir wollen doch unsere Übereinkunft feiern.«

Harry Kron wies mit der Hand ins Wohnzimmer und ging voran. Zögernd folgten ihm Lydia Wollinger und Enrico DiCosta. Die Umrisse der Leiche waren noch auf dem Teppich markiert, auch die Blutspuren waren noch deutlich zu sehen, der Tatort also noch nicht gereinigt. Der makabre Anblick ließ Enrico frösteln.

Auf dem Tisch stand eine Flasche Champagner mit drei Gläsern. Fachmännisch nahm sie Kron zur Hand, wickelte das Aluminium ab und öffnete sie mit einem halblauten Knall, behielt jedoch den Korken in der Hand. Dann schenkte er die Gläser voll.

»Du trinkst zuerst«, wies ihn Lydia Wollinger an.

»So misstrauisch?« Harry Kron runzelte die Stirn. »Glaubst du ernsthaft, dass ich diesen edlen Tropfen vergiftet habe?«

»Ich vergaß. Du tötest ja nur mit dem Schwert«, entgegnete die Frau und rang sich ein gequältes Lächeln ab.

»Wahlweise auch mit dem Messer, wie ihr von den Fotos wisst.« Kron lächelte sardonisch und durchbohrte die beiden mit seinem Blick. Lydia hielt ihm stand, Enrico wandte seine Augen ab. Dem jungen Italiener wurde übel bei dem Gedanken an den toten Jungen. Nur mit Mühe unterdrückte er seinen Brechreiz, verzichtete aber dankend auf Champagner.

»Du weißt nicht, was dir entgeht. Dürstet es dich nach deinen Jahren der Entbehrung nicht nach solchen Genüssen?« Weil DiCosta wortlos den Kopf schüttelte, nahm Kron nur zwei Gläser und reichte eins davon seinem Stammgast. »Auf die Freundschaft!« Lydia Wollinger erwiderte den Toast, dann stießen sie an, und das leise Klirren der Sektkelche erfüllte den Raum. Die junge Frau trank erst, als Kron einen tiefen Schluck genommen hatte. Sicher war sicher. Genuss verspürte sie dabei nicht, aber ein gewisses Prickeln. Ihre Anspannung war zwar groß, als geborene Schauspielerin ließ sie sich das jedoch nicht anmerken, sondern spielte Krons Spielchen mit. Sie hatte schließlich eine Pistole als Ass im Ärmel.

»Können wir jetzt über die Sache reden? Wir sind nicht zum Schampustrinken da«, wandte Enrico nervös ein. Er wollte so schnell wie möglich diesen Ort des Grauens wieder verlassen. Kron traute er keine Sekunde über den Weg.

»Warum so eilig, Enrico?«

»Weil ich mich in der Gegenwart eines dreckigen Mörders unwohl fühle«, entgegnete der junge Italiener, der sein Unbehagen nicht mehr zügeln konnte.

»Spiel hier nicht den Unschuldsengel. An deinen Händen klebt auch Blut. Aber gut, gehen wir's an. Habt ihr den USB-Stick?« Kron führte sein Glas zum Mund und leerte es. Er schenkte sich und auch Lydia nach. Sie genoss es, in dieser nachgerade perversen Situation Champagner zu trinken, es sollte eine Art flüssige Henkersmahlzeit werden, zumindest für Harry Kron.

Enrico öffnete seine Aktentasche und entnahm ihr den alten Laptop und den Stick.

»Du kannst beides haben. Mehr Kopien haben wir nicht gezogen«, beteuerte der Italiener.

»Und woher weiß ich, dass du nicht lügst und mich später erpresst?« Kron beugte sich weit vor, sodass er nahe an Enricos Gesicht kam. Es bereitete ihm ein diebisches Vergnügen, mit dem sichtlich nervösen Italiener zu spielen und ihn weiter zu verunsichern.

»Das weißt du ebenso wenig wie wir wissen, ob du uns nicht abschlachtest wie Stefan und Goran, sobald du das Material hast«, ging Lydia Wollinger in die Gegenoffensive.

»Dann gibt es keine Garantien, sondern nur eine Übereinkunft, die auf gegenseitigem Vertrauen basiert«, grinste Kron. »Entzückend.«

»Da ich dir so vertraue wie einem hungrigen Wolf auf der Lämmerparty, habe ich ein wenig vorgesorgt. Sollte mir etwas zustoßen, werden bestimmte Dokumente sofort an die Polizei weitergeleitet, und du wirst als dreifacher Mörder entlarvt. Santé.« Lydia Wollinger versuchte, das sardonische Lächeln von Kron zu imitieren. Sie hob ihr Glas und stieß ein zweites Mal an.

»Warum überrascht mich dieses Misstrauen nicht? Lydia, Lydia. Du warst schon immer leicht zu durchschauen.«

»Was meinst du damit?« Die Schauspielerin verlor für den Bruchteil einer Sekunde ihre coole Fassade.

»Es gibt Privatdetektive in München, die nicht nur untreue Ehefrauen aufspüren, sondern jeden verfolgen, wenn sie nur dafür bezahlt werden.« Dann griff Kron in seine Hosentasche und holte einen USB-Stick in der Form eines Oscars hervor. »Ich weiß nicht, wen du beauftragt hast, im Fall deines gewaltsamen Ablebens das Schließfach zu öffnen, aber er wird nicht das Gewünschte finden.«

»Du Schwein!«, rief Lydia Wollinger heiser aus und fasste unter ihre Bluse. Blitzschnell zog sie ihre Zastava.

Kron lachte laut auf. »Tu dir nicht weh. Du hast sie ja nicht einmal entsichert.«

Als Lydia Wollinger kurz die Waffe überprüfte und den Blick von Kron wandte, griff dieser unter sein Sakko und zog aus seinem Schulterholster eine Pistole, die er auf Lydia Wollinger richtete. »En garde«, sagte er spöttisch.

»Seid ihr wahnsinnig!«, schrie Enrico DiCosta. Er war verzweifelt und raufte sich seine blondierten Haare.

»Rico, halt die Klappe, sonst bist du als Erster dran«, warnte ihn Kron eiskalt.

Gigantische Blitze tauchten den Himmel in ein gespenstisches Licht. Das dritte und letzte Gewitter an diesem Tag ergoss sich über München, wilder und heftiger als seine Vorgänger. Die Regentropfen hämmerten wie aus einer Stalinorgel abgefeuert auf die Windschutzscheibe, sodass an eine schnelle Fahrt nicht zu denken war. Barbara war froh, dass sie halbwegs sehen konnte, vor allem das Objekt, nach dem sie Ausschau hielt. Vor Maars Wohnung entdeckte sie tatsächlich den silbergrauen 3er BMW.

Sicher, es hatte mehrere mögliche Orte für das Treffen gegeben, die Bar aber entpuppte sich als Schnapsidee. Dann hätte sich Kron gleich stellen können, denn schließlich mussten Lydia Wollinger und Enrico DiCosta als die Nummern drei und vier gefunden werden. Und was würde sich dafür besser eignen als die Wohnung von Stefan Maar. Das war die alte Wirkungsstätte, an die Kron zurückkehrte.

Die Kommissarin rief sofort Ralf Mangel an, der damit beschäftigt war, Heiko Fürstner zu beschatten. Er hatte den Zocker bei einem Pokerspiel gefunden und nicht mehr aus den Augen gelassen. Doch Tischlers dringender Appell, er müsse mit Warpgeschwindigkeit nach Bogenhausen kommen, eine Schießerei stünde bevor, machte ihm Beine. Barbara hatte jedoch keine Muse, auf ihren Kollegen zu warten.

Lucie schlief auf dem Beifahrersitz. Als das Auto ruckartig hielt, grunzte sie nur kurz und drehte sich dann um. Barbara sprang aus dem Wagen und lief zur Haustür, die sie schnell aufsperrte und gleich offen ließ, wenn Mangel und der Rest der Verstärkung eintrafen, was jedoch noch mindestens eine Viertelstunde dauern würde.

Sie eilte die Stufen zu Maars Wohnung hinauf, schlich sich aber auf den letzten Metern an und öffnete so leise wie möglich die Wohnungstür. Dann zückte sie ihre Dienstwaffe. Aus dem Wohnzimmer hörte sie einen jungen Mann schreien, ob alle wahnsinnig seien. Dann vernahm sie Krons Stimme. Auf Zehenspitzen schlich sie voran und sah die Pattsituation. Schweiß lief ihr von der Stirn in die Augen. Sie war völlig außer Atem, aber froh, gerade noch rechtzeitig gekommen zu sein. Doch die Situation verlangte von ihr ein schnelles Eingreifen. Sie konnte auf keinen Fall eine Viertelstunde warten. Sie durfte nicht schießen, ohne dass sie sich vorher zu erkennen gab und die Kontrahenten aufforderte, ihre Waffen wegzulegen. Doch so riskierte sie, dass auf sie geschossen wurde. Dann dachte sie sich, sie habe an diesem Tag schon so viele Gesetze und Regeln gebrochen, dass es darauf auch nicht mehr ankam. Deshalb drang sie mit einer blitzschnellen Drehung in das Wohnzimmer ein und feuerte einen Warnschuss ab, der, so würde sie es offiziell darstellen, leider schlecht gezielt war, sodass er den Unterarm von Lydia Wollinger traf. Die junge Frau schrie auf und ließ ihre Pistole fallen.

Enrico blickte die Kommissarin überrascht an. Der Italiener war weiß wie ein Mozzarella und hatte Knie aus Ricotta. Harry Kron dagegen blieb cool und lächelte die Kommissarin an.

»Frau Tischler, schön, Sie zu sehen. Darf ich Ihnen einen Champagner anbieten?« Freiwillig senkte er die Waffe und legte sie vorsichtig auf den Wohnzimmertisch. Dann schenkte er das dritte Glas voll, obwohl die Kommissarin das Angebot dankend ablehnte. »Aber ich bin so frei und genehmige mir noch ein Gläschen. Wie sind Sie nur auf mich gekommen?«

Vorsichtig ging Barbara auf Kron zu. Lydia Wollinger hatte sich auf einen Sessel fallen lassen. Sie hatte große Schmerzen, versuchte aber, nicht zu laut zu sein. Tischler wollte sich nicht auf ein Gespräch einlassen. Sie stellte den Fuß neben die Zastava am Boden und kickte diese weg. Dann griff sie vorsichtig zu Krons Pistole, nahm sie und warf sie zu der anderen. Dabei ließ sie Kron keine Nanosekunde aus den Augen.

»Ich finde die Täter immer, das habe ich Ihnen schon mal gesagt«, sagte Tischler. Sie war völlig auf Kron fixiert, als sie meinte, ein leises Geräusch hinter sich zu hören, das allerdings von Lydia Wollingers Schmerzenslauten übertönt wurde. Sich umzudrehen erschien Barbara im ersten Moment zu gefährlich. Allerdings gab es keinen zweiten Moment. Schon spürte sie eine kalte Klinge an ihrem Hals.

»Lass die Waffe fallen, Bullin«, zischte es hinter ihr. Und Barbara wusste, dass sie an diesem Tag einen schwerwiegenden Fehler begangen hatte. Jessica Blanck hätte von einem Polizisten bewacht werden müssen, damit sie nicht aus dem Krankenhaus fliehen konnte.

23

Die sintflutartigen Regenfälle hatten den Richard-Strauss-Tunnel am Mittleren Ring Ost geflutet, sodass reihenweise Autos stecken blieben und der Verkehr zum Erliegen kam. Mitten in dem Chaos steckte ein verzweifelter Ralf Mangel. Ihn überkam ein mulmiges Gefühl, schließlich hatte er bereits vergeblich versucht, seine Chefin anzurufen, doch die ging nicht ans Handy, sodass Mangel befürchtete, sie habe sich durch einen Alleingang in Gefahr gebracht.

Er rief seine Kollegen von der Kripo an, die Tischler ebenfalls bereits alarmiert hatte. Diese wussten von den Verkehrsproblemen und umfuhren die Tunnel, kamen deshalb und wegen des weiterhin starken Regens allerdings langsam voran und schätzten, noch mindestens zwanzig Minuten zum Zielort zu benötigen. Ralf Mangel tat in dieser Situation etwas, was er normal nie tat. Er fluchte lauthals, verspürte aber kein Gefühl der Erleichterung. Dann probierte er nochmals sein Glück bei Barbara und tatsächlich meldete sich jemand am Handy. Nur war es nicht seine Vorgesetzte.

Die frisch geschliffene Klinge ritzte bereits in ihren Hals. Ein Ruck, ein Schnitt und aus Tischlers Arterie würde das Blut in hohem Bogen herausschießen.

»Sie haben Goran Randovic umgebracht«, sagte Barbara kühl zu Jessica Blanck.

»Das Schwein hat bekommen, was es verdient hat«, entgegnete die junge Frau.

»Aber ganz so cool waren Sie doch nicht. Sie haben sich danach übergeben.«

»Weil er mich so angewidert hat«, behauptete Jessica Blanck. »Wie sind Sie auf mich gekommen?«

Tischler erläuterte kurz die Unterschiede bei den Morden. »Da war mir klar, dass es zwei Killer geben musste. Sie hatten ein wasserdichtes Alibi beim Mord an Stefan Maar und Kron beim Mord an seinem Türsteher.«

»Gut kombiniert«, lobte sie Jessica Blanck, »aber das wird Ihnen nichts helfen.«

»Ich fürchte, der schreckliche Killer hat sich verzählt und bringt nicht vier, sondern fünf Leute um«, meinte Kron süffisant und ging zu den am Boden liegenden Revolvern. DiCosta befand sich in einer Art Schockstarre, während Lydia Wollinger versuchte, mit der Hand die Blutung zu stoppen.

»Reden wir nicht lange herum«, sagte Jessica Blanck. »Knall die Bullin ab, den Italiener übernehme ich. Er soll das Schwert der Rache spüren.«

»Sei nicht so ungeduldig. Das Töten muss man auskosten«, wandte Kron ein, der seine Waffe aufhob, dann aber innehielt. »Da kommt mir eine Idee. Was hältst du davon, wenn ich Lydias Waffe nehme? Dann denkt jeder, sie hätte die Kommissarin getötet und der Killer dann sie.«

»Genial. Aber jetzt mach schon«, drängte ihn Jessica Blanck. »Vielleicht hat sie Verstärkung angefordert.«

Kron kniete sich nieder, legte seine Waffe auf den Boden und nahm Wollingers Zastava. Als er sie inspizierte und nachprüfte, ob sie entsichert war, hörten sie plötzlich ein Geräusch an der Tür, die Tischler offen gelassen hatte.

Die schlaftrunkene Lucie Bechthold trat plötzlich in das Wohnzimmer ein. »Barbara, du hast dein Handy liegen lassen.« Dann registrierte sie erstaunt die bizarre Szenerie. »Was ist denn hier los?«, rief sie überrascht aus.

Tischler, die einen schwarzen Gürtel in Karate besaß, nutzte die Ablenkung und drehte sich blitzschnell von dem Schwert weg, schlug Jessica Blanck erst mit dem Handrücken gegen den Hals, dann trat sie ihr gegen die Kniekehle, sodass die junge Frau zusammensackte. Harry Kron, der instinktiv seine Pistole auf den Eindringling gerichtet hatte, wandte sich um und feuerte eine Kugel auf die Kommissarin, die sich jedoch geschickt abrollte. Als sie ihre ebenfalls am Boden liegende Waffe ergreifen konnte, ertönten ein lauter Schrei und ein dumpfes Geräusch. Enrico DiCosta hatte seinen Schockzustand überwunden, die Champagnerflasche vom Tisch genommen und gegen Krons Kopf geworfen. Volltreffer. Kron sank mit einer Platzwunde bewusstlos nieder.

»Ich war mal Pitcher beim Baseball«, murmelte Enrico fast entschuldigend. Welch Ironie des Schicksals. Der Promibarkeeper war mit einer Champagnerflasche zur Strecke gebracht worden.

Obwohl Barbara Tischler bereits die letzte Kiste die Treppen in den dritten Stock hinauftrug, war sie nur mäßig ins Schwitzen gekommen. Das lag einerseits daran, dass der Sommer nach der Hitzeperiode im Juli auf deutsches Normalmaß abgesunken war. Es regnete also oft und die Temperaturen dümpelten um die 20 Grad, sodass die Biergärten und Straßencafés oft halb leer waren. Andererseits passte Lucie Bechtholds Umzugsmasse in einen Sprinter hinein. Die meisten Möbel ließ sie sich neu liefern, während sie aus Indien nur zwei Koffer mit dem Nötigsten mitgebracht hatte. Der Rest bestand aus Businesskleidung, Töpfen und Tellern, persönlichen Dingen wie Fotoalben und anderem Krimskrams, den sie seinerzeit nicht zu ihrem Selbsterfahrungstrip mitgenommen hatte.

Lucie hatte mit viel Glück und Vitamin B eine Zweizimmerwohnung gefunden, pikanterweise in der Nähe der Paulskirche. Barbara hatte ihre starken Arme beim Umzug sofort angeboten, schließlich stand sie tief in Lucies Schuld. Ohne deren schlafwandlerisches Eingreifen wäre die Kommissarin vermutlich von Jessica Blanck mit einem Schwerthieb ins Jenseits befördert worden.

In den Tagen nach dem Sturm hatten sich die beiden Frauen noch einmal ausgesprochen, diesmal in Ruhe. Lucie gestand, wie sehr ihr Sarah fehlte, dass sie es plötzlich keinen Tag mehr länger in Indien ausgehalten hatte.

»Warum dann das ayurvedische Essen und die ganze Show?«, hatte Barbara skeptisch gefragt.

»Es ist nicht so, dass mir die spirituelle Erfahrung nichts bedeutet. Aber im Prinzip wollte ich mir keine Blöße geben. Ich hatte Angst zu sagen, hier bin ich, nehmt mich wieder auf. Ich denke, am meisten wollte ich mir selbst vormachen, wie sehr ich mich geändert habe.«

»Aus seiner europäischen Haut kommt man schlechter raus, als man glaubt«, grinste Barbara, die viel zu nüchtern und rational war, um an Chakren, Wiedergeburt, Dharma und Karma zu glauben.

»Es fällt mir schwer, das zu sagen«, druckste Lucie herum und senkte den Kopf, »aber den Kampf um Walter gebe ich auf. Er gehört jetzt zu dir.«

»Dafür verspreche ich dir, mich niemals zwischen Sarah und dich zu drängen.«

»Das höre ich gern«, lächelte Lucie. »Aber das genügt nicht.«

»Nein?«, fragte Barbara überrascht nach.

»Sie mag dich sehr. Und ein bisschen bewundert sie dich sogar. Das darfst du ihr aber ja nicht erzählen, sonst frisst sie mich.«

»Ich weiß. Mädchen in dem schlimmen Alter zwischen zwölf und fünfundzwanzig sind kaum auszuhalten«, frotzelte Barbara.

»Du musst mir versprechen, dass du für sie die beste Stiefmutter der Welt bist.« Nur unter Tränen brachte Lucie den Satz hervor. Dann umarmten sich die beiden Frauen. Barbara war erst noch steif und zögerlich, dann aber taute sie auf und spürte Lucies Herzschlag.

Für den Umzugstag hatte sich die Kommissarin freigenommen. Es hatten sich auch reichlich Überstunden angehäuft. Und die beiden Fälle waren abgeschlossen. Enrico DiCosta war zum Zeitpunkt der Erpressung erst 20. Er wurde noch nach Jugendstrafrecht verurteilt und konnte wegen seiner langjährigen Buße mit einer Bewährungsstrafe rechnen. Lydia Wollinger hingegen wurde wegen mehrfacher schwerer Erpressung und illegalen Waffenbesitzes angeklagt. Sie würde ein paar Jahre lang die Theatergruppe im Frauengefängnis leiten.

Jessica Blanck verweigerte die Aussage. Über ihre Anwältin ließ sie verlauten, sie habe nichts von Stefan Maars Beteiligung an der Erpressung gewusst, bis ihr Kron vor einigen Wochen davon erzählt habe. Der Barmann habe sie zur Rache angestiftet, sie sei jedoch nur bereit gewesen, ihm an diesem Abend in Stefan Maars Wohnung gegen DiCosta und die Wollinger zu helfen. Den Mord an Goran Randovic leugnete sie also standhaft. Allerdings ergab die DNS-Analyse, dass das Erbrochene in dessen Toilette eindeutig von Jessica Blanck stammte. Außerdem hatte sie ein Nachtschwärmer vor dem Wohnhaus zur Tatzeit identifiziert. Sie erwartete ein Indizienprozess wegen heimtückischen Mordes.

Harry Kron war im Gegensatz zu seiner Rachegehilfin mitteilsam und gewohnt souverän. Die Kommissarin verhörte ihn ausführlich. Dabei trug Kron, ein Mann von Welt, ausschließlich Kleidung von Boss. Man hatte ihn im Gefängnis gewarnt, das würde den Neid und Zorn der anderen Insassen erregen, doch Kron glaubte, sich verteidigen zu können.

»Was hätte ich tun sollen?«, fragte er die Kommissarin und zuckte mit den Schultern. »Mein syrischer Prinz schwor mir, dass er bei bester Gesundheit sei und quasi virenfreie Adern besitze. Er wollte, dass wir auf das Kondom verzichten. Und dann das. Er hat mich umgebracht, also musste ich ihn auch töten.«

»Bitte sehen Sie es mir nach, wenn ich dieser Argumentation nicht ganz folge«, wandte die Kommissarin ein.

»Das bringt ihr Job mit sich«, lächelte Kron. »Und Stefan spionierte mich aus und wollte mich erpressen. Auch er ließ mir keine Wahl.«

Barbara ging diesmal nicht auf die Rechtfertigung ein. »Er hat sie öffentlich gefragt, warum sie nur Männer aufhängen. Alle Anwesenden haben gedacht, Maar meinte, warum sie keine Bilder von Frauen ausstellen, dabei hat er gemeint, warum sie die Wände nicht mit ihren jugendlichen Liebhabern zieren. Stimmt's?«

»Chapeau. Was Logik und Kombinationsgabe angelangt, sind Sie eine Koryphäe.«

Tischler bedankte sich für das Kompliment.

»Und eine Schelmin sind Sie auch. Die kleine Posse in der Praxis, die Sie mit den Obdachlosen abgezogen haben, war ein Schauspiel, das die Spitzbübigkeit eines Ludwig Thoma mit der schönsten Farce von Ionesco verband.«

»Ich weiß nicht, wovon Sie reden«, lächelte die Kommissarin.

»Keine Angst. Niemand wird davon erfahren, zumal Doktor Hegenauer die Posse nicht einmal durchschaut hat und nicht um weitere Aufklärung bemüht ist.«

»Solche Ängste hat er um seine Approbation.«

»Das kleine Würstchen.«

Zum Abschied hob Harry Kron noch sein T-Shirt und zeigte auf seine rechte Brustwarze. Die Kommissarin war mittlerweile in Botanik so bewandert, dass sie die Blume erkannte. Eine wunderschöne Chrysantheme hatte sich Kron vor zwei Jahren eintätowieren lassen. Ihn erwartete eine langjährige Gefängnisstrafe, die er allerdings ab einem gewissen Moment mehr im Krankenhaus absitzen würde. Denn bei ihm hatten sich bereits die ersten Symptome von AIDS gezeigt.

Die nackten Wände leuchteten frisch gestrichen weiß, als Barbara mit der letzten Kiste hereinkam. In der Wohnung herrschte das ganz normale Umzugschaos. Schachteln über Schachteln waren überall verstreut, manche offen, manche mit einem starken Klebeband verschlossen. Lucie räumte gerade ein Regal mit Büchern ein, war dabei aber bei einem Wälzer über Familienrecht hängen geblieben, den sie studierte.

»Die letzte ihrer Art«, stöhnte Barbara, als sie die Kiste abstellte.

»Und vielleicht sogar die wichtigste«, entgegnete Lucie. Sie legte ihr Buch in das Regal und ging auf Barbara zu. Dann öffnete sie die Kiste. Darin befanden sich akkurat zusammengelegte Kleidungsstücke, alles teure Businessklamotten. Lucie schnappte sich einen schwarzen Rock von Prada und eine passende Bluse und hielt sie sich vor den Körper. »Wie sehe ich aus?«

»Wie Ally McBeal in ihren besten Tagen«, lächelte Barbara.

»Das muss ich auch. Morgen habe ich meinen ersten Vorstellungstermin.«

»Zurück in die Zukunft?«

Lucie nickte. »Mein altes Leben hat mich wieder. Und es ist gut so.« Dann schoss ihr eine einsame Träne über die Wange.

Weitere Bücher mit Kommissarin Tischler

Band 1: Eine Art Serienmörder

Der blutige Weg zum Erfolg – er fordert seine Opfer. Der Schauspieler und Schönling Klaus Scheitan wird grausam ermordet. Ein Stich ins Herz, außerdem wurde er
entmannt. Für die Kripo München steht zunächst fest, dass nur ein Motiv in Frage
kommt: die Rache einer enttäuschten Liebe. Doch dieser Mord ist nur der Auftakt
zu einer Reihe mysteriöser Todesfälle in der Filmschickeria. Die taffe, burschikose
Hauptkommissarin Barbara Tischler muss sich bei ihren Ermittlungen nicht nur mit
überdrehten Filmsternchen und ehrgeizigen Produzenten herumschlagen, sondern
auch noch mit ihrem Single-Dasein, mit Kollegen und Vorgesetzten. Für diese steht
der Mörder nämlich bald fest. Doch Tischler stößt auf einen rätselhaften Todesfall,
der Jahre zurück liegt, auf eine Wasserleiche, die nie gefunden wurde…
Ein hochspannender Krimi, der auch einen amüsanten Blick auf die Medienwelt
wirft.

(erschienen im Februar 2019)

Band 2: Der Goldvogel

Mord oder Einbildung? Ein türkischer Kickboxer, der sein Kurzzeitgedächtnis ver-
loren hat, findet neben seinem Bett eine Notiz, er habe einen Mord gesehen. Auch
seine Kleidung ist blutverschmiert. Doch die Münchner Oberkommissarin Barbara
Tischler findet an der beschriebenen Stelle keine Leiche. Dafür im Wald einen toten amerikanischen Kunstdieb, der vor Jahren spurlos verschwand. Die tatkräftige
Polizistin stößt bei ihren Recherchen auf brutale russische Paten, suspekte Mafia-
Jäger, überspannte Künstler und auf einen ominösen Goldvogel, den angeblich
Hitler selbst in den letzten Kriegsjahren angefertigt und einem seiner Leibwächter
geschenkt haben soll. Zahlreiche Sammler und Fanatiker sind hinter dem Reichs-
adler her, aber auch ein Jäger, mit dem niemand gerechnet hat. Und dann spielt der
Kommissarin auch das Herz noch einen Streich…
In „Der Goldvogel" ist nichts und niemand so, wie es der erste Blick vermuten lässt.
Der Krimi wartet mit zahlreichen Wendungen und einem verblüffenden Finale auf.

(erschienen im Frühjahr 2019)

Impressum

Alle Rechte liegen beim Autor Werner Gerl. Jede Verwertung ist nur mit seiner Zustimmung zulässig. Das gilt insbesondere für Vervielfältigungen, Übersetzungen. Und die Einspeicherung und Verarbeitung in elektronischen Systemen.
Veröffentlichung als E-Book: Mai 2019
Titelfoto und Design: Lena Stoll

Werner Gerl
Autor und Kabarettist
Kreillerstraße 145
81825 München
Über meine Website www.wernergerl.de können Sie sich über meine anderen Bücher und Projekte informieren.